江戸文学を選び直す

●現代語訳付き名文案内

井上泰至
田中康二【編】

笠間書院

序

◉我々は、江戸文学の魅力を本当に汲み取れているのだろうか？

▼井上泰至

日本料理が無形文化遺産に登録されたように、世界が日本の食文化に魅せられている。来る東京オリンピックでは、是非日本文化の「粋」と言える和食の数々で「お・も・て・な・し」をしてもらい、世界の人々に日本を深く知ってもらいたいものである。

その和食は、四季の移ろいを前提にした、多様で豊かな食材を、人工的な手を加え過ぎず、その本来の味を引き出す「思想」に基づいている。そんなことを考えさせてくれる名文に、辻嘉一《つじかいち》の『味覚三昧』（中公文庫、一九七九年）がある。裏千家の茶懐石料理の達人にして料理研究家の食のエッセイ集だ。

> 海の中層の岩礁の多いところを好むタイは、海魚の王とたたえられるだけに、色調も姿も立派で品位の高い魚であり、しかも、すべての料理に適し、クセ味がなく、歯触りも固からず軟らかからずで、タイ以上の魚は見あたりません。

こんな調子で、一流の料理人にして、食材とその調理法を研究しつくした人間の眼を前提に、平明な文章で「記述」と「議論」が語られ、読むにつれ御腹が減ってくる。そればかりか、食材と料理同様、日本語の本来もっていた豊かさを実感させてくれる名文だ。漢字漢語・和語・カタカナを駆使して品位を下げず、「ざわり」でなく「触り」、「硬く」でなく「固く」、「柔らか」でなく「軟らか」と、表記の多様さを踏まえつつ、的確な字を選んで、さりげなく綴っていく。「教訓」も忘れない。戦後の農薬を使った量産・均一化を戒めてこうも言う。

> あらゆるものが土より生まれ、土の恩恵によって成長し、やがて土に帰る宿命をもっ

序

我々は
江戸文学の魅力を
本当に汲み取れて
いるのだろうか？

▼井上泰至

ていることを忘れてはならないと思います。

　野菜も魚類と同様に、新鮮であることが最も大切なことで、刻々に鮮度は落ち、味わいもさがります。三里四方の野菜を食べておれば、延命長寿まちがいなし――といわれた昔を考え、できるだけ、近在の季節折々の旬の野菜を求める努力を忘れてはなりません。

　こういう文章のモデルは、「正統」的な近代文学にも、「王道」をゆく平安文学にもない。本書の序文を、江戸文学に造詣の深かった石川淳が、わざわざ「夷斎學人」と名乗って書き、その冒頭には江戸時代の随筆的風土記『雍州府志《ようしゅうふし》』「土産門」を挙げているように、江戸文学の、それも小説・詩・演劇の近代的「文学」ではない「文章」に、その源流は求められる。江戸文学の研究も、教科書に載る古典も、「文学」にその精力を集中して光を当ててきた。我々は、江戸文学の魅力を本当に汲み取れているのだろうか？

　そもそも「古典」とは何なのか？　長く読み継がれるべき模範的な作品とはどういうものなのか？　江戸文学とその研究の歴史は、それ以前の文学のそれから見ればはるかに浅い。我々は本当に江戸文学の中から「古典」を選び得ているのだろうか？

　本書は、こういう問いかけに応じて、今江戸文学の「古典」として取り上げるべきものは何か、新たに「古典」を掘り起こすとしたら、どういうアプローチがありえるのかを、執筆者それぞれの関心に応じて呈示して頂いたものである。

　本書に示された名文・価値観・読みの更新とその背景は、文学への新しい見方を教えてくれるし、日本語で書く文章の多様性と可能性を再認識させてくれる。

もう少し具体的に、本書における「古典」を選ぶ基準について話をしよう。江戸文学といえば、庶民の文学、というレッテルは、未だに高校の教科書レベルでは固定化してある。そして、小説・俳諧・演劇という三分類から、代表作者と作品を選び、これを特権化してきた。しかし、それは近代の眼から見てすくい上げやすいものを焦点化してきたのではなかったか？

近代の文学に対する目そのものが問い直されている時代、豊富な作品のある江戸文学から、見逃され、忘れられてきたものについて問うことは、文学への新たな見方を教えてくれるものになりはしないか？　もっと言えば、近代の価値観に欠けているものを、認識させてくれることにつながるのではないか？

それまでの時代よりも、江戸時代に多くの古典たるべき作品の候補があるということは、それだけ多種多様な、日本語による文章の試みが行われ、名文が残されてきたことを意味するわけで、そうした日本語世界の言葉の森を一般にも知らせることが、私たちの急務なのではないのか？

さらに、詳しく、本書に収められた十編の編成から、各論の問題意識を明らかにしよう。

江戸時代は、二百六十年余りの平和が続きながら、東アジアでも特異な武士の政権であった。彼等社会に責任を持った階層の、価値観とそれを他の階層まで浸透させた文章群を問うことは、江戸の実態を明らかにする視点として有効であるばかりでなく、集団的な意識や、社会的責任といった問題を文学が正面から扱ってはいけないのかという今日的な問題を我々に問いかけるであろう（**Ｉ井上・川平稿**）。

江戸時代はまた、漢学を知的世界の中心に据えたことを意識しながら、日本の古典を発見しようとした時代である。それを担った国学者は、日本語で学問をする意味、日本語で記述と議論をする方法を問うている。文化の中心から周縁に位置し続ける「日本」が、普遍性を持つ外来文化を受け入れつつ、どう学問をするのかといった今も変わらない問題がここには潜んでいる（Ⅱ一戸・田中稿）。

その江戸時代の学問の中心であった漢学は、どういう価値観を詩文・歴史・芸術に見出したのか。漢文という東アジア世界共通の古典語を、独自に日本語として組み入れ、かなり一般に浸透させた江戸時代の、教育プログラムや古典選定の方法、あるいは日本の歴史を秩序や倫理から読み直す意匠、さらには自然と馴致した世界観・価値観を背景とする美の世界。それは、日本語表現の豊かさと、近代科学や近代的個我の価値を問い直すことにもなろう（Ⅲ高山・勢田・池澤稿）。

最後に、こうした江戸当時の本流の文学とその価値観に照らした時、いわゆる庶民の文学はどう再評価すべきなのだろうか？　また、そうした庶民の文学の、生命を持った古典化とはどうなされていくべきなのだろう？　それは勢い、特権化された作家の文学の中から、評価されてこなかった作品に新たな魅力を見出し、古典が古典として立つ条件を顧みることへと繋がってゆくはずである（Ⅳ木越・佐藤・日置稿）。

本書によって、研究者が新たな文学史を志向することになれば、それはもちろん有難い。が、それ以上に、本書で紹介された作品群を読んでみたいという一般読者や、教えてみたいという中等教育の先生が現れることの方が、大切であると思う。それが古典を立てるという古典学者の一番大切な仕事の今の形だと思うからである。

序

我々は
江戸文学の魅力を
本当に汲み取れて
いるのだろうか？

▼井上泰至

目次

IV リニューアルされる俗文芸の読み

I

サムライの文学の再評価

▶選び直す人 井上泰至

熊沢淡庵《くまざわたんあん》

『武将感状記《ぶしょうかんじょうき》』

戦国武将伝のベストセラー

▼熊沢淡庵《くまざわたんあん》
一六二九～一六九一。平戸に生まれ、初め平戸藩士であったが故あって浪人、のち岡山藩に仕官。儒を熊沢蕃山《くまざわばんざん》に、和歌を中院通茂《なかのいんみちもち》・飛鳥井雅章《あすかいまさあき》に学び、連歌・俳諧もよくした。蕃山の妹婿。江戸で没。墓は浅草本智院。著書には『武将感状記』のほか、『応兵記』『近世武家談叢』『近代正説砕玉話』『近代正説続砕玉話脱漏』『淡庵俳句集』など。

戦国武将のカリスマは、
どのような意図のもとに書物化されるのか。
そこを洗い出してくると、
熊沢蕃山《くまざわばんざん》や頼山陽《らいさんよう》といった
平時にも波瀾万丈《はらんばんじょう》の一生を送った、
ただの書斎派ではない人物が浮かび上がってくる。
また、平時の緊張感の無さや鬱屈《うっくつ》が、
こういう書物を歓迎する素地だったことも見えてくる。
どういう切り口と文章が、そこでは効果的だったのか。
縮こまらない男たちの物語の生命と魅力を探る。

1■敵に塩を送った真意——現実的武士道

最も巧妙な「戦略」とは何か。それは相手が信頼の笑顔で握手を求めている時にこそ、その脳裡に計算されつくしているものではないのか。美談の中にこそ真の戦略がかくされていることもある。

【原文】

北条と今川と相計りて、遠州・武州の塩商人を留めて、甲斐・信濃に塩を入れず、此を以て兵を困《くる》しめんとす。謙信これを聞いて、領国の駅路に令して塩を甲信に運ばしむ。「我は兵を以て戦ひを決せん。塩を以て敵を窮せしむる事をせじ」と云ひ送られければ、信玄受けられたり。謙信の義にして且つ勇なる所なりと云へども、必ず深慮遠図《えんと》あらん。「信玄は謙信より先輩にして、北条・今川の地を掠《かす》め奪ふ者は、まづ信玄なり。此の故に信玄を寇《あた》とすること六国《りっこく》の秦《しん》に於けるが如し。信玄もし艱阨《かんやく》に迫らば其の次は必ず謙信ならん。信玄諸牧とたたかひて兵久しく解けずば、其の間に北国を一円に撃ち従へて、勢ひ盛大にならば、東海の国々力を戮《あ》はせ、志を一つにするとも恐るるに足らずと思惟《しい》せられしなるべし」と云へり。

（『武将感状記』巻三）▼注(1)

【現代語訳】

北条と今川で相談して、遠江《とおとうみ》・武蔵の塩商人をとどめて、甲斐・信濃に塩を入れず、こうすることで兵を苦しめようとした。謙信はこれを聞いて、領国の街道沿いに命令して、塩を甲斐・信濃に送った。「わしは兵で戦いを決する、塩で敵を困らせるようなことはしない」と言い送ったので、信玄公もこれを受けられた。謙信は義に篤《あつ》くかつ勇敢であることを伝える話だが、きっと深謀遠慮《しんぼうえんりょ》があったに違ない無い。信玄は謙信より年かさで、北条・今川の領地を奪うものは、まずこの信玄である。それだから北条・今川が信玄を攻めるやり方は、中国の戦国時代秦《しん》以外の六国《りっこく》が秦に対処したのと同じやり方である。信玄にもし危難が差し迫ったなら、次は謙信が狙われるだろう。信玄と諸将との戦いが長引けば、その間に北国一円を平らげて、上杉の勢いが盛大になれば、東海の国々が力を合わせ志を同じくして攻めて来ても恐れるに足りないとお考えになったに相違ない。

有名な敵に塩を送った、謙信の「義」を後世に伝える逸話《いつわ》である。しかし、本書の編者は、謙信の対処を「義」からだけで評価しない。戦争が「義」だけで行われるものではない現実感覚から解釈している。信玄は強大なので、今川・北条はこれを警戒して同盟を結び、これを兵糧攻《ひょうろうぜ》めにする戦法に出た。しかし、信玄のライバル謙信も警戒される点では同じである。信玄とは北信濃をめぐって川中島で何度も対戦する敵でもあるが、謙信から見れば北条・今川を牽制《けんせい》し、結果的に上杉から守ってくれている存在でもある。むしろ、困っている信玄を助けて、今川・北条と対峙《たいじ》している隙に、北国一円を勢力下に収め、力をつければ、同盟して攻めてくる敵も怖くないと考えたのだ、と。そうなると謙信の義の行動は、大きな戦略的意図を持っていたことになる。偽善かも知れないが、それが戦の道である。『孫子』もその冒頭から「兵は詭道なり」（戦はだましあいだ）と言っているではないか。

後世、謙信の義を評価する指標として長く伝えられてきたこの説話は、実は、単純な正義による行動なのではなく、背後に戦略的意図があってのことだったとして、広く知れ渡っていたのだ。近世刊行軍書の中で、武家説話集と呼びうるもののうち、本書は十版を数えて、とびぬけて流布《るふ》しており、後に栗原信充《のぶみつ》『続武将感状記』（天保十五年刊）が出されるほど、本書は好評を以て迎えられた。信充序によれば、江戸後期の反徂徠《そらい》学派の巨頭柴野栗山《しばのりつざん》が、漢文作文の修練には『武将感状記』は最適のテキストだと評していた、という。確かに、先に挙げた本文を見ても、用語・文体は漢文訓読体の色が濃い。

さて、『武将感状記』の謙信伝にあるように、「将」の武士道とは、こういう陰翳《いんえい》を帯びるものである。そこが、「侍」

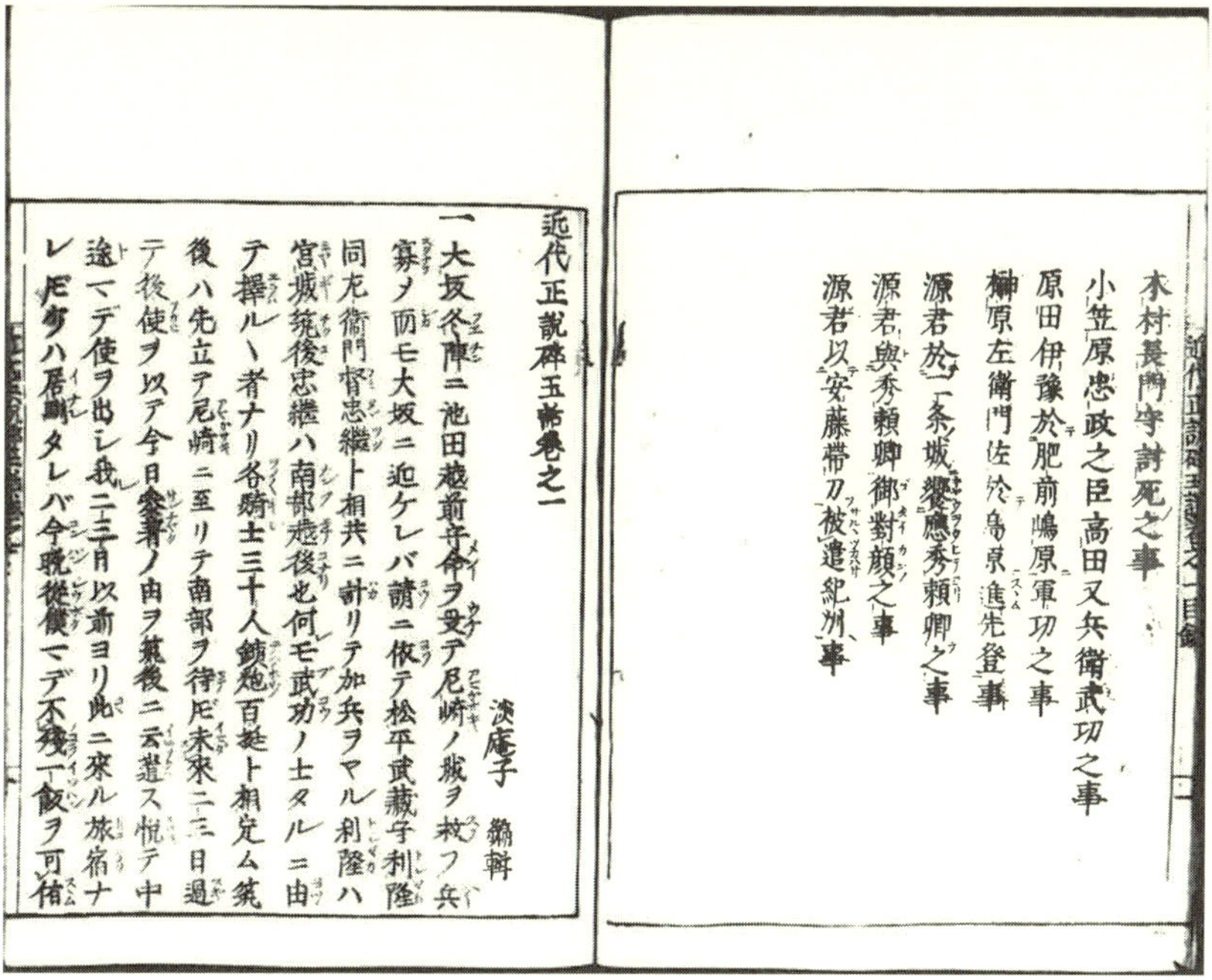
木村長門守討死之事
小笠原忠政之臣高田又兵衛武功之事
原田伊豫於肥前嶋原軍功之事
榊原左衛門佐於鳥京進先登事
源君於一条城饗應秀頼卿之事
源君與秀頼卿御對顔之事
源君以安藤帯刀被遣紀州事

近代正説砕玉話巻之一
淡庵子 編輯
一 大坂冬陣ニ池田越前守命ヲ受テ尼崎ノ城ヲ救フ兵寡ノ而モ大坂ニ近ケレバ請ニ依テ松平武蔵守利隆同左衛門督忠継ト相共ニ計リテ加兵ヲマル利隆ハ宮城筑後忠継ハ南部越後也何モ武功ノ士タルニ由テ撰ル丶者ナリ各騎士三十人鉄炮百挺ト相定ム筑後ハ先立テ尼崎ニ至リテ南部ヲ待ド未來二三日過テ後使ヲ以テ今日參着ノ由ヲ某後ニ云遣ス悦テ中途マデ使ヲ出シ我ニ三月以前ヨリ此ニ來ル旅宿ナレド事ハ居馴タレバ今晩從僕マデ不殘一飯ヲ可備

『武将感状記』

の武士道とは異なる。江戸前期の「武道」「武士道」という言葉の意味については、西鶴の武家物を論じる前提として書いた拙稿▼注(2)があるので、今それを要約しておこう。

西鶴《さいかく》以前の「武道」という言葉には、多分に勇武の精神とそれにまつわる武芸の心がけという意味合いが濃い。そのことを決定付けたのが『甲陽軍鑑《こうようぐんかん》』であったことは、江戸前期の刊行軍書中目立って多い版・刷、および関連書、さらには「武道」「武士道」あわせて百例以上ある用例の多さ、という量的観点からまず確認できる。

また、「武道」の意味において注目すべきは、『太平記秘伝《たいへいきひでん》理尽鈔《りじんしょう》』のそれが、主に将を対象に「武の道」として智謀《ちぼう》に傾くのと対照的に、侍をも対象にして『甲陽軍鑑』にあっては勇武の色が濃い点で、将ではなく侍を描く『武道伝来記』との関連でいえば、やはり『甲陽軍鑑』が重要であることが確認できる。

つまり、西鶴の武家物が書かれるまでの「武道」「武士道」には、現実的戦略を孕《はら》んだ将のそれと、勇敢に危機において働く侍のそれとに分離し、それぞれ代表的なテキストによっ

注（1） 大阪市立大学付属図書館森文庫蔵本（国文学研究資料館マイクロフィルム）による。

注（2） 井上泰至「井原西鶴『武道伝来記』論の前提を疑う」（『国際日本文学研究集会会議録』三七、二〇一四年三月）。

て、役割分担がなされていたのである。敵に塩を送る話も、当初『武将感状記』で広く紹介された時は、将の戦略という文脈で語られていた。それが、我々が一般に知るように、単なる義勇の話に変質してしまったのは、どうやら頼山陽《らいさんよう》の『日本外史《にほんがいし》』が大きな役割を果たしたらしい。

2■義のヒーローへ——『日本外史』

以下は、謙信からの手紙の一節である。

聞氏康氏真困レ君以レ鹽。不勇不義。我與レ公争。所レ争在二弓箭一。不レ在二米鹽一。請自レ今以住。取三鹽於二我国一。多寡唯命。

聞く、氏康・氏真、君を困しむるに鹽を以ってすと。**不勇・不義なり**。我れ、公と争へども、争ふ所は弓箭に在つて米鹽に在らず。**請ふ**、**今より以往**、**鹽を我が国に取れ**。**多寡は唯々命のままなり**。

（『日本外史』巻十一「足利後記・武田氏・上杉氏」）▼注(3)

引用書目に『武将感状記』の名は挙がっているから、両者を比較してみると、太字で示した部分が、山陽による脚色であることがわかる。▼注(4) 兵糧攻めをしてきた北条氏康《ほうじょううじやす》・今川氏《いまがわうじ》真《ざね》の卑怯な「不勇・不義」が強調されたうえで、「謙信の領国越後からの塩の多寡は、信玄の命令次第だ」という謙信の度量《どりょう》の大きさが強調される。「公」という信玄への呼びかけ、「今より以往」「取れ」「命のままなり」のリズムの良さは、謙信の口調を再現したかのような躍動感と、漢文としての格調の双方を備えている。従って、『武将感状記』にあるような謙信の戦略的思惑は、全く捨象《しゃしょう》されている。ここには正々堂々と戦う義将謙信の姿しかない。その爽やかさに、読者は心惹かれ、この話は伝わっていくが、この謙信像の英雄化は、一騎《いっき》駈《が》けの武者の「勇」につながる要素をはらんでいたのである。

事実、川中島での謙信と信玄との一騎打ちは、『日本外史』においては、信玄は刀を抜く暇もなく、「麾扇」で受け、肩を負傷している。山陽自身語っているように、江戸時代、この川中島の諸戦は、武田流軍学と上杉流軍学とでは伝えが異なるのだが、両派の記事を参照・編集したとはいうものの、ここは上杉贔屓《びいき》の記事で英雄化を図っていた、▼注(5) と考えられる。

ここで問題となるのは、『武将感状記』から『日本外史』に至る所伝の変化の意味である。頼山陽は、彼の史論『通議《つうぎ》』によれば、▼注(6) すぐれて政治学の書であるといった近年の指摘もあるほど、高度で現実的な政治意識を反映した歴史観を持っていた。しかし、『日本外史』という書物は、そもそも取材した軍書の文体の通俗性を揺曳《ようえい》し、一般にも英雄像を伝える面があり、そこが文人山陽の人気の秘密でもあり、山陽自身の意図を越えて尊王《そんのう》攘夷《じょうい》のイデオローグという誤読の評価を与える一因にもなったと考えられる。▼注(7)

では、『武将感状記』の場合、どういう意図で、謙信の所伝に戦略的意図を読みこんだのか。その間の事情は、江戸前期に既にあった将のための武士道の流れにあるものと、単純に割り切れない。結論から言ってしまえば、本書は、上級武士だけでなく、「将」と「侍」の中間に位置する存在、あるいはさらに下の階層をも想定した書物だった。身分の固定化した江戸時代にあって、「侍」には不必要なはずの「将」の武士道がなぜ語られなければならなかったのか。どうしてそういう逆転現象が起きたのか。このことが問われなければならない。

そして、先取りして言えば、官僚化する「侍」にこそ戦略は必要であり、その逆転現象とは、平時において、どう非常時に対処する準備をしておけばよいのか、という永遠のテーマを含んでいる。その意味で、『武将感状記』における武士像なり武士道は、単なる過去の身分社会の武士の問題だけでは収まらないものをはらんでいるのである。

注(3) 原文・点は、幕末最も流布した川越藩学刻『校刻日本外史』による。訓読文は、岩波文庫版によった。

注(4) 木崎好尚『百年記念頼山陽先生』（頼山陽遺蹟顕彰会、一九三一年）『外史』と『政記』には、春水蔵書は浅野侯爵家設立の図書館に引き継がれ、『日本外史』冒頭の引用書目と照らして、その軍記類が大体一致する、との報告がある。

注(5) 濱野靖一郎『頼山陽の思想　日本における政治学の誕生』（東京大学出版会、二〇一四年）33頁注（13）によれば、『日本外史』の上杉・武田の戦いの記述は、当初『甲陽軍鑑』に拠ったものの、上杉流の軍書『川中島合戦記』を入手して改訂を施していたことが、指摘されており、甲州流・上杉流の両流派の軍書を参照したという。

注(6) 注（5）前掲書。

注(7) 齋藤希史「頼山陽の漢詩文　近世後期の転換点」（東京大学教養学部国文・漢文学部会編『古典日本語の世界　漢字がつくる日本』東京大学出版会、二〇〇七年）によれば、山陽その人は、単なる名調子を狙ったのではなく、口承性を持った軍記の文体を意識しつつ漢文に縮約し、その訓読は、冗長な意味理解のための機能から、補読を減らし簡潔にして強い美しさを持った後藤芝山・柴野栗山の流れにあること、つまり、漢文を「目と耳で読む」江戸後期の漢文読書の歴史的条件に支えられた文体であった、という。

また、注（5）前掲書終章第二節「1　討幕の煽動―吉田松陰」において、吉田松陰が松下村塾においては、毛利家関係の記事を中心に講義し、山陽にとっては肝心の徳川家康の治世評価の部分を無視していた、意図的、あるいは意図せざる「誤読」について指摘している。

つまり、『日本外史』の山陽自身の意図と、これが流行した後世の多様な享受とは、いきなり同じ地平で論じてはならない、錯綜した事情がある。

3■平時に武士道を忘れないために

――『武将感状記』の成立環境

編者熊沢淡庵《くまざわたんあん》とは何者であったか。岡山大学付属図書館池田家文庫所蔵の熊沢家「先祖幷御奉公之品書上」竪帳一冊を基本文献として、『備作人名事典』・『名家伝記資料集成』・『近代著述目録』・『岡山県人名辞書』・『三百藩家臣人名事典』・河本一夫「蕃山関係系譜」(『増訂蕃山全集』第七巻)・宮崎道生『熊沢蕃山の研究』を参照してその伝を簡単に記しておこう。

　淡庵の祖父庄右衛門正英は永正《えいしょう》の頃、唐津に在住。姉婿になる唐津領主寺沢広高《てらざわひろたか》の招きで、慶長《けいちょう》の頃唐津に来住。淡庵の父大膳はその次男。兄三郎衛門正孝は寺沢氏筆頭家老三千石。領主との不和で大坂の陣で豊臣方につき、落城後は兄の縁で平戸松浦家に仕官、のち五百石に加増。嗣子以降は代々作右衛門を称し家老職をつとめた。

　淡庵は、名は正興、通称権八郎・猪大夫。号は淡庵のほか砕玉軒。平戸に生まれ、初め平戸藩士であったが故あって慶安元年二十歳で浪人、二年後岡山藩主池田光政《いけだみつまさ》に三百石で仕官。後小姓頭。亡くなる前年南条氏に改姓。儒を熊沢蕃山《くまざわばんざん》に、和歌を中院通茂《なかのいんみちもち》・飛鳥井雅章《あすかいまさあき》に学び、連歌・俳諧もよくした。彼の学問を考える時、蕃山の妹万の夫であることが注意される。また、蕃山の弟仲愛は、松浦藩士岩田治左衛門の養子になり、一時期出仕しており、致仕後、淡庵と同時に岡山藩に出仕している。中院通茂はその日記から、京都に隠棲《いんせい》した蕃山に傾倒したことが窺《うかが》われ、淡庵の和歌もその縁からであったことが推測できる。江戸で没。墓は浅草本智院。著書には『武将感状記』のほか、『応兵記』・『近世武家談叢』・『近代正説砕玉話脱漏』・『近代正説続砕玉話』・『淡庵俳句集』・『鉄砲茶話』などが残されている。

　蕃山は自身も浪人中困苦《こんく》の経験があり、岡山再仕官後、池田光政に重用されて藩政に参画してからも、その生活はつましく、俸禄《ほうろく》に胡坐《あぐら》をかいた門閥武士の堕落を批判している(『集義外書』)。武士の帰農による財政の健全化と、武士の強壮化を説き、その一環として学校を建設した蕃山であれば当然のことである。清が日本に侵攻してくる危機感を訴えていた蕃山は、富国強兵論者の源流でもあった。

　当然のこと、その蕃山に影響を受けた淡庵による『武将感状記』は、そういう文脈で受け取られた書物だった。本書には二つの序文が付されている。刊行直前の「正徳丙申(六年)夏」に書かれた「浪華散人」「酔醒亭」の序は、「伊蒿子」すなわち藤井懶斎《ふじいらんさい》の発言を引いて、岡山からはなぜ人物が輩出するかと言えば、先代藩主池田光政が「孝」にして「義」で、好古《こうこ》の風があり、藩内各地に学校があって、民間にも教師がおり、「儒風」が興《おこ》り、「異教(仏教のことか)」が弱まっている、と岡山藩の藩風を称揚《しょうよう》する。特に淡庵は教化の隆盛に寄与した人物で、この著も講武の士にとって有益な書であるとこれを勧めている。

また、もう一つの序文は岡山藩儒で藩の学政を統括した和《わ》田《だ》正尹《まさただ》（省斎）のものである。勇と義のバランス、武を用いる術の根底にあるべき忠孝《ちゅうこう》の心を説き、戦国の「将卒」を一括して、危機に対応した彼等の行動は、「武門の準的（模範）」になると言う。ただし、一般に流布する書は、「興亡」の大略を記すもので、「志士・勇者」の忠節・戦死・義気が残されていない。それを憂《うれ》えた淡庵が編集したので、本書を読んで、太平の世に俸禄に胡坐をかいて枕を高くする「天下の将士」が、義を重んじ命を軽くする心を起こし、緊張感を失わないよう願うものである、と説く。

これら二つの序を読み比べれば、岡山藩外と内部の双方から、本書の価値を説くものであって、儒者の立場から、武士を教育する価値を説くと同時に、武士の官僚化への危機感から、「将」「士」を一括して「武門」とし、双方に教訓を説く姿勢が見て取れる。十七世紀末は、武士の官僚化が止めようもない流れとしてあり、現実に武士のモラルや、武士のアイデンティティーが失われかねない危機感から、逆に武士道の書物が生み出された側面がある。本書と同時期に書かれた『葉隠《はがくれ》』などもまさにその典型であった。▼注(8)

戦争の記憶も生々しかった十七世紀前半は、新たな武士による秩序の編成がなされた時期でもあったから、「将」の「武道」と「侍」の「武道」は弁別《べんべつ》される傾向にあった。しかし、十七世紀末の武士の官僚化と学問の興隆《こうりゅう》・普及は、「将」「士」を共に「武門」としてくくり、「武道」「武士道」を教育する理念化が進んだのである。モラルというものは、現実にはそのモラルが行われにくい状況にある時、いっそう声高《こわだか》に、あるいは繰り返し強調され、言語化される。モラルをめぐる「当為」と「規範」の関係が、現実には遊離する傾向にあったとき、モラルは理念化して、教育されるのである。こうして儒者が武門の教育に、本書のような武将伝を使いだす事情が見えてくるのである。

4■勇者への道

では、現代において、本書に載せられたサムライたちの活躍は、武士の漢文作成テキスト、および教訓書という過去の遺物《いぶつ》として一蹴《いっしゅう》できるものなのだろうか。以下、特徴的なエピソードを挙げ、現代の視点から鑑賞をしておきたい。

注（8） 小池喜明『葉隠　武士と「奉公」』（講談社学術文庫、一九九九年）。

【原文】

雲州《うんしゅう》尼子《あまこ》と芸州の毛利と相戦ふ。尼子が将山中鹿之助は、勇類を抜き、力人に超えたり。尾州に往きて救ひを請ふ。信長其の時、明智日向守が家士野々口丹波いまだ彦助と云ひし比、山中が旅館に至りて「陪臣の身として申すは恐れ入り候へども、あはれ茅屋の中に駕を枉げられ候はば、辱しかるべし」と請ひ求む。山中「過分に候。参るべし」と許諾す。斯る所に明智「今日風呂を焼き候はん」と云ひければ、山中「御家来野々口に先約仕りたり」と打ち笑ふ。明智も又倶に笑ひて「雁一翅《よく》、鮭一尾を以て山中をもてなせ」とて野々口に与ふ。

野々口、山中に対して、「小臣不肖に候へども、時の仕合せにて男役を勤めたる事、三度也。然れども敵をつき留め、首を取りて後、夢の覚めたるが如し。その場に於いて目に見ゆる所、朦朧として首尾分明ならず。一度心ばせある者も、敵の働き自分のかせぎ、其の次第を一々詳らかに語り候は、生得の勇にや、不審に候」と問ふ。山中感じて「御辺は偽りなき人哉。詞を飾りて虚名をとる者をみつめたる所、少なき物に候。御辺の志にては、尤も末たのもしく候。我今までに首供養したる事、二度也。始め鎗を合はせ首を斬る事、四五度の間は、我も亦た御辺に同じ。七八度に及びて、夜の明けたるが如し。十度に余りては平生に違はず、敵の内冑《かぶと》つきよく見へて児戯に均しく候ゆへ、梃《つち》を以て打ち倒しつべし。御辺いまだ壮年なり。首数累《かさ》ならば、我が言ふ所を思ひ合はせられん」とぞ語りける。

（『武将感状記』巻四）

【現代語訳】

出雲の尼子と安芸の毛利は戦い合っていた。尼子の武将山中鹿之助は、その勇敢さも力も群を抜いていた。鹿之助は尾張に行って救援を要請した。信長はその時、明智光秀の家臣野々口丹波《ののぐちたんば》がまだ彦助と言っていたころ、山中の宿所に行って「陪臣《ばいしん》の身として申し上げるのは恐縮ですが、あばら家に駕籠《かご》を曲げて入れられておられるので、お恥ずかしいことでしょう」と我が家へ来るよう請い求めた。山中も「過分なことです。参りましょう」とこれを許した。こうしている所に明智が「今日は風呂をたきましょう」と言うので、山中は「御家来の野々口殿と先約があります」とほほ笑んだ。明智もまた笑って「雁《がん》一羽・鮭《さけ》一尾で山中をもてなせ」と言って野々口によこした。

野々口は山中に向かって、「それがしは不肖の者でございますが、運がよくて武功を語る、男として晴れがましい役を三度務めたことがございます。けれども敵を追い詰め、首を取ってからは、夢から覚めたような気分です。その場で見たことは朦朧としてはっきり覚えていません。心の強い者も、自分の働きや敵の動きをつぶさに語るのは、生まれついての勇気があるということでしょうか。不審なことです」と問うと、山中は感心して「貴方は嘘のつけない人でいらっしゃる。言葉を飾って虚名を取る者をよく見極めていらっしゃる。貴方の志は大変末頼もしく思われます。私も首供養に武功の話をしたことは二度あります。初めて槍を合わせて戦い、それから四五回のうちは、私もまた貴方と同じでした。七八回に及んで、ようやく夜明けを迎えたような状態になり落ち着いてきました。十回目になると、普段と変わらず、敵の内冑までがよく見えて、子供の遊びのように槌《つち》で打ち倒すような感じになりました。貴方はまだお若い。獲る首の数を重ねられたら、私の言っていることが思い当たるでしょう。」

【解説】

戦場とは「狂気」の場所である。自分の命を危険にさらし、相手の命を無理矢理奪うという点において。自分の命を危険にさらせば、そのストレスは尋常ではない。相手の命も自分の命と同様かけがえのないものと人間は直観的に感じているから、これを奪う瞬間にも大変な心理的負担がかかる。人間は、ふつうこういう厳しいストレスには耐えられないように出来ているから、その経験を忘れようとする。

しかし、人間はまた経験を重ねることで学習する動物でもある。従って、馴れていけば、戦場の一騎打ちにも冷静に、いともたやすくふるまえるのかも知れない。この話を聞き、あるいは読んでいたのも多くは戦場を経験しようがない平和な時代の武士たちだった。彼等にとっても鹿之助の世界は、一種「伝説」であったに違いない。と同時に戦場や戦場同様の修羅場（火事・喧嘩刃傷・地震）などに冷静に対処するには、経験こそが大切なのであって、まことしやかな武勇譚は嘘にまみれていて参考にはならないという観点で書かれている点、本書は「教育」的なのだ。

もちろん、その「教育」が、「軍国」の文脈でなされるべきだ、などと主張するつもりは毛頭ない。武力行使が国際的枠組みの中で管理されようという時代、あるいは戦争が機械化して行われる時代に、かつての主張はアナクロニズムに過ぎない。ただし、戦争に限定することなく、大地震や飛行機墜落といった「緊急事態」に対応するための修養として、話を一般化した時、狂気と背中合わせの「経験」がこういう場面ではものを言うという、このエピソードは意味深長な味わいを帯びてくるものだろう。

5■三杯の茶——人材登用の「眼」

【原文】

石田三成はある寺の童子也。秀吉一日放鷹に出て喉乾く。其の寺に至りて「誰かある。茶を点じて来たれ」と所望あり。石田、大なる茶碗に七八分に、ぬるくたてて持ちまゐる。

秀吉之を飲み、舌を鳴らし、「気味よし。今一服」とあれば、又たてて之を捧ぐ。前よりは少し熱くして茶碗半にたらず。秀吉之を飲み、又試みに「今一服」とある時、石田此の度は小茶碗に少し許なる程熱くたてて出る。秀吉之を飲み其の気の働きを感じ、住持にこひ、近侍に之を使ふに才あり。次第に取り立て奉行職を授けられぬと云へり。（『武将感状記』巻八）

【現代語訳】

石田三成はある寺の弟子の少年だった。豊臣秀吉がある日鷹狩《たかがり》に出ているうち喉が渇いた。その寺へやってきて「誰かいるか。茶をたてて持って参れ」と望む。三成は大きな茶碗に七八分ばかり、温くたてて持ってきた。秀吉はこれを飲んで舌を鳴らし、「美味い。もう一服」と言うので、又茶をたてて捧げ持ってくる。前よりは少し熱くして茶碗の半分に足りない量である。秀吉はこれを飲み、（少年の機知に感心しつつ）試しに「もう一服」と言うと、三成は、今度は小さい茶碗に少しだけ熱く煮たてて持って出した。秀吉はこれを飲んで、少年の気働きに感心し、住職に乞い求めて、小姓としてこれを使うと才能を発揮した。そこで秀吉は次第に取り立てて奉行職を授けられた、という話である。

【解説】

三杯の茶で有名な話の原拠《げんきょ》だが、二杯目あたりから、秀吉が少年三成の頭の良さを認めて、三杯目を所望したところ、三成が見事に、少量の熱い茶をたてて出してみせた点がポイントだ。二杯目までは、常人でも思い付く。が、三杯目はよほどの計画性か機転がないとできない。秀吉はそこにこの少年の才能の非凡さを感じ取ったのである。事実、三成は秀吉の期待に応えて、数字を使える「奉行＝官僚」として大いに才能を発揮した。

どんな才能も、良い目利きによって見出されなければ、埋もれてしまう。これは三成を見出した秀吉の物語でもあり、そこが上に立つ武家の心得と侍の奉公という、普遍性をもたらしていて、好まれたのでもあろう。

寺の名を記さず、締めくくりも「と云へり」と伝聞体になっているのは、事実か否かを留保するとともに、徳川政権下では政治犯罪人であった三成を語る際の編者の気遣いも読み取れる。後に司馬遼太郎は、小説『関ヶ原』の冒頭で、この話を初夏の若葉の季節であったと想定し、すずやかな目の少年三成を描き出している。

ここには、平等な平準化した子供像はない。むしろ、かなり高い基準を以て大人が接し、子供の能力を計っている。計れるためには評価者が、その高度な能力を実践していなければならない。従来の学校の原理だけでは測れない、学生・生徒への評価の価値観、すなわち、社会をリードしていく人材育成のための、正しい意味でのエリート観がこの逸話からは見えてくる。

6■天下取りに後れてきた男――管理者の心得

【原文】

伊達左京太夫政宗二十四歳、小田原の陣に来りて臣従せんことを求む。諸将只今せむる氏政を患へずして、「小田原陥らば其の次はかならず陸奥を征伐せられん」と却って政宗を患へたる折ふしなれば、皆これを悦ぶ。秀吉おもひのほかに遅参を怒りて、「政宗が胸中を商量するに、我と氏政との兵勢を覗ひて、我よはくば来らじと窃かに人を付け置きたるところに、氏政の諸塁陥れられ、小田原も又抜かれんこと旦晡《たんぼ》にありと聞いて今此に来るならん。実に心服するに非ず」とて使ひを以て責められければ、政宗敬屈の過ちを謝す。二三日すぎて秀吉具足腹織《はおり》を着、床几に尻かけて礼を受けらる。政宗拝謁して退かんとする時、秀吉遅参を悪《にく》むといへども対顔を許すの上は念に止めず、「此《ここ》まで遠来の馳走に陣営を見せん。後ろの山に登れ」とて先に立たれければ、政宗跡にしたがひて山に登る。「奥州に於いて小迫合《こぜりあ》ひには馴《な》れたりとも、大合戦の人衆配りは未だ見るべからず。爰《ここ》の営は此の理なり。かしこの陣は此の意《こころ》なり。見置きて手本にせよ」と一々指して教へらる。秀吉刀を政宗に持たせ童子一人具し、片岸に立ちて終に後ろを省みず政宗を蠢《うご》めく虫とも思はれぬ体なり。政宗後に「我小田原にをいて秀吉に謁せし時かかることあり。其の時ただ恐れ入りたるばかりにて、一念の害心起こらず。大器にして天威ありし人なり」と語られき。

（『武将感状記』巻三）

【現代語訳】

伊達左京太夫政宗は二十四歳、小田原の陣に来て秀吉に臣従《しんじゅう》することを求めた。秀吉旗下の武将たちは、今攻めている北条氏政のことは心配せず、「小田原が落ちたら秀吉公は、今度は奥州を征伐されるだろう」とかえって強敵政宗のことを心配していたので、皆これを悦んだ。秀吉は予想外に遅参を怒って、「政宗の胸中を推量するに、わしと氏政の兵の勢いをうかがって、わしの方が弱ければ来るまいと、密かに人を付けて見張らせておったが、氏政の諸城が落とされ、近々小田原もまた落ちると聞いて今やってきたのだろう。実際のところは心から従っているわけではないな」と考え、使いを送って、遅参を責められたので、政宗は伺候《しこう》が遅れた過ちをわびた。二、三日後、秀吉は具足《ぐそく》・腹巻を身に着け、床几《しょうぎ》に尻をかけ、政宗の拝礼を受けられた。政宗が拝謁を終えて退去しようとすると、秀吉は心中政宗の遅参に怒ってはいたが、対面まで許したうえはそれも気になさらず、「ここまで遠くやってきたことへのもてなしに、わしの陣営を見せよう。後ろの山に登れ」と言って先に立たれたので、政宗は後に付き従って、後ろの山に登った。「奥州では小競り合いに馴れているだろうが、大きな合戦の人の配置は見たことがあるまい。この陣営はこういう意図でここに置いた。この陣営の配置はこういう意図がある。見て手本にせよ」と一々指さして教えられた。秀吉は政宗に刀を持たせ、小姓一人を連れ、崖の上に立って後ろも振り返られず、政宗を動めく虫とも思われない様子である。政宗は後になって、「わしは小田原で秀吉公に拝謁した折、このようなことがあった。ただ恐れ入るばかりで、わずかの殺そうという気持ちも起こらなかった。器が大きく天与の威厳のある方だった」と語られた。

【解説】

戦いは、戦場の上のことだけを言うのではない。特に戦国の世にあっては外交も戦争の延長線上にあるものであり、勢いそれは心理戦となる。

戦国の英雄は皆天下を目指す志があった。それくらいでなくては、戦乱を勝ち抜き、覇をとなえることはできない。しかし、政宗には天運がなかった。彼は若過ぎたし、彼の拠って立つ場所は、京から余りに遠い奥州であったからだ。秀吉が関東の北条を攻める頃、政宗は奥州をあらかた平定《へいてい》してはいたが、天下の趨勢はもはや決していたのである。しかし、政宗も簡単には諦めない。北条が秀吉と拮抗し、勝たないまでも長期戦となれば、北条と組んでさらに上をあわよくば狙ったのである。秀吉もその政宗の胸算用はちゃんと見抜いており、その生意気さに内心は怒っていたのである。

この場合、秀吉には、政宗に対し二つの選択肢があった。一つは遅参を理由に、これを攻め亡ぼすこと。もう一つは生かして臣従させ、利用することである。政宗がこの点運が良かったのは、秀吉旗下の諸武将は、北条攻めに続いて奥州を攻めるには厭戦《えんせん》気分が強かったことである。怒りに任せて戦いのリスクを取る方策を秀吉は取らない。この点秀吉は信長より慎重である。政宗を生かして利用する以上、謀反など企ませる隙を見せてはいけない。かといって脅かし過ぎて、政宗を追い詰めても仕方ない。そこで、もう拝謁は終わってほっとした隙をねらって、丁寧な余裕のある対応ながら、天下の軍勢を掌握している実態を政宗に一々教える方法を取ったのである。

政宗のプライドと能力を認めながら、もはや天下取りの戦は無理だということを合理的に知らせることで、政宗から尊敬と畏怖を勝ち取ったのである。後年政宗はそのことをよく噛みしめたのであろう。力のある先輩や上位者が、能力のある後輩を教えつつ使う方法のヒントが、ここにはある。

7■軍国の季節の修養書

明治三四年、博文館から出た続帝国文庫の中に、本書は『常山紀談《じょうざんきだん》』と合わせて入れられ、序文二つを除いた全文が収められている。校訂は江見水蔭《えみすいいん》である。

また本書は、明治四三年、東京神田区佐柄町の三教書院から「袖珍《しゅうちん》文庫」の一冊として刊行された。調査の及んだ国文学研究資料館所蔵本は同年七月刊行の四版とあるから、かなり出たものらしい。本文は平仮名に直され、章段の切れ目を付けない体裁になっているが、全文収められている。奥付の上にある近刊目録には、『いろは文庫』『文章軌範』『平家物語』『俳諧七部集』『田舎源氏』『昔語質屋庫《むかしがたりしちやのくら》』が挙げられ、今日で言えば文庫本に収められた古典の注解・現代語訳・解説がない本文だけのものといった様式である。

大正七年刊の有朋堂文庫には、『常山紀談』が収められているが、校訂者永井一孝の緒言（大正元年九月）には、

> 其の旨とする所、蓋し古武士の意気精神を伝へて、士人修養の鑑戒たらしむるにあり。華麗絢爛の文藻に乏しと雖も、暢達の文、透徹の筆、よく其言はんと欲する所を尽くし、百年の後、尚読者をして感奮興起せしむるもの少なからず。是れ本書が、幾多同種の載籍中にありて、独り群を抜いて世に行はれ、永く読者を失はざる所以なるべし。

とその価値を述べる。明治末年から大正初年にかけては、日露戦争も終わり、国家目標もなくなり、賠償金も得られず、不景気で若者に目標を与えられなくなった時代で、社会的ルールを無視しても金銭的成功を得ようとする「成功」青年、男女間の色欲に溺れてゆく「堕落」青年、華厳の滝に投身自殺した「煩悶」青年など、「青年」への教育は大問題であった。▼注(9) そこで、修養書やその一環として武士道書は、大量に刊行されたのであり、▼注(10) 本書の近代における出版にもそういう背景もあったことが窺える。

本書はその時代的文脈を変えながら、一貫して平時に強い若者を求める大人の要請から読まれてきた書物であり、そこに本書の現代における生命も見いだせるのだろう。

注（9） 筒井清忠「近代日本の「教養」」（浜口恵俊『世界のなかの日本型システム』新曜社、一九九八年）、前田愛「大正後期通俗小説の展開」（『近代読者の成立』岩波現代文庫、二〇〇一年）二七三〜二七四頁、竹内洋『立身出世主義―近代日本のロマンと欲望（増補版）』（世界思想社、二〇〇五年）、石原千秋『百年前の私たち　雑書から見る男と女』「第九章　青年たちのハロー・ワーク」（講談社現代新書、二〇〇七年）。

注（10） 井上泰至「Ⅷ　蘇る武士道　岡谷繁実」（『サムライの書斎　江戸武家文人列伝』ぺりかん社、二〇〇七年）。

8■縮こまりたくない男（女）たちへ――現代文学との交差

戦国武将の説話は、今日も日本人の好む英雄像の代表的なものとして一般によく知られている。今日、こういう英雄譚が、若い女性の間でももてはやされるようになったことは、女性も男の直面してきた問題に対処せざるを得なくなったことが一因として考えられよう。現代若者からも歓迎されている、戦国のヒーローを描く時代小説家、和田竜《わだりょう》は、縮こまりたくない人間を描こうとすると時代小説に行き着くと吐露している。▼注(11) 本書も同じ文脈で読める物語が満載されているのである。

注（11）ロバート・キャンベル『ロバート・キャンベルの小説家神髄―現代作家六人との対話』（ＮＨＫ出版、二〇一二年）。

▶選び直す人　川平敏文

室鳩巣《むろきゅうそう》

『駿台雑話《すんだいざつわ》』

近世〜戦前における「知」のスタンダード

▼室鳩巣《むろきゅうそう》
一六五八〜一七三四。江戸生まれ。加賀藩儒、のち幕儒。十五歳のとき加賀藩主・前田綱紀《まえだつなのり》に召し抱えられ、京都の木下順庵塾で勉学。正徳元年（一七一一）、同門の新井白石《あらいはくせき》の推挙《すいきょ》で幕儒となり、将軍・徳川吉宗《よしむね》の信任を得る。著書に『駿台雑話』のほか、『義人録《ぎじんろく》』『六諭衍義大意《りくゆえんぎたいい》』『鳩巣小説《きゅうそうしょうせつ》』など。

戦前（一九四五年以前）、
教科書の定番だった書物がある。
『駿台雑話《すんだいざつわ》』だ。
著者の室鳩巣《むろきゅうそう》は儒学者ながら、達意《たつい》の和文を駆使して、
儒学の神髄から文学の好尚《こうしょう》まで幅広く語り尽くす。
まさしくそれは、
近代に引き継がれた江戸の「名著」であった。
しかし戦後その評価は一転。文学史から忽然《こつぜん》と姿を消す。
鳩巣が本書で本当に語りたかったことは何か。
また本書の本当の魅力はどこにあったのか。
これまでにない角度から炙り出す。

1■「忠義」のゆくえ

まずは、『駿台雑話《すんだいざつわ》』のなかでも最も有名だと思われる話から始めよう。

寛永のころ、越前の伊予守（松平忠直）の家老に、杉田壱岐《すぎたいき》という者がいた。もとは足軽の出身であったが、その仕事ぶりが認められ出世を遂げたのであった。この者、主君の過ちを見てはつねに諫言《かんげん》して憚らなかった。

【原文】

ある時、伊予守殿在国にて鷹狩し、晡時に及て帰城あり。家老どもいづれも出迎しに、伊予守殿ことの外気色よろしく、家老どもに対して「今日わか者どものはたらき、いつにすぐれて見えし。あれにては万一の事もありて出陣すとも、上の用にもたつべしと覚ゆるぞかし。其方どもも承ていづれもよろこび候へ」とありしかば、家老どもいづれも、「御家のためなにより目出度御事にて候」といひしに、壱岐一人末座にありけるが、黙々として居たりしを、何とぞいふかとしばらく見あはせられしが、こらへかねられ、「壱岐は何とおもふ」とありしに、其時壱岐、「只今の御意承り候に、はゞかりながら歎かしき御事に存じ候。当時士共御鷹野などの御供に出候とては、さきにて御手討になり候はんもはかりがたく候と

て、妻子といとま乞して立わかれ候と承り候。かやうに上をうとみ候て思ひつき奉らず候ては、万一の時御用に立べきとは不存候。それを御存知なく、頼もしく思しめさるゝとの御意こそ、おろかなる御事にて候へ」といひしかば、伊予守大きに気色損じければ、何がしとかやいひし者、伊予守の刀もちて側に居たりしが、壱岐に「座を立候へ」といひしを、壱岐聞て其人をはたとにらみ、「いづれもは御鷹野の御供して、猪猿を逐てかけ廻るを御奉公とす。壱岐が奉公はさにてはなし。いらざる事申候な」とて、其まゝ脇指を抜てうしろへなげすて、伊予守殿のそばへ進みより、「たゞ御手討にあそばされ下され候へ。むなしくながらへ候て、御運のおとろへさせ給ふを見候はんよりは、只今御手にかゝり候はゞ、責て御恩の報じ奉る志のしるしと存じ候はん」といひて、頭をのべ平伏しけるを見給て、なにともいはで奥へいられけり。（後略）

（巻三「杉田壱岐」）

【現代語訳】

ある時、伊予守殿が領国で鷹狩をし、暮れ時になって帰城された。家老たちがみな揃って出迎えたところ、伊予守殿はとても御機嫌よく、家老たちにむかって「今日の若者どもの働きは、いつにもまして素晴らしかった。あれであれば万一の事があって出陣するとしても、きっとお上の御用に立つと思われる。おまえたちもこれを喜んでもらいたい」と仰ったので、家老たちは口々に、「御家のために、何よりめでたいことでございます」と言った。

壱岐は一人家老の末席にいたのであるが、じっと押し黙っている。殿は、壱岐が何か言いたいことがあるのだろうと思い、しばらく彼が口を開くのを待っておられたが、とうとうこらえかね、「壱岐、お前はどう思うか」と聞かれた。そのとき壱岐は、「ただ今のお言葉を承りますに、憚りながら、嘆かわしいことに存じます。いま当家の侍たちが御鷹野などの御供に出ますときには、出先にて殿のお手討ちに遭うやもしれないというので、妻子と暇乞いをして別れてきているのでございます。このように主君を疎み、親しみ申し上げないのでは、万一のとき御用に立つとは思えません。それを御存じなく、頼もしいと思われるのは、迂闊なことでございます」と言ったので、伊予守は大いに機嫌を損ねてしまった。

そのとき何がしとかいった、伊予守の刀を持って側に控えていた者が、壱岐にむかって「その座を立ち退かれよ」と言った。するとそれを聞いて壱岐はその人をはたと睨みつけ、「おぬし方は鷹野に御供し、猪・猿を追いかけ回ることを御奉公だとお思いである。私、壱岐の御奉公はそうではない。余計なことを仰るな」といって、そのまま脇差しを抜いて後ろへ投げ捨てて、伊予守殿の側へ進みより、「いますぐ私めをお手討ちください。むなしく生きながらえて、殿の御運が衰えるのを見ますよりは、ただいま御手に懸かりますならば、せめてこれまでの御恩に報い申し上げた、私の志のしるしともなりましょう」と言って、首をのばし平伏したのを、殿はご覧になり、何も言わずに奥へ入ってしまわれた。（後略）

【解説】

諫言。それは戦場で一番槍を突くことよりも難しい。一番槍は、もし失敗したとしてもその勇気をそれなりに評価される。しかし諫言は、失敗すれば何の評価も得られない。それどころかかえって主君の逆鱗《げきりん》に触れ、命を奪われることさえある。まさしくそれは、人生最大の賭けである。

鳩巣の生きた享保期を中心とした時代は、徳川幕府の創業以来、約百年が経過していた。もはや戦後ではない。武家の臣下とはいっても、真っ先駆けて敵陣に乗り込み、一番槍を突く機会はまず想定できない。戦功によって忠義を示すことができないとするならば、主君の政をよく輔佐し、その家を子々孫々まで永続せしめることが忠義の示しようとなる。

ここに暗愚《あんぐ》の主君がいたとする。ただし、いまは天下泰平の世。戦いに臨むわけではないから、この主君に適当に阿《おもね》りながら生きていけば、自分の身が危うくなることはない。命を賭してまで主君に諫言し、その非を論《あげつら》うのは馬鹿らしい生き方だ。そのように考える者もいたに違いない。

■国語教科書と『駿台雑話』

『駿台雑話』に載る武家説話は、そういった「平和惚け」した武士たちに、本当の忠義とは何かを、むかしの武士たちの身の処し方を引き合いに問いかける。▼注(1) その語り口は、和漢混淆文とはいえ、軍書や武辺咄《ぶへんばなし》のような硬質なそれではない。伝統的な和文のリズムを有してあくまでも優雅、しかも文章構造は非常に論理的で明解。眼前には登場人物の心情や、場面構成がいきいきと再現されるように感じる。まさしく達意の和文である。本稿の副題にも示したように、『駿台雑話』は近世〜戦前における「知のスタンダード」であったといえるが、その理由の一つが、この文章の妙である。本書は近代以後、教科書や副読本としてたいへんよく読まれたが、その評の一、二を抜き出してみる（傍点は川平が付した）。

・『駿台雑話読本』（中野虎三編、明治三十年、東京・青山清吉刊）

この人々（＝室鳩巣、貝原益軒、新井白石）の和文は、普通国文の準拠として、既に明治の教育上に称用せらる。而して藩翰譜《はんかんふ》、読史余論《とくしよろん》は史学に偏し、折焼柴記《おりたくしばのき》は事柄甚狭く、大和俗訓《やまとぞくくん》などの類は事理詳に過ぎて興味を欠き、駿台雑話は優雅にして意義もよく聞え、記す所

注(1)白石良夫『説話のなかの江戸武士たち』（岩波書店、二〇〇二年）参照。

も亦いと広し。

・『藩翰譜・駿台雑話・楽訓鈔』（吉田弥平編・石井庄司補訂、昭和十三年、東京・光風館刊）

文章は雄健頸抜で武士道を鼓吹するにふさはしく、しかも玲瓏にして愛誦すべきものがある。……これは純粋なる儒教に立脚して武士の精神修養を説いたものである。殊に儒教思想を強調する所に一種の寓話の如き感をさへいだかしめるものがあるところが、この駿台雑話の特色である。

いわば思想と文章を同時に勉強できるテキスト、それが『駿台雑話』であったのだ。

それでは、『駿台雑話』は戦前、どれくらいよく読まれたのか。いま、田坂文穂編『旧制中等教育　国語教科書内容索引』（教科書研究センター、一九八四年）を利用して、明治二十一年から昭和十八年までのあいだに刊行された文部省検定の国語読本（副読本、抄本は含まず）二二〇点のうち、『駿台雑話』から教材を取っているものを計上してみると、下表のようになる。

すなわち、旧制中学校国語読本においては明治〜昭和期を通じてほぼ八割、高等女学校国語読本においては明治期が約七割、大正期・昭和期には約五割が、『駿台雑話』を教材として利用しているという実態が確かめられる。これは非常に高い比率と言わねばならない。

時期	種別	教科書点数（a）	『駿台雑話』掲載点数（b）	百分率（b/a）
明治	旧制中学校	57	47	82%
	高等女学校	37	25	68%
大正	旧制中学校	24	20	83%
	高等女学校	30	17	56%
昭和（18年まで）	旧制中学校	37	30	81%
	高等女学校	35	18	51%

戦前の国語読本における『駿台雑話』掲載点数

国語読本におけるこのような実態を反映して、『駿台雑話』はこの時期、本文テキスト・注釈・抄出本・副読本などの関連書も多数刊行されている。装幀は明治期のものには和装本が多いが、版式はすべて活版印刷である。現在、手許にあるものだけでも次ページ表のように二十種があるが、この他にもまだあるだろう。

いまこれを概観するに、『駿台雑話』関連書の刊行は、明治二十七年、その全文を収めた活版本が出されたのを皮切りとして、明治三十五年には初の注釈書でありその金字塔ともいうべき関儀一郎『駿台雑話註釈』が出され、以後ますます活況を呈する。その背景には、当時の国語教育における「擬古文」の奨励という問題があるが、これについては今は深く踏み込まない。大正期に関連書が見られないのは、明治三十年代から四十年代にかけて続々と抄本・解説書等が刊行されたことにより、市場の需用が満たされていたためか。また昭和期に入ると、文庫本や副読本、受験用参考書類が多く刊行されていることが伺える。

　このように、『駿台雑話』は明治から昭和戦前期における「国語」の定番テキストであった。そのことは、言い換えれば、中等教育を受けた国民のほとんどが、『駿台雑話』の内容に一度ならず触れた機会を持った可能性があるということになる。では、どのような内容がよく読まれたのであろうか。

書名	編者	初版刊行年	内容
『駿台雑話』	編者不明	明治二十七年	全文
『駿台雑話』	鈴木常松	明治三十年	全文
『駿台雑話読本』	中野虎三	明治三十年（序）	抄本
『駿台雑話註釈』	関儀一郎	明治三十五年	本文無・詳注
『駿台雑話選釈』	高木尚介	［明治三十八年］	抄本・詳注
『国文読本 駿台雑話抄』	国語漢文研究会	明治四十一年	抄本
『国文抄本 駿台雑話』	上田万年	明治四十三年	抄本・略注
『駿台雑話』（千代田文庫）	寺本安之助	明治四十四年	全文
『詳解 常山紀談・駿台雑話』	玉木退三	昭和六年	抄本・詳注
『新釈駿台雑話』	岩見護	昭和七年	抄本・詳注
『いてふ本　駿台雑話』	三教書院	昭和十年	全文
『駿台雑話の講義』	宮下幸平	昭和十一年	抄出・注釈
『駿台雑話』（岩波文庫）	森銑三	昭和十一年	全文
『新抄 東西遊記・駿台雑話』	沢潟久孝	昭和十二年	抄本・略注
『藩翰譜・駿台雑話・楽訓鈔』	吉田弥平／石井庄司	昭和十三年	抄本・略注
『国文抄本 藩翰譜・駿台雑話』	武田祐吉	昭和十三年	抄本・略注
『駿台雑話自習書』	国漢研究会	昭和十四年	抄本・詳注
『駿台雑話』（研究社学生文庫）	壬生勤	昭和十五年	抄本・略注
『駿台雑話詳解』	岩見護	昭和二十一年	抄本・詳注

『駿台雑話』に収まる全八三話のうち、前述した旧制中学校教科書に収録された回数が多いもの上位三位を挙げると、一位「手折し手にふく春風」（巻三）25回、二位「杉田壱岐」（同）22回、三位「阿閉掃部《あべかもん》」（同）19回となる。すべて真の忠義とは何かを説く武家説話であることが特徴的だ。

　いっぽう高等女学校教科書では、一位「倭歌に感興の益あり」（巻五）20回、二位「老僧が接木」（一巻）19回、三位「手折し手にふく春風」5回という結果で、こちらはやはり女子教育の特徴が表れて、文学や一般的教訓の話が上位を占めている。

　さらに、先述した副読本・受験参考書などの『駿台雑話』関連書のうち、「抄本」の性格をもつのは一三点ある。それらの抄出話を調査してみると、「老僧が接木」（巻一）、「仁は心のいのち」（巻二）、「杉田壱岐」（巻三）の三話が一一点の「抄本」に掲載されており、同列の一位という結果になった。

　こうしてみると、「老僧が接木」「杉田壱岐」あたりが、国語教科書や副読本などを通じて、最もよく知られた話であったということになろう。前者は、老齢の僧侶が自分のためではなく、寺の将来を考えて苗木を植えていたという、一般的な教訓話であるが、後者すなわち本稿で取りあげた「杉田壱岐」は、江戸～昭和二十年頃までの価値観の在処をよく表すものであろう。命を賭してまで、主君に「忠義」を尽くす生きざま。それを美談とし、理想とみなしていたのが、江戸という時代である。そしてそれは、命を賭すべき主君が「天皇」あるいは「国家」に読み替えられる形で、明治から昭和期に入っても続いた。

　しかし昭和二十年の敗戦で「忠義」の物語が否定される同時に、あれほど熱心に読まれた「杉田壱岐」、いやそういった「忠義」の説話群がひとつの特徴でもあった『駿台雑話』自体の受容も、一気に低調になってしまう。昭和二十四年から平成十八年までに発行された高校国語教科書収録作品の目録である阿武泉監修『教科書掲載索引13000』（日外アソシエーツ、二〇〇八年）につけば、『駿台雑話』は昭和三十年代前半に刊行された四つの教科書を最後に、忽然とその姿を消してしまったことが確認される。

　価値観が一八〇度転換したのである。

2 朱子学の逆襲

　日本教育史、わけても石田梅岩《いしだばいがん》にはじまる石門心学《せきもんしんがく》の研究で知られる石川謙に、『慎思録《しんしろく》から駿台雑話へ』（ラヂオ新書、昭和十六年）という著書がある。ラジオ講座の内容をまとめた小篇であるが、『駿台雑話』の史的意義が実に的確にまとめられている。そのなかに、次のような一節があって示唆的である。

> （文体など）色々な特色のために『駿台雑話』は、屢々《しばしば》国文の模範として国語読本の中に取込まれて、その文章の側から世の人々に親しまれて来てゐる。そのために返って、この書の全体の構への土台をなしてゐる大切な図取り、即ち倫理思想の学問的体系が、あまりにも完全に見落とされて来たことは、著者の鳩巣に対して何とも気の毒な限りである。

戦前において、本書に期待されたものがその文章の妙であり、特に武士の「忠義」の話が好まれたことは先述の通りであるが、石川はそれがために、かえって本書の根本となる意義が見失われていることを遺憾としている。

　鳩巣《きゅうそう》の編述意図は何か。この点は今後しっかりとした分析が必要になってくると思うが、そのひとつが儒学界における異端の弁正《べんじょう》、朱子学復権の目論見であったことは確かであろう。


【原文】

　座中一人、翁にむかひて、「たゞ今西京・東都において、世に鳴て人を率る儒者の説を承り候に、或は我国の道とて、神道を雑へてとくもあり、或は陽明が学とて、良知を主としてとくもあり。或は古の学とて、新義を造りてとくもあり、紛々異同のまち〱なり。いづれを是とし、何れを非とせん。翁の心においていかゞ思ひ給へるにや」。翁きいて、「当代門戸をたて、異説を唱ふるもの、おほやう今申さるゝ三流ときこえ侍る。是等の説を立る人々、さこそ所見あるにて侍るべし。もし翁が古に聞ところをもていはゞ、いづれもさには侍らず。それ、道は天にいでゝ一原なるものなり。その一原のところをさへ悟りぬれば、わが国の道とて人の国にかはるべからず。良知の説とて窮理にはなるべからず。鄒魯の学とて濂洛にたがふべからず。」（中略）

「それはともあれ、神道とはいへど其説をきくに、我国に荷担し、湯武叛逆の類といへば、其いはゆる神道は、仁義の外に有にやあらむ。良知といへど其説をきくに、仏性を明徳と並べ称し、武蔵房弁慶を智仁勇の士といへば、其いわゆる良知は、是非の心にあらざるにやあらん。古学といへど其説をきくに、大学を聖人の書にあらずとし、孔釈の道二つなしといへば、其いはゆる古学は、徳性の外にやあらむ。是等の説、いづれも翁が疑をのがれぬ事にて侍る。然るに仁義をかね、内外を合せ、古今に通ずるは、たゞ程朱の学なり。されば大中至正の道にて、孔孟の正統たる事なにの異論かあるべき。たゞ翁がふかく恐るゝ所は、程朱の学をするのともがら、身をもて践履をせずして、たゞ講論をのみ事とせば、其学は正しといふとも、道において何の得る事かあるべき。明朝すでに其弊ありし故に、陽明も支離をもて朱学を譏りしぞかし。邪説の起るも是故にてこそ侍れ。もとより実行を忘れて空談をつとむるは、聖賢の戒る事なれば、今更翁が事新しく申にも及ばず。ふかく慎むべき事にこそ。」（巻一「異説まち〱」）

【現代語訳】

座中の一人が翁（鳩巣）に向かってこう問うた。「現在、京・江戸において世に鳴り、門生を率る儒者の説を聞きますに、あるいは我が国の道といって儒学に神道を交えて説く者がおり、あるいは王陽明の学といって「良知」をキーワードに説く者がおります。あるいは古学といって、新しい学問を作りあげて説く者もおり、様々な主張は一致することなくバラバラです。どれを是とし、どれを非とすればよいのか、翁におかれましてはどうお考えですか」。翁が聞いて答える。「当代門戸を張って異説を唱える者は、おおむね、いまあなたが仰った三流であると思われます。これらの説を立てる人々は、きっとそれなりに考えがあるのでしょう。しかし私がむかし聞いた限りのところでいえば、いずれも正しいとは思えません。そもそも、道というものは天より生じて一つのものです。その一つというところをさえ了解すれば、わが国の道

（神道）といっても、他人の国（中国）と変わるものではない。良知の説（陽明学）といっても、朱子学の窮理《きゅうり》の説から離れるものではない。孔子・孟子の学（古学）といっても、程朱の学に違うことはないのです。」（中略）

「それはともあれ、「神道」を旗じるしとする人の説を聞くに、わが国に肩入れし、桀紂《けっちゅう》を討った湯武《とうぶ》をも叛逆者《はんぎゃくしゃ》の類だと決めつけるのだから、彼らの言う神道とは、仁義の問題とは無関係に存在するのでしょうか。「良知」を旗じるしとする人の説を聞くに、仏家の仏性を儒学の明徳と並べ称し、武蔵房弁慶を智仁勇《ちじんゆう》が備わった士などと称えるのだから、彼らの言う良知とは、是々非々の心とは別のことなのでしょうか。「古学」を旗じるしにする人の説を聞くに、『大学』を聖人の書ではないとし、孔子と釈尊の道に変わりはないなどと言うのを見れば、彼らの言う古学は、心の徳を問題としないのでしょうか。これらの説は、どれも私の疑問を逃れられないのです。しかるに、仁義の問題を兼ね備え、内なる心と、外なる行ないを合一にし、古今に通じる普遍性をもつのは、ただ程朱の学問だけです。それはきわめて公正の道であって、孔孟の教えを正統に引き継いでいることに何の異論がありましょう。

ただ、私が深く恐れるのは、程朱の学を行う輩が、身をもって実践せず、ただ講論をのみ専らとするならば、その学は正しいとしても、道において何も得ることがないということです。中国明代にはすでにその弊害が見られたゆえに、陽明も支離《しり》という言葉を使って朱子学を譏《そし》りました。邪説が起こったのもこれが故でございましょう。もとより実行を忘れて空談にふけるのは、聖賢の戒めることなので、いまさら私がこと新しく申すにも及びません。深く慎むべきことです。」

【解説】

『駿台雑話』が執筆された享保期の儒学思想界は、朱子学を神道と結びつけた闇斎学《あんさいがく》、知行合一《ちこうごういつ》を説いて朱子学を空理とする陽明学、朱子学以前の古代に立ち戻って儒学を再構築しようとする古学（仁斎学《じんさいがく》、徂徠学《そらいがく》）などが乱立し、相対的に朱子学の権威が薄れつつあった。そのような状況下、鳩巣は本書で、儒学における朱子学の正統性、そしてその有効性を、決して激することなく、穏やかに懇々と説いた。朱子学の静かな逆襲が始まったのである。

巻一「老学自叙」によれば、鳩巣は若いころ「俗儒」に就いて「記誦詞章」の学を習ったという。これは単なる知識の詰め込み、あるいは作詩作文の訓練であったのだろう。ある時その非を悟り、自らの心を修養せねばならないことに目覚めたが、良師益友《りょうしえきゆう》に恵まれず、「程朱をも半ば信じ半ば疑いつゝ、定見なかりし」まま、あたら時間を空しくした。鳩巣は少年期から青年期にかけて、加賀藩の援助を受けつつ京都の木下順庵塾（雉塾）で勉学しているが、その間にも、時代的に言えば闇斎学系、あるいは陽明学系の学説が、チラチラと頭を過ぎっていたのではあるまいか。

　しかし四十歳に近いころ、ようやく程朱の学が普遍性をもつことを深く悟り、以来三十余年その研究と実践に努めてきたという。そうして中国宋代における朱子学の継承、明代における陽明学の興隆といった学問史を概観しながら、わが国の儒学界の現状に説き及ぶ。「ちかき比、俑《よう》作る人ありて、始て一家をたて徒弟をあつめしより、老姦の儒いでゝ其上にたゝん事を欲し、猖狂の論を肆《ほしいまま》にして忌憚《いみはばか》る事なし。一犬虚を吠れば、群犬これを和する習なれば、邪説横議世に盛なることそ理にて侍れ。誠に此道の厄運ともいふべし」（『老学自叙』）。こうして引用したような、闇斎学派、陽明学派、古学派に対する批判が展開されるのである。

■異端の排撃

　闇斎およびその学派は、君主と家臣との上下関係を極めて固定的なものとして捉える。かつ日本の皇統は絶対的なものと考えられていたから、たとえ暗愚であったとしても、湯武《とうぶ》が桀紂《けっちゅう》を放伐《ほうばつ》したようには、天皇を弑《しい》することはできない。それでは仁義の問題は宙に浮くのではないかというのが、この学派に対する鳩巣の疑問である。

　次に良知の学を唱える陽明学派については、仏教と見紛《みまが》うような議論を展開して、儒学の本筋を見失っていることを批判する。武蔵坊弁慶を智仁勇の備わった士とするのは、熊沢蕃山『集義和書《しゅうぎわしょ》』巻一・書簡一に載る弁慶の評論を指している。蕃山は「かくれたる処ありて、世人知事《しること》まれなり」として、弁慶が義経の奥州逃亡を助けたさいの知謀と仁愛を、具体的な場面を挙げながら称讃するのであるが、鳩巣にはそのような弁慶評と良知説とのあいだに横たわる懸隔《けんかく》がどうにも埋まらなかったものらしい。

　また、古学派が「大学は聖人の書にあらず」と言っているというのは、伊藤仁斎《じんさい》『語孟字義《ごもうじぎ》』巻下「大学は孔子の遺書に非ざるの弁」などを指している。そして「孔釈道に二なし」というのは、やはり仁斎が「浮屠道香《ふとどうこう》師を送る序」に、「道」というのは「天下の公道」のことで一つしかなく、儒学も仏教もその上に立脚する学問であると言い、「師の道、吾が道、豈《あ》に二つ有らんや」（『古学先生文集』巻一）と述べたことを指す。鳩巣は仁斎のこうした発言を挙げて、万人が自己の内面を省察し、その徳性を涵養《かんよう》すれば、それが治国平天下へと繋がっていくという朱子学の理念との違いを指摘しているのである。

　もっとも先に引用した鳩巣の議論は、まだまだ精緻なものとはいえない。議論はここからようやく本質的なものとなり、このあとには徂徠の古文辞《こぶんじ》学《がく》派への排撃も徐々に展開されていく。右はいわば反撃の狼煙《のろし》、あるいは序曲である。このように、『駿台雑話』は巻一の冒頭から、こうした異端の弁正から始まっている。そのことは本書の編述意図を考えるうえで、もう少し注意されなければならないであろう。

また引用文の最後にあるように、鳩巣は朱子学の側にも空理空談の弊があったこそ、これらの異学が湧き起こる隙を与えたのであると認めている。これはわが国十七世紀における朱子学への反省の弁でもあった。本節のタイトルは「朱子学の逆襲」としたが、これは逆襲であると同時に、新しい朱子学の出発なのであった。そしてその議論は、近世後期における「異学の禁」の理念にも影響を与えた可能性がある。その意味で本書は、思想史的にも非常に重要な書物であるということができるのである。

3■鳩巣と和歌

また『駿台雑話』には、既述のような教訓的・思想的方面の話材以外にも、和漢の文学にかんする鳩巣の姿勢や好尚が窺える話材が散見する。それらのうち中国漢詩文への言及は、鳩巣が儒学者であることを考えれば当然のことであろうが、特に注目したいのは、彼の日本古典への言及である。ここではそのような一例として、彼の『古今集』所収歌に対する論評を紹介したい。

【原文】

「古今集は外の集とちがひ、其歌いづれも誠実に候故、おのづから道理にかよはして見るべくこそ候へ。右の元方の歌にさし継て、貫之が自からよみたる袖ひぢての歌をのせしも、月令に孟春のはじめに「東風凍を解く」とあるにかなひて、心ありて見え侍る。其故は春風の凍をとくこそ、陽和の至る最初のしるしにて侍れ。かの霞鶯などやうの事は、是程に的実には覚え侍らず。

されど春風の凍をとくといふばかりにては、いかによみかなへたりとも、さまで余情あるまじきに、いにし歳の春過ての後より夏秋冬をへし事を、「袖ひぢて結びし水のこほれるを」と、一首の中によみこめて、さて「春たつけふの風やとくらむ」と、今又春にかへるこゝろにて結びし事、千鈞の重さある物から、歌にたけありて、余情かぎりなきものなり。

此外の歌も、古今集にのせしは、いづれも言葉すなほにて、なにの手もなきやうにて、打吟ずればその味おのづから深長にして、言外にあるやうに覚え侍る。詩にていはゞ漢魏の楽府古詩の如し。詩は盛唐といへど、漢魏の詩は、実情より発して、おのづから巧拙をはなれて見ゆ。更に同じものにあらず。古今集の歌もしかなり。その言葉すがた後の作者の及ぶべきことがらとは見えず。是をおもふに、さして撰者よみ人のとがにもあらず。文章は時と上下すとあれば、時代の盛衰につれてかくあるにこそ」。（巻一「袖ひぢての歌」）

【現代語訳】

（翁がいう。）「『古今集』は他の集と違って、その歌はいずれも誠実なものであるから、自ずから道理に通わして見るとよいものです。『古今集』が右の元方の歌（古今集巻頭歌「年のうちに春は来にけり一年を去年とやいはん今年とやいはん」）にひき続いて、編者の貫之が自ら詠んだ「袖ひぢて結びし水の凍れるを春立つ今日の風や解くらむ」の歌を載せているのも、『月令』の一月のはじめに「東風凍を解く」とあるのに適っていて、意義深く見えます。というのは、春風が氷を解かすことこそ、春の陽和が至る最初の徴でございます。かの霞や鶯などを春の訪れと見るのは、この春風ほどに的確な表現とは思われません。

しかしながら、春風が氷を解かすと言うばかりでは、いかによく詠んでいるとはいっても、さほどの余情《よじょう》はないでしょうに、去年の春が過ぎてそのあと夏秋冬が経過したことを、「袖ひぢて結びし水の凍れるを」と、一首の中に読み込んで、そうして「春たつ今日の風や解くらむ」と、いままた春に返る趣向で結んだことは、千鈞《せんきん》の重さに価するものです。これにより歌に丈《たけ》が生まれ、余情は限りないものとなっております。

この他の歌も、『古今集』に載っているものは、どれも言葉は素直で、何の技巧もないようですが、口ずさめばその味わいは自ずから深長で、言外にあるやうに思われます。これを漢詩に例えるならば、漢魏《かんぎ》時代の楽府か古詩のようです。詩は盛唐《せいとう》がよいと言うけれども、漢魏時代の詩は、実情から発するもので、自然と巧拙の意識を離れているように見えます。すなわち盛唐の詩とまったく同じではありません。『古今集』の歌もこれと同じで、その言葉や風姿は、後世の作者が及ぶべきものではないと思われます。その理由を考えるに、一概に撰者や詠者ばかりの咎というものでもありません。文章は時とともに上下するというので、時代の盛衰に連動してこうなってしまうのでしょう。

【解説】

「翁いとけなかりし比、小倉の百首をよみ習しより、和歌のをかしきふしをもかたはし承りしり」（巻五「作文は読書にあり」）とあるように、鳩巣は幼い時から和歌を好んでいた。その後、儒学を勉強するようになって漢詩の面白さに目覚めるのであったが、「我朝の人これ（＝和歌）をもて性情を吟詠すれば、からやまと詞はかはれども、その所はかはるべからず」（巻五「倭歌に感興の益あり」）とあるように、和歌と漢詩は基本的に同列のものと見なしていた。もっとも和歌は三十一文字という制約があるため、表現の多様性においては漢詩に一籌《いっちゅう》を輸《ゆ》する。それでも、「たゞその情に発する一ふしは、おのづから詩にかなふ所ありて、人心を起す益なきにあらず」（同）と言うように、情に基づいて詠まれた和歌は、漢詩と同じように、人の心によき感興《かんきょう》を催させる効果がある。上の引用文は、鳩巣がこのような和歌観を前提として、貫之の「袖ひぢて」の歌を解説したものであった。

「春風が氷を解かす」という言葉が中国の歳時記『月令《げつれい》』に出ていることは、手近なところでは北村季吟《きぎん》『八代集抄』にも記載されていて、特に目新しいものではない。また、単に『月令』を踏まえるだけでは珍しげもない歌であるが、「去年の春、袖を濡らして掬った水が凍ってしまったのを」と、上の句に一年の時の経過を凝縮し、「その氷を立春のいま、春風が解かしている」というように、下の句で再び季節を春に戻す。すなわち四季の循環という壮大な理《ことわり》を、三十一文字という短い言葉のなかに見事に言い込めた歌として、鳩巣はこの歌を絶賛したのである。この解釈が鳩巣の独自のものなのか、何か拠るところがあるのか、まだ調査が及んでいないが、儒学者らしい解釈であることは確かである。

■風雅論的な和歌観

さて、上の引用のなかで鳩巣は、『古今集』を評して、「どれも言葉は素直で、何の技巧もないようであるが、口ずさめばその味わいは自ずから深長で、言外にあるやうに思われる」と言っている。そしてそれは漢魏時代の漢詩にも通ずるものであって、「実情より発」し、「巧拙をはなれ」ているところが良いのだと言う。ここに、彼の考える和歌観がよりはっきりと窺える。彼は「技巧」（言葉、表現）よりも「情」を重視した。

此のごろの歌は、あたらしくいひいでゝ、一ふしをかしくきこゆるはあれど、こと葉の外にけしき覚えて、あはれふかきはなし。いかでか人の心を感興するの益あるべき。是も晩唐以後の詩のごとく、詞にのみもとめて情に本づくといふ事をしらぬなるべし。（巻五「倭歌に感興の益あり）

言うところはこうである。「近年の和歌は、目新しい詠みぶりで、少し面白く聞こえるものもあるが、言葉の外に趣向が表れていて、しみじみとした深い感動がない。どうして人の心によき感興を懐《いだ》かせる益があろうか。これも晩唐以後の詩と同じく、表現を「詞」にのみ求めて、「情」に基づくということを知らないからである」。

「情」の重視。といえば、当時においては伊藤仁斎の有名な「文学は人情を道ふ」のような、「人情」論などが想起されるところであるが、しかし、鳩巣がいう「情」とは、仁斎のような、「善悪を問わず、自ずから湧き起こる感情」というような意味での「情」理解とは、少し異なる。鳩巣のいうそれは、先に「我朝の人これをもて性情を吟詠すれば」云々とあったように、「性情」という言葉に置換可能なもので、そこには朱子学的な「情」理解、および詩歌観が前提としてある。すなわち、よき詩歌（風雅）は、その作者の心が「性情の正」なる状態のときに生まれるという前提、いわゆる風雅論的詩歌観である。▼注(2)「性情の正」とは、心のなかの「性（理）」に寄り添った形で「情」が発現している状態、簡単に言えば、私欲や邪念といった悪い「情」を含まない、正しい「情」、純粋無垢の「情」が発現している状態をさす。

いにしえの秀歌には、そういった意味での「性情」が、自ずから含まれている。よって、これらの歌を吟詠すれば、己れの心を清浄にする効果が得られる。先に「人の心を感興するの益」などと言われていたことである。そういった和歌の効能を、もう少し詳しく述べた部分がある。

久方の光のどけき春の日にしづ心なく花のちるらむ

（以下、七首略）

是等の歌、不尽の景気をうつして、さながら目に見るがごとく覚え侍る。折にふれて是を吟詠せば、襟懐を清くし、塵想もけぬべし。西行が、「わが仏法は、倭歌によりてすゝむ」といひし、さもありなんかし。わがともがらも吟詠をたすけ、性情を養ふには、たよりなきにあらず。されば倭歌のすてがたきは、こゝにあるべし。（同）

「久方の」以下七首の古歌、これらを吟詠すれば、胸襟《きょうきん》が正され、邪念が払われる。西行が「自分の仏道は、和歌のおかげで精進した」と言ったのも宜《うべ》なるかな、よき歌は「性情を養ふ」たよりになる、と。同じことを、「万葉、古今などの歌を、時にあたりて思ひよりて、打吟じたらむは、心もやすらかに、あはれもふかゝるべし」（巻一「袖ひぢての歌」）なども言っている。

このような理解が、近世前期の風雅論的な詩歌観の域を出ていないことは確かである。しかしながらそうした詩歌観を、漢詩だけではなく和歌に関しても積極的に言及している点は、鳩巣の特徴の一つとして挙げてもよいのではなかろうか。そして詳しくは別稿に譲るが、このように日本の和歌や古典を適宜利用しながら、朱子学の思想を分かりやすく説くところに、『駿台雑話』が長く親しまれた秘密の一つがあると思われるのである。

注(2) 揖斐高「風雅論―江戸期朱子学における古典主義詩論の成立―」（『江戸詩歌論』所収、汲古書院、一九九八年）参照。

II

江戸版「日本の古典」への扉

▶選び直す人 一戸 渉

荷田春満《かだのあずままろ》

『創学校啓《そうがっこうけい》』

和漢という対《つい》——近世国学史の隘路《アポリア》——

▼荷田春満《かだのあずままろ》
一六六九〜一七三六。江戸時代前期の和学者。羽倉氏。初名、信盛、通称、斎《いつき》。京都伏見の稲荷社の祀官信詮《のぶあき》の第二子として生まれる。元禄十三年以降、江戸に滞在して門戸を張り、享保八年には幕府所蔵の和書鑑定の御用を勤めた。家集『春葉集』、主著に『万葉集童子問』『伊勢物語童子問』など。

「国学の四大人」の筆頭、荷田春満《かだのあずままろ》。
彼が晩年に幕府へと
国学の学校創設を願ったという漢文が
『創学校啓《そうがっこうけい》』である。
近世国学の古典でもあったこの文章は、春満没後、
同族の荷田信郷《のぶさと》が出版した家集『春葉集《しゅんようしゅう》』（一七九八年刊）
の附録として公にされたが、
かつて資料としての真偽をめぐって
論争が行われたこともあり、
その評価は今日まで揺れ動いている。
従来看過《かんか》されてきた当該漢文の表現と様式を読み解き、
かつ『春葉集』という書物内部での
位置づけを探ることで、
『創学校啓』を新たな視角から捉え直す。

1■『創学校啓』の来歴——聖典《カノン》化と偽造説のあいだで

『創学校啓《そうがっこうけい》』▼注(1)は、かつて近世国学を代表する文章のひとつであった。「古語通ぜざれば則ち古義明かならず。古義明かならざれば則ち古学復せず」との歯切れのよい対句は、国学の方法論を端的に表わすものとしてしばしば参照され、また幕府へと国学の学校創設を願い奉るという文章の内容自体、自分たちの活動の社会運動としての側面を裏打ちするものとして平田篤胤《あつたね》とその一派の敬慕を集めた。昭和初期頃までは「国学」の語を自覚的に用いたもっとも早い用例がこの『創学校啓』であったと認識されてもいた。

当該文章が広く知られるようになったのは、著者である荷田春満《かだのあずままろ》（寛文九年・一六六九～元文元年・一七三六）生前のことではない。彼の没後、京の稲荷社（現在の伏見稲荷大社）の祀官であり、春満の同族後裔にあたる荷田信郷《のぶさと》（元文五年・一七四〇～寛政十二年・一八〇〇）が、同族の荷田信美《のぶよし》、また当時において高名な学者・歌人であった上田秋成とともに編纂・刊行した春満の和歌集『春葉集《しゅんようしゅう》』（寛政十年刊）に附録の一つとして収録されることで、この『創学校啓』は世人の知ると

注（1） 後述の『春葉集』所収本では「請蒙　鴻慈創造国学校啓」と題されているが、本稿では安政六年に福羽美静《ふくばよししず》が刊行した際に付した外題「荷田大人創学校啓」以来通行の略称『創学校啓』を用いる。

ころとなった。
国学の聖典《カノン》と見做《みな》されてもいた一四〇〇字に満たないこの文章をめぐる評価は、しかし、さまざまな紆余曲折を経て今日に至っている。ひとつの機縁は明治期の国文学者藤岡作太郎《ふじおかさくたろう》による次のような記述であった。

文章絢爛《けんらん》にして暢達《ちょうたつ》、しかも啓文としては華にすぎ、実少なく、また普通文を以てせずして、かゝる文体を以てせしはその何故なるかを怪しまる。こゝに於てか人或は疑ふ、この文東麿の作りしものにあらず、後人（或は平田一派の人）の仮作に出でしものならんかと、それ或は然らん。▼注(2)

『春葉集』刊行によって初めて公になった『創学校啓』を平田派の人々が偽造することは時系列からいって不可能で、この藤岡説にはすぐさま井上頼圀《よりくに》らの批判が出されることになる。▼注(3)その後、昭和初頭には春満門人にして儒者の山名霊淵《れいえん》筆であることから霊淵本と呼ばれる、『春葉集』所収本より前の形態を留めた写本（東丸《あずままろ》神社現蔵）の存在も公となり、▼注(4)版本で「国学」とある箇所が霊淵本ではことごとく「倭学」ないし「古学」となっていたことが判明するなど関連資料の整備が次第に進んだが、伊東多三郎▼注(5)や三宅清▼注(6)といった研究者によって偽造説は繰り返し浮上させられることになる。伊東説と三宅説には小異はあるが、総じていうならば『創学校啓』とは、春満《あずままろ》を顕彰すべく山名霊淵をはじめとする門人及び同族後裔《こうえい》が春満に無断で製作した記念的作文であって、春満はその成立に何ら関与しておらず、さらに『春葉集』所収本は編者荷田信郷《のぶさと》による改竄《かいざん》の産物で、伴蒿蹊《ばんこうけい》『近世畸人伝《きんせいきじんでん》』（寛政二年刊）など諸書に見える春満が有していた国学の学校建設という素志《そし》も、自家喧伝を目論んでいた信郷による種々の虚偽・誇張に満ちているとするものであった。とりわけ三宅による一連の春満研究は、関連資料の博捜《はくそう》や個別の論の精度は高く評価されるべきものであるが、こと『創学校啓』に関しては、微に入り細を穿《うが》ち、その行文や関連資料等にわずかでも不自然で疑わしい（と三宅が判断した）点を見出しては、それを偽造の根拠として揚言《ようげん》してゆく体のもので、確かに一貫してはいるものの、決定的な根拠を示し得ているわけではなく、あくまで状況証拠による推論に過ぎない。ただ、にも関わらず荷田春満が生前に『創学校啓』の成立に関与したことや、学校建設を願う啓文が幕府に実際に提出されたことを確実に示す一次資料の不在ゆえに、偽造説は戦後に至ってもくすぶり続けることになる。▼注(7)結局のところ、春満自筆本でも出現しない限りこの真偽論争は永遠に決着をみない質《たち》のものであるが、近年では春満筆の『創学校啓』などはじめから存在せず、春満の立案練想に基づき山名霊淵が撰文したとする昭和三年に刊行された『荷田全集』第一巻解題に立ち戻るべきとの見解も鈴木淳によって提出されている。[注(8)]

さて、本稿では真偽をめぐる議論に立ち入ることはしない。それが実際に幕府へ献上された文書であるかどうかも問わない。[注(9)] 従来の『創学校啓』研究は、如上の真偽論争にばかり終始してきた憾《うら》みがあり、さまざまに綾《あや》なされた漢文で書かれた当該文章を、そもそもひとつの作品としてどのように読むべきかというごく基礎的な問題への検討が極めて稀薄《きはく》であったといわねばならない。さらに『春葉集』という書物にとって、この漢文体の文章がいかなる意味を持つのかということも看過されている。本稿では『創学校啓』の表現を読み、また『春葉集』の附録としての位置付けなどについて考察しながら、当該文章が近世という時代において有した意義を、従来とは異なる視角から捉え返してみたい。

注(2) 藤岡作太郎『東圃遺稿』巻一（大倉書店、一九一一年）六五頁。

注(3) 井上頼圀「荷田翁の啓文に就いて」（大貫真浦『荷田東麿翁』会通社、一九一一年、所収）。

注(4) 『荷田全集』第一巻（吉川弘文館、一九二八年）、及び北村和三郎『荷田春満大人の一生』（府社東丸神社社務所、一九三五年）。

注(5) 『国学の史的考察』（大岡山書店、一九三二年）九〇頁以降。なお、笹月清美「荷田春満と創学校啓」（『国語と国文学』第十六巻第十号、一九三九年）は伊東説に対する反駁を含む。

注(6) 昭和十五年（一九四〇）に国民精神文化研究所の紀要として公刊された『荷田春満』（目次・内題は「荷田春満の神祇道学」）。その後、『荷田春満』（畝傍書房、一九四二年）として再刊、また一九八一年に著者自身の追記を附して『荷田春満の古典学』第一巻（私家版）として再刊。また『荷田春満の古典学』第二巻（私家版、一九八一年）に収められた諸論考でも偽造説を展開している。

注(7) 注6前掲三宅著の刊行後も、菟田俊彦「羽倉斎荷田東麻呂の「創倭学校啓」をめぐる三宅清氏の疑惑と批難（偽造説）に就て」（『神道史研究』第三三巻第二号、一九八五年）ならびに上田賢治『国学の研究―草創期の人と業績―』（大明堂、一九八一年）に対する反論として、三宅清「創造国学校啓文は偽造の文稿である」（『神道及び神道史』第四四号、一九八六年）、同「啓文続説」（同誌第四六号、一九八八年）が発表された。また近年では内村和至「荷田春満の仮名序研究をめぐって（上～下）―国学における反・文献学の系譜―」（『文芸研究』第八九、九一、九四号、二〇〇三～二〇〇四年）が、三宅説を基本的に踏襲しつつ『春葉集』での荷田信郷による「改竄」を論じている。

注(8) 『新編荷田春満全集』第十二巻（おうふう、二〇一〇年）「創倭学校啓」解題。

注(9) にも関わらず、本稿のタイトルにおいて、著者名に春満の名のみを掲げることをいぶかしく思う向きがあるかも知れない。本稿では以下、『春葉集』所収本に基づいて論じてゆくため、先行研究を踏まえた上で厳密な言い方をするならば、荷田春満草案・山名霊淵撰文・荷田信郷校訂『創学校啓』が本稿の対象ということになる。ただこれではあまりに煩瑣であるし、経緯はどうあれ当該文章は春満の存在なくして成立し得ないもので、署名も「荷田東麻呂」と明記されている。以上より、著者を春満として論を進めることは、当該文章自体を検討する上ではさしづめ不都合はないと考える。

2■上表文《じょうひょうぶん》としての『創学校啓』——読むための前提

まず『創学校啓《そうがっこうけい》』原文を『春葉集』掲載本文に基づき、冒頭から途中まで掲げよう。▼注⑩ また、原文に続けて書下しと現代語訳を付したが、書下しでは原文にある欠字・台頭を無視しており、現代語訳は逐語訳ではなく、あえて意訳した部分があることを断っておく。

【原文】

謹請蒙　鴻慈創造国学校啓

荷田東麻呂

誠惶誠恐頓首頓首、謹聞、伏惟
神君、勃興山東、覇功一成、平章天下、草上之風孰越君子之
志、維新之化始建弘文之館、庶矣且富、又何之加、
明君代作、文物愈昭、光烈相継、武事益備、済済焉蔚蔚焉、
鎌座氏之好倹庸何及于斯乎、郁郁乎斌斌乎、室町氏之尚文
豈同日之談哉、応此昇平之化、天生寛仁之
君、以其天縦之資、国見不厳之教、野無遺賢傚陶唐之諫鼓、
朝多直臣擬有周之官箴上尊
天皇専不譎之政、下懐諸侯而来包茅之貢、道斉有暇則傾心於
古学、教化不周則深治於先王、購奇書於千金、天下聞達之
士嚮風、探遺篇於石室、四海異能之客結軑、

【書下し】

謹んで鴻慈《こうじ》を蒙り国学校を創造せんと請ふ啓

荷田東麻呂

誠惶誠恐頓首頓首。謹んで聞《もう》す。伏して惟《おもん》みれば、神君、山東に勃興し、覇《は》功一成、天下を平章す。草上の風、孰《た》れか君子の志を越えん。維新の化、始めて弘文の館を建つ。庶あり、且つ富めり。又《ま》た何をかこれに加へん。明君代《だいだい》作り、文物愈昭《いよいよあきら》かに、光烈相継ぎ、武事益《ますます》備はる。済済《せいせい》たり、蔚蔚《ゐゐ》たり。鎌座《かまくら》氏の倹を好む。何を庸《もっ》てか斯に及ばんや。郁々乎たり、斌々《ひんぴん》乎たり。室町氏の文を尚ぶ。豈同日の談ならんや。此の昇平の化に応じ、天寛仁の君を生じ、其の天縦の資を以て、国に不厳の教へを見《し》めす。野に遺賢なきことは陶唐の諫《かん》鼓《こ》に傚ひ、朝に直臣多きことは有周の官箴《かんしん》に擬す。上天皇を尊びて、不譎《ふけつ》の政を専らにし、下諸侯を懐けて、包茅の貢を来たす。道斉《ととの》ひ、暇有れば、則ち心を古学に傾け、教化周《あまね》からざれば、則ち治を先王に深くす。奇書を千金に購《あがな》はば、天下の聞達の士、風に嚮《むか》ひ、遺篇を石室に探らば、四海異能の客、軾《しょく》を結ぶ。

【現代語訳】

謹んで将軍様の御慈悲をいただき、国学の学校創建を願う文書

荷田東麻呂

誠に恐れながら、幾度も地に頭をすりつけ、謹んで申上げます。僭越ながら私が考えますに、神君たる家康公が関東において力を得て盛んとなり、覇者としての功業《こうぎょう》がひとたび成ると、天下を公平にお治めになられました。家康公の統治は、どうして君子の意に背くことがありましょう。世が改まってから、林家の学塾である弘文館を創建されました。その隆盛ぶりには、言葉もございません。歴代の将軍のはからいにより、文運いよいよ盛んに、将軍様の輝かしい栄光により、武運もますます備わっております。何と盛んなこと！鎌倉幕府の歴代将軍は質素倹約を重んじたといいますが、それとてどうしてこの徳川の世に及ぶことがありましょう。何と盛んなこと！室町幕府の歴代将軍は文事を尊んだといいますが、それとてこの徳川の世には遠く及びません。文武ともども何と盛んなことよ！この太平の世にふさわしく、天は寛容にして慈愛に満ちた将軍様（吉宗）をこの世に生ぜしめ、そして将軍様はその天賦《てんぷ》の資質によって、この国に厳しい取締りなどもないままにおのずと治まっている理想郷をお示し下さいました。今の世に、賢人が残らず登用されていることは、鼓を朝廷の門外に立てて君を諌《いさ》めることを促した帝尭《ていぎょう》に並ぶもので、また今の世に直言する正直な臣下が多いことは、周代に百官に命じて王の過ちを戒める辞を作らせたことに擬《なぞら》えるべき素晴しさです。上へ向けては天皇を尊敬申し上げて、偽りのない政治を行い、下へ向けては諸大名をいたわり慕わせて、貢ぎ物が献ぜられております。正しき政治がまんべんなくゆき渡り、その上で暇が生じた時には、すぐさま心を我が邦の古えの学へと傾け、また政道があまねく行き渡っていないところがあったら、すぐさま古代の先王の治道に深く思いを致しておられます。将軍様が貴重な典籍を多額のお金を費やしてお求めになったことで、世の名のある人々はこぞって、その好学の風に随うようになり、佚書《いっしょ》を宮廷の書庫にお探りになったことで、天下の異能たちが江戸の地に集うことになりました。

右の文章は「徳川幕府の治世を言祝《ことほ》いだ文章」と、ひと言で要約可能である。ただこうした要約では何らこの文章を理解したことにならない。漢文という形式が抱え持つ、内容とは別の要素を読み解く必要がある。

例えば、延長三年（九二五）、平安時代中期の公卿大江朝綱《おおえのあさつな》が老母の介護を理由に職務上の配慮を願った文章（『本朝文《ほんちょうもん》粋《ずい》』巻第六奏状中）は、次のように題されている。

請殊蒙鴻慈拝任温職状（殊に鴻慈を蒙りて温職を拝任せんことを請ふ状）

注（**10**）以下、特に断りのない限り『創学校啓』からの引用は『春葉集』所収のものに拠る。漢文の原文については欠字・台頭を原文のままに表記し、私に読点を付し、通行の字体に改めた。

これは臣下から主君へと意見を具申する上表文での定型的な文飾だが、『創学校啓』の題との類似性は明らかだろう。さらに『創学校啓』の末尾は、

臣東麻呂誠惶誠恐頓首頓首謹言

と結ばれている。「臣下である私春満が誠に恐れながら申上げます」といった程度の意味であるが、朝綱による前掲文章の末尾は次のようなものである。

朝綱誠惶誠恐謹言

『創学校啓』がこうした本邦の王朝期の漢文、とりわけ上表文の形式を強く意識した文体模倣《パスティーシュ》として書かれた作品であることは明白である。▼注(11)『創学校啓』の参照先である王朝期の公《く》卿《ぎょう》や文人官吏《かんり》たちによる漢文は、六朝時代から唐代にかけて中国で盛んに行われた対句を基調とする駢儷《べんれい》体で書かれている。事実、『創学校啓』の文章は畳み掛けるように対句を用いた典型的な駢文にほかならない。

また、『創学校啓』に使用されている語句は、大半が何らかの出典を持つ。▼注(12)先行研究に未だ指摘のないものをいくつか補っておくと、先の引用文中の「維新之化」、これは「維新」の語の出典である『詩経《しきょう》』大雅文王篇《たいがぶんおう》よりも、より直接的には『隋書《ずいしょ》』東夷伝倭国条で倭国の王が隋の使節裴世清《はいせいせい》に向けて述べた「冀聞大国維新之化（冀《こいねがわく》は大国維新の化を聞かんことを）」との言に拠ったものであろう。隋の政治改革を指す語が、『創学校啓』では徳川の天下統一後の治世を指すものとして用いられている。さらに「不厳之教」は『本朝文粋』巻八所収の小野篁《おののたかむら》「令義解序《りょうのぎげ》」の「昔寝縄以往。不厳之教易従。画服而来。有恥之心難格（昔寝縄《しんしょう》より以往《をちつかた》、不厳の教従ひ易く、画服より来《このかた》、有恥の心格《ただ》し難し）」に拠ったもの。▼注(13)「寝縄」は古代、「画服」は尭舜《ぎょうしゅん》の時代、刑罰に応じて服の色を定めたこと。すなわち遥か古代において、厳しい刑罰もないままおのずと治まっていた理想状態を指す語として使われていたものを、これも徳川の治世に転用したものである。以上はあくまで一例に過ぎないが、とどのつまり『創学校啓』とは、徂《そ》徠《らい》学派流とでもいうべき古典・故事の引用・転用を散りばめた擬古《ぎこ》的かつ断章取義《だんしょうしゅぎ》的な漢文であったことになる。

こうした対句表現や典拠《てんきょ》のある語句、さらに欠字・台頭《たいとう》といった元の漢文が具備する諸要素は、先に示したような現代語訳、ましてや要約文では決してすくい取ることができない。先に要約のみでは『創学校啓』を何ら理解したことにならないと述べたのは、こうした理由からである。このことはまた、『創学校啓』が決して実務的な文書ではないということでも

ある。単に学校建設を幕府に訴えるだけならば、より日常的な表現（候文《そうろうぶん》など）が採用されてもよかったはずである。かつて藤岡作太郎が表明した違和感もこの点に向けられていた訳であるが、『創学校啓』の過剰なまでに壮麗な文体はむしろ意図的に選択されたものと見るべきであろう。『創学校啓』の文体は、先述の通り漢学の才を誇る王朝期の文人官吏たちが駢儷体で書いた上表文――その多くは『本朝文粋』に収められている――に倣《なら》ったものであった。これは文章の内容のみならずその形式においても復古的であろうとすることでもある。『創学校啓』は王朝期の様式の近世的再生を志向した擬古文である。この前提から『創学校啓』はまず読み直される必要があろう。

慶應二年（一八六六）、『創学校啓』を独立させて刊行した篤胤の養子平田鐵胤《かねたね》は、同書序文中で次のように述べている。

> 我、先人の玉手次〔平田篤胤《あつたね》著『玉襷《たまだすき》』のこと・論者注〕に。此大人の御伝へを撰まるゝに付て。此を引出て委く講示《トキシメ》され。世に古学すとふ人々の。大抵は。歌文の遊業にのみ心を用ひて。真の道を思はざるが多かるを。甚く慨《ウレタ》み憤りて。抑此文はしも。畏けれど。神に。皇に。国に忠義《マメ》なる御心の著明《イチシル》ければ。真の古学ぶ輩は。朝暮《アサヨヒ》に戴キ持て。ゆめ忘るまじき物なる事も。又此大人は。我が古学の御祖なる事も。委く懇《ネモコロ》に諭し置れたるが如くなれば（以下略）

古道に基づく社会的実践を志向した平田派にとって、『創学校啓』は本居《もとおり》派をはじめとする歌文の創作にばかりかまけている他派の古学者を批判する拠りどころでもあった。こうした平田派的な観点からすれば、『創学校啓』という文章は、そこに盛り込まれている思想内容こそが重要なのであって、駢儷《べんれい》体の漢文という形式や個々の表現はあくまで二義的なものとして後景に追い遣《や》られることになる。従来の『創学校啓』

注（11）『創学校啓』における『本朝文粋』所収の「表」からの影響に関しては既に三宅清による指摘がある（注6前掲『荷田春満の古典学』第一巻二六九丁以降）。ただ三宅の論は表現摂取の事例をいくつか挙げた上で、例によってそれらを『本朝文粋』の影響下にあった春満一門による『創学校啓』偽造の証拠と見做すのみであって、特に立ち入った分析には及んでいない。

注（12）『創学校啓』の語句の典拠に関しては、はやく山田孝雄『荷田東麻呂創学校啓文』（宝文館、一九四〇年）に詳細な注解があり、また『本朝文粋』からの表現摂取を指摘する前掲の三宅清『荷田春満の古典学』第一巻、戦後では『近世神道論　前期国学』日本思想体系三九（岩波書店、一九七二年）所収の阿部秋生による注釈、『論語』からの表現摂取を指摘する蒐田俊彦「羽倉斎荷田東麻呂の「創倭学校啓」をめぐる三宅清氏の疑惑と批難（偽造説）に就て」（注7前掲）がある。

注（13）大曾根章介・金原理・後藤昭雄校注『本朝文粋』新日本古典文学大系二七（岩波書店、一九九二年）の訓読に拠った。

研究が、真偽論争も含め、「何が書かれているか」あるいは「書かれていることは事実か」という内容面の検討にほぼ終始し、「どのように書かれているか」という表現面の検討をなおざりにしてきたのも、恐らくこの辺りに淵源《えんげん》していよう。

3■『春葉集』における位置①――荷田信郷の「改竄」？

いまひとつ従来の研究で取りこぼされている点がある。それは『春葉集』という書物の中での『創学校啓』の位置である。既述の通り、そもそも『創学校啓』は春満の没後六十二年を経て刊行された和歌集『春葉集』の附録として公にされたものであった。先行研究が明らかにしている通り、『春葉集』所収の『創学校啓』と先述の霊淵《れいえん》本との間には「倭学」「古学」が「国学」へと改められている点も含め、少なくない異同がある。▼注(14)『春葉集』編纂に中心的な役割を果たしたのは春満の同族の後裔であった荷田信郷で、これらの異同は信郷による「改竄」の結果生じたものとされている。刊行にあたって彼の手が加えられたことは確かだろうし、そもそも『創学校啓』を『春葉集』に附録として収めるという判断を行ったのも、稲荷社の御殿預を代々務めた東羽倉家の現当主として、同家の蔵書を管理していた信郷を措いては考えにくい。

とはいえ、だとしてもなぜ『春葉集』という和歌集にわざわざ漢文で書かれた『創学校啓』などを付す必要があったのだろうか。言い換えれば、信郷は『春葉集』の附録としての『創学校啓』にどのような役割を担わせようとしたのか。真偽論争のためもあってか、あるいは平田派の人々が『創学校啓』を独立して版行したことも与《あずか》ってか、従来の研究において『春葉集』と『創学校啓』の関係はあまりに軽視されている。加えて、先述の三宅清の研究以降、『春葉集』編者である信郷は「改竄」の首謀者と見做《みな》され、『春葉集』所収本も信郷の手が加えられた不純な本文として、もはや顧みられないままに措かれている。『創学校啓』を享保期のテキストとしてあくまで春満との関係においてのみ見るならば、確かに後世に付加された要素は全てノイズでしかないのだろう。ただ、『創学校啓』は信郷らによって『春葉集』の附録として寛政期に再生させられたテキストでもある。また信郷に関する否定的な評価がひとり歩きしているものの、彼自身がそもそも『春葉集』の編纂にあたって、どのような考えから本文に手を加えたのかについても、未だ検討の余地を残しているように思われる。以下、『創学校啓』を『春葉集』という文脈の中で捉え返してみたい。

まず『創学校啓』において、当該時期の学問状況について述べたくだりを掲げよう。

【原文】

天之将喪斯文也命也、天之未喪斯文也時也、時之不可失不敢不告也、今也、洙泗之学随処而起、瞿曇之教逐日而盛、家講仁義歩卒厮養解言詩、戸事誦経閹童壺女識談空、民業一改、我道漸衰、紀土州嘗嘆焉、田園競捨、資産傾尽、善相公深痛矣、臣竊以是亦足以見太平日久之象、唯有為可痛哭長太息者、在我
神皇之教陵夷一年甚於一年、
国家之学廃墜存十一於千百、格律之書泯滅復古之学誰云問、詠歌之道敗闕大雅之風何能奮、今之談神道者是皆陰陽五行家之説、世之講詠歌者大率円鈍四教儀之解、非唐宋諸儒之糟粕、則胎金両部之余瀝、非鑿空鑽穴之妄説、則無証不稽之私言、曰秘曰訣、古賢之真伝何有、或蘊或奥、今人之偽造是多、臣自少、無寝無食、以排撃異端為念、以学以思、不興復古道無止、方今設非振臂張胆弁白是非、則後必至塗耳塞心混同邪正

【書き下し】

天の将《ま》さに斯文を喪《ほろぼ》さんとするや、命なり。天の未だ斯文を喪さざるや、時なり。時の失なふべからざる、敢へて告げずんばあらざるなり。今や、洙泗《しゅし》の学、処に随ひて起こり、瞿《く》曇《どん》の教、日を逐うて盛んに、家《いえいえ》に仁義を講じ、歩卒厮養《しよう》も詩を言ふことを解し、戸《ここ》に誦経《ずきょう》を事とし、閹童壺女《えんどうこんじょ》も空を談ずることを識る。民業一《ひと》たび改まりて、我が道漸く衰ふ。紀土州嘗て嘆ず。田園競ひ捨てて、資産傾き尽す。善相公深く痛めり。臣竊《ひそ》かに以へらく、是亦以て太平日久しき象を見るに足れりと。唯、為めに痛哭長太息すべき者あり。我が神皇の教を在《み》るに、陵夷一年は一年より甚しく、国家の学、廃墜して十一を千百に存す。格律の書泯滅《ぼうめつ》して、復古の学誰れか云《ここ》に問はん。詠歌の道敗闕して、大雅の風、何ぞ能く奮はん。今の神道を談ずる者は、是皆陰陽五行家の説、世の詠歌を講ずる者は、大率《おおむね》円鈍四教儀の解、唐宋諸儒の糟粕にあらずんば、則ち胎金両部の余瀝、鑿空鑽穴の妄説にあらずんば、則ち無証不稽の私言なり。曰く秘、曰く訣、古賢の真伝何ぞ有らん。或は蘊、或は奥、今の人の偽造是多し。臣少《わか》きより寝となく、食となく、異端を排撃するを以て念と為し、以て学び、以て思ひ、古道を興復せずんば止むなし。方今、設《も》し、臂を振ひ、胆を張り、是非を弁白するに非ずんば、則ち後必ず耳を塗り、心を塞ぎ、邪正を混同するに至らん。

【現代語訳】

学問の道の存亡は天の時運にかかっています。この時宜を失っ

注（14）『春葉集』所収本と霊淵本との異同に関しては、注6前掲三宅清『荷田春満の古典学』第一巻二四九丁以降に詳しい。

てはならないとの思いから、あえて今、この学校創建の願いを申し出ました。今や本邦では儒学・仏教が盛んに行われています。どの家でも仁義を話題にし、足軽や雑役すら漢詩を解します。どの家でも経文を唱え、下男下女すら色即是空について話しています。「民の風俗がひとたび改まったことで、我が国の道は次第に衰えていった」と紀貫之が「古今和歌集真名序」でかつて嘆いた通り、「田畑を捨てて寺院のための土地とし、資産を使い果たしてまで仏塔を建造したりしている」と三善清行《みよしきよつら》が「意見封事十二箇条」で心を痛めて述べている通りです。私がひそかに思うには、こうして儒仏の教えが広まっているのは確かに太平が続いたしるしではあるでしょう。とはいえそのことに心を痛め、長い溜息をついている者がここにおります。我が国における神と天皇の教えを見ると、その衰退ぶりは年を追って著しく、我が国のことをめぐる学問ももはや滅亡に瀕しております。律令格式の書物が滅び失われた今、復古の学問をいったい誰に問うたらよいものでしょう。和歌の道が廃れ損なわれている今、雅の風姿が、どうして盛んになることがありましょう。今の神道家は、みな神道と言いつつも陰陽五行説に擬《なぞら》えた説ばかりで、世の歌人は、おおむね天台密教の教義に擬えた解釈をほどこすばかりです。そうした人々は、中国の唐代・宋代の偉大な儒者達の無益な残りかすか、でなければ密教の両部説の下らない余り水のようなもので、空理空論の妄説でなければ、根拠もなく考えなしの私見に過ぎません。秘事・秘訣だなどと言っていますが、そこに古き賢人の真の伝授などどうして含まれていましょう。蘊奥《うんおう》・奥義などと言っていますが、つい最近作られた偽造が大半なのです。私は若いころから常にそのような異端を排撃することを念じ、学び、考え続けて参りました。そのような私ですから古道をどうしても再興したいのです。今ここで、思い切って物事の是非をはっきりとさせておかなければ、後世に必ずや物事の邪正の判断ができなくなってしまうことでしょう。

外来の教えである儒学・仏教が瀰漫《びまん》する一方、本邦独自の律令・歌学・神道といった学問は衰退著しく、かつ邪説に満ち満ちているという。こうした状況を打破すべく、以降、学校創設の願いが述べられてゆく訳であるが、ところで、右に引いた『春葉集』所収本の傍線部「臣竊以是亦足以見太平日久之象、唯有為可痛哭長太息者」の二十四文字は、霊淵本には存在しない。つまり、これは信郷《のぶさと》が追加した文言ということになる。また前節で引いた部分では「伏惟神君勃興山東」が霊淵本では「伏惟東照神君勃興海東（傍点論者）」となっている。前者は徳川の世の「太平」を強調することで、朱子学を正学とする幕府の方針に対する直截《ちょくせつ》な批判と受け止められることを回避するための文言の追加、後者は家康を露骨に指す「東照」の二字を削ったものと見てよい。享保七年の出版条目に明記されているごとく、近世の出版物において家康及び徳川将軍家に関する言及は禁じられていたため、そうした配慮から手を加えたものであろう。『春葉集』所収本と霊淵本との異同箇所については、先行研究に詳論があるためここで逐一掲げることはしないが、『春葉集』所収本の方が漢文の語法・表現上、自然かつ適切な形となっている箇所が大半である。▼注(15) 以上を要するに、版本として公にするにあたって、当時の法令に抵触する表現を削除ないし穏当な表現へと改め、漢文としての体裁を整えるために手を加えた、というのが『春葉集』に『創学校啓』を収録するにあたって信郷が行ったことと考えてよい。

これは果たして「改竄」と呼ぶべきものなのであろうか。『創学校啓』が霊淵本そのままの形で近世期に出版されることなど、その文中に将軍家及び幕府への言及が含まれている以上、当時の法令に照らして到底あり得ない。版本として公にするにあたり、霊淵本の問題となりそうな字句を削り、表現を朧《ろう》化《か》することは必要不可欠な作業であった。霊淵本に備わる宛名「大島雲平」が『春葉集』所収本で削除されているのも、彼が幕臣であることに鑑みて当然のことである。また漢詩文集や和歌集などにしばしば見られるごとく、故人の著述をその後裔《こうえい》や門弟等が編纂・出版する際、適宜校訂を加えることは近世の出版物ではごく一般的なことであった。漢詩人として当時知名であった信郷が、▼注(16) 自身の知識と配慮から春満《あずままろ》顕彰のための出版物として企画した『春葉集』に収録する『創学校啓』の字句を改め、漢文としての体裁を整えたとして、当時の慣例からいって何ら問題視されるような行為ではなかったはずである。

信郷の所業を「改竄」と捉える立場は、極めて近代学術的なエートスに基づいている。原資料にあくまで忠実に、私意を排して一字一句も手を加えてはならぬといった考え方は、そもそも近世においてそれほど一般的なものではない。むしろ、故人の意図するところを汲み取り、また可読性を高める形で種々改訂を施すことこそ、故人の遺志を正しく後世に伝え得る手段であると認識されていた。例えば名古屋の板木師にして本居宣長《もとおりのりなが》の門人でもあった植松有信《うえまつありのぶ》が寛政十一年に刊行した『将門記《しょうもんき》』は、真福寺旧蔵の古写本に基づいた模刻本で、原本の字体や虫損までも如実に再現したものだが、当該版本を入手した曲亭馬琴《きょくていばきん》は次のような書き入れを残している。

かゝる古書の世にのこれるこそ幸なれ、よく誤字を正し訓点を施し閲ものゝ為に読易からせんは後々の考にもな

注（15） 注6前掲三宅清『荷田春満の古典学』第一巻二六三丁以下。
注（16） 拙稿「荷田信郷の雅交」（拙著『上田秋成の時代―上方和学研究―』ぺりかん社、二〇一二年、所収）参照。

りぬべきに、奇を好むに過て原本のまゝに板せしは却古書を読ものゝ本意をしらぬなるべし。▼注(17)

原本に忠実であろうとするあまり、一切の校訂を放棄した同書の編纂態度に馬琴は批判を向けている。ことほどさように、近世において、校訂によって原資料の字句や表現を整え、文意を明白ならしめることは、出版という形で書物や文章を公にする際、常識的に行われていたことであった。だとすれば、霊淵本での「倭学」「古学」を信郷が「国学」と改めた点についても、そこに学問・思想的背景などをことさらに想定する必要はなく、単に『春葉集』を出版した寛政期において「国学」の呼称の方がより意が通りやすいと信郷が判断したためか、▼注(18)あるいは既に幕府が江戸に設立していた和学講談所との名称上の重複を憚《はばか》った結果に過ぎないのではなかろうか。いずれにせよ、『春葉集』の附録として『創学校啓』を収めるにあたって信郷が行った行為は明らかに通常の「校訂」の範囲内のものと考える。当の信郷にとって、後世自身の行いが「改竄」と指弾されるなど、恐らく夢にも思わなかったことだろう。

いまひとつ言い添えておく。そもそも信郷には「改竄」を行うことで得られる利益が何ら見当たらない。彼の学芸上の活動は漢詩文や和歌・和文の創作にほぼ限られており、学問的な著述として現存するものは皆無である。信郷が学者として一門を構えていた形跡もない。また荷田家はそもそも稲荷社の社家として、春満の存在とは無関係に、京においてすでに隠れなき名家のひとつであった。そのような信郷が、三宅清らの主張するごとく、虚偽や誇張を加えてまで国学の学校創設を目論んだ人物として春満を顕彰し、果ては国学の家としての荷田家の自家喧伝までも行ったというのは、ひどく想像しにくいことではなかろうか。▼注(19)

4 『春葉集』における位置② ——和漢の位相をめぐって

『春葉集』には『創学校啓』とともに、春満校訂の「古今和歌集序」、いわゆる仮名序の荷田信美《のぶよし》による臨書の模刻が附録として収められている。この仮名序の模刻は、奥書の年記が正徳三年（一七一三）であり、また仮名字母等の大半が一致していることから、伏見稲荷大社現蔵の春満自筆巻子本▼注(20)に基づいて信美が作製したものと見られる。鈴木淳はこの二点の仮名序の関係について、

> 信美臨書の方では、六義の例歌をすべて割愛するほか、人麻呂、赤人及び六歌仙のくだりに、それぞれ著しい省略部分が認められる。いずれも春満の仮名序説に基づく

ところであるが、もし信美の臨書が伏見稲荷大社本を写したということなら、改竄というより他はあるまい。[注21]

と述べるが、これも先の『創学校啓』における霊淵本との関係と同様、信美にしてみれば、春満の遺志を汲んで施した校訂のつもりだったのではなかろうか。天明元年（一七八一）には、春満説に基づく注記があまた付された荷田蒼生子《たみこ》校訂本『古今和歌集』も刊行されており、古注・例歌などを後世の補入とする春満の仮名序説は既に世人の知るところであった。信美は伏見稲荷大社本の字母・字様などを尊重しつつも、そこに手を加えることで春満説を十全に反映させた本文を提供しようとしたものと解しておきたい。

ここで『春葉集』という書物全体の構成を確認しておく。[注22] 本・末の二巻二冊。第一冊は無年記の上田秋成序、寛政七年十二月の橋本経亮《つねすけ》序・無年記の荷田信美序（以上全て和文）のあと、本文である春満家集が置かれる。所収歌は四季及び雑に部立され、末尾に補遺「散りのこり」が載る。第二冊は先述の春満校訂古今集仮名序の信美臨書の模刻が置かれ、秋成の無年記の和文再序、『創学校啓』、信郷撰文・荷田延年《のぶとし》書の漢文「春葉集後序」が続き、末尾に刊記が置かれる。

『春葉集』は、先述の通り荷田春満の家集として刊行された。[注23] 同書の出版目的が信郷らによる春満顕彰という点にあったことは確かだろうが、彼らがこの家集に『創学校啓』及び春満校訂仮名序という二点の附録を付した意図は奈辺《なへん》にあったのだろうか。その手掛かりとなるように思われるのが信美序の次のくだりである。

皇御国のふみ見ん人は、まづから文を読てことをわきま

注(17) 早稲田大学図書館蔵馬琴旧蔵本、函架番号イ四‐六〇〇‐一三四参照。

注(18) 信郷の著作に『崇国一家言』（寛政四年成）『国事八論』（寛政五年成）と、「国」字を用いたものがあること、また同族の荷田在満に『国歌八論』（寛保二年）があることも傍証となろう。

注(19) 拙稿「荷田春満と荷田信郷」（注16前掲拙著『上田秋成の時代―上方和学研究―』所収）では、『春葉集』出版に至るまでの信郷の春満顕彰活動が歌文に秀でた文雅人としての側面に軸が置かれており、後の平田派による古道論的な評価とは大きく隔たっていたことを述べた。併せて参照されたい。

注(20) 『新編荷田春満全集』第六巻（おうふう、二〇〇六年）所収。同書巻末には信郷筆の識語があり、信郷らが披見した資料であることは確実である。

注(21) 鈴木淳「【解題】荷田春満と古今和歌集」（前掲『新編荷田春満全集』第六巻四六二頁）。

注(22) 『春葉集』の版種には第一冊末尾に刊記を持つ大阪市立大学学術情報総合センター森文庫蔵本などいくつか存在するが、ここでは現存数が最も多く、かつ初印時の形態と思われるものに基づいて記述した。

注(23) ちなみに天明三年（一七八三）頃、既に信郷は大部の春満歌集を編纂していた形跡がある。拙稿「【解題】歌集資料」（『新編荷田春満全集』第十二巻、おうふう、二〇一〇年、所収）の『荷田東麿歌集夏部二』解題参照。

へ、しぐれふる難良の林をわけ入、神代の宮木ひき千代の古道跡をとめつゝ、ますら雄心をおふしたてゝ高き代をしたはゞ、などか昔の手振にいたらざるべき。歌もしかりとつねに翁のいへりしとぞ。

漢籍の学習に始まり、続いて本朝の典籍へと至る。これが春満の主張するもの学びの階梯《かいてい》であったと信美は述べる。信美にとって春満は和漢兼修の人であった。加えて『春葉集』巻頭に序文を寄せている秋成もまた、荷田家の人々にとって和漢兼修の文人として認知されており、▼注(24)さらに春満について述べたものではないが、信郷は、子弟への教訓として著したものかと思しい『国事八論』という著作の「儒釈」項において、儒学が人道・治道に益あるものだと述べた上で、

我邦の人、儒教を学んでは国風固有の性質を琢磨すべし。全く国俗を変じて唐土の如くせんとは思ふべからず。▼注(25)

と、和漢のバランスを中庸《ちゅうよう》に保つことこそ本邦学問のあるべき姿としている。

ここから改めて『春葉集』の二つの附録を眺めてみると、漢文で書かれた『創学校啓』と和文で書かれた仮名序とが、明白なコントラストを形作っていることに気付くだろう。むろんこれは信郷・信美ら編者の意向を反映したものにほかならない。そもそも仮名序自体、勅撰和歌集を飾るにふさわしい華麗な和文で書かれたものであったが、それに相対する『創学校啓』もまた、先述の通り荘重な駢儷《べんれい》体の漢文で書かれていた。またその仮名序も流布本の本文ではなく、春満説に基づいた原形への復元が施されている。要するに、この二つの附録はともに王朝期の文人官吏《かんり》が用いた和漢両面の文体の近世的再生なのであって、『春葉集』という書物は総体として春満《あずままろ》を和漢兼修の人として顕彰しようとしたものとして捉えられるのである。

このような『春葉集』での春満像のありようを受け止め、それを文芸創作へと接続させたと思われるのが、同書に二つの序文を寄せている上田秋成である。秋成が最晩年の文化五年（一八〇八）頃に執筆した和文体物語集『春雨物語』に「海賊」と題された一篇がある。同作の趣向は『土佐日記』の世界を舞台に、紀貫之の前に原典には登場しない海賊が現れるというもの。その海賊はかつて中央の文人官吏であったが、訳あって放逐された身で、畿内に至ろうとする直前の貫之一行を呼び止め、学問上の問いを突き付ける。その海賊の議論中に春満を髣髴とさせる要素が複数認められるのである。▼注(26)第一に海賊の議論の中で引用される仮名序が春満校訂本文と一致していること、第二に伴蒿蹊《ばんこうけい》『近世畸人伝《きんせいきじんでん》』及び『春葉集』

信美序が伝える春満の恋歌批判に類するものを海賊が開陳していること、第三に『創学校啓』と海賊が作中で貫之に差出す漢文「菅相公の論」とがともに『本朝文粋』所収の平安初期の文人官吏である三善清行《みよしきよつら》の漢文（前者は「意見十二箇条」、後者は「奉菅右相府書」）に拠った措辞《そじ》を持つこと。ただこれらは断片的なものに過ぎず、作中の海賊のモデルをただちに春満だとすることはできない。とはいえ、貫之と海賊の和漢の立場を対比的に描く同作の構図を理解する上で、仮名序（いうまでもなく著者は貫之）と春満著『創学校啓』という対照的な二つの附録を収める『春葉集』という書物は、少なくとも読解のための補助線となりうるのではなかろうか。

いずれにせよ信郷《のぶさと》、信美《のぶよし》及び秋成らにとっての春満《あずままろ》像は、後の古道論に重点をおいた平田派以降のそれとは大きく隔たっている。平田派的なものからも、あるいは近代の真偽論争からも無縁な地点から『創学校啓』を読み直すにあたっては、そうした信郷らによる和漢兼修の文人としての春満像がひとつの糸口を示してくれるように思われる。

注（24） 春満の姪孫に当たる荷田信寿が秋成の歌稿『聴雪編』（東丸神社蔵）に付した識語に「かの人（秋成・論者注）は我東丸大人のながれをくみて、大和書はさらなり。異国の文までにもおのれものして、いといたうかしこき歌人なりけり」とある。拙稿「上田秋成詠・池永秦良録『聴雪編』（東丸神社蔵）について」（『國學院雑誌』第一一〇巻第一一号、二〇〇九年）参照。

注（25） 信郷自筆の東丸神社蔵本（文書番号一一〇三）による。

注（26） 井上泰至・一戸渉・三浦一朗・山本綏子『春雨物語』（三弥井書店、二〇一二年）での論者による「海賊」評釈参照。

▶選び直す人　田中康二

村田春海《むらたはるみ》
『琴後集《ことじりしゅう》』
擬古文《ぎこぶん》再考
――「文集の部」を読み直す

▼村田春海《むらたはるみ》
一七四六～一八一一。江戸中・後期の歌人・国学者。江戸の人。号、織錦斎・琴後翁など。通称、平四郎・治兵衛。賀茂《かもの》真淵《まぶち》に師事。仮名遣いの研究に詳しく、「新撰字鏡《しんせんじきょう》」を発見・紹介した。家集「琴後集《ことじりしゅう》」、著「歌がたり」「仮字大意抄《かなたいいしょう》」「織錦斎随筆《にしごりのやずいひつ》」など。

かつて擬古文《ぎこぶん》と称するジャンルがあった。
それは近世の国学者が
主に平安朝の物語や随筆の語彙や文法に倣い、
その文体を模倣して執筆した一連の文章を指す。
国学者は古典研究をするかたわら、
和歌を詠み、擬古文を創作した。
近代以降、擬古文はある時期まで
古典文学全集の常連であり、古典学習の花形だった。
それがいつの間にか消えた。

1■古典文学の引用により成り立つ文――王朝物語や日記を想起

『琴後集《ことじりしゅう》』の「花ををしむ記」は文章全体が古典文学作品からの引用によって成り立っている。たとえば、冒頭の「つれづれと降り暮らしたる長雨も、やうやう晴間おぼゆるに」は『源氏物語』「帚木」にある「つれづれと降り暮らして」「長雨晴れ間なき頃」などの表現を踏まえて、これを導入として用いている。むろんこういったの表現は長雨の季節には多用されるものなので、必ずしも『源氏物語』に限定する必要はない。だが、このフレーズを読む者は王朝の物語や日記を想起し、その記憶をたぐり寄せることであろう。つまり、多くの読者はこの導入表現によって王朝文学の世界に引き込まれることになる。それは単なる言葉レベルの借用ではないのである。では実際に見ていこう。

【原文】

つれづれと降《ふ》り暮《く》らしたる長雨《ながめ》も、やうやう晴《はれ》間おぼゆるに、「かかるゆふべをただにやは過《す》ぐすべき。春の行方《ゆくへ》をもしのばん。花の名残をも見ばや。いざ」とてむぐらふの門おどろかすなるは、我《(わが)》相思《おも》ふ人々なりけり。「さるはいづこか心ゆくかたならん」といふに、「かしこの御館《みたち》、ここの御園《みその》生《ふ》、此《(この)》ごろのけはひいかに見所あらん」といふもあり。また「なにの山里、それの河づら、猶散《ち》り残《のこ》る陰をや尋ねまし」などもいふを、「いでかのやむごとなき際《きは》の、塵も据《す》ゑじとおきてたらむは、春風の心もたどらで、あながちに朝夕かき払ひなどすめるが、所につけてはめやすきわざとも見ゆべけれど、かへりては情《なさけ》おくるるかたやいかでなからむ。またかの世《よ》ばなれたるあたりは、暮《く》れゆく春《はる》のあはれもさこそ多《おほ》かめれど、霞へだつる道の空《そら》もいとはるかなるを、暮《く》れかけてはなどか思ひ立《た》たん。さらばわれも人もあひむつばへる、羽生田のぬしの住居《すまゐ》こそゆかしけれ。いざ給へ」とてうちつらねて行《ゆく》に、所狭《せ》きちまたの塵は、ただ中垣の一重を隔《へだ》てなれど、やや奥《おく》まりてのどかなるかたを占《し》めつれば、木立《だち》ものふりて霞のたたずまひただならず。ましてあるじは古のみやび慕《した》ふ人にて、なべて世の島好《しまごのみ》てふ人の心ならひはまなばで、ただおのづからなる山里の有《あり》さまを模《うつ》したれば、這入《はひ》りのかたをばさながら畑につくりなして、なづなの花など露にうち乱《みだ》れたる、いとつきづきし。垣根《ね》をめぐりては田所広くうちかへして、堰《せ》き入《い》れたる水いと清らなるに、蛙の時知《し》り顔《がほ》に声立《た》てたるもをかしく、畔《くろ》づたひの道かたがたにわかれたるには、花の木どもわざとならず植《う》ゑわたせり。さるは夕日にもてはやされたる色香の、雨のなごりおぼえて、心ありげに散《ち》り残《のこ》れる、今日来《けふこ》ずはとぞ見《み》えたる。あるじは待《まち》よろこべるけはひしるくて、年にまれなるなど口ずさみつつ、風を待《ま》つ間《ま》の木《こ》の下《もと》におりゐてうち語《かた》らへば、おのづからうき世に遠《とほ》きここちせらるるを、誰かは市のかたへとは思はん。かくて家路をさへ忘《わす》れぬべし。日入《いり》果《は》つれば、塒《ねぐら》に帰《かへ》る鳥の音《ね》も別《わか》れをしみ顔《がほ》にきこえ、入相《いりあひ》の音《こゑ》かすかにつたふるも、春を閉《と》ぢむるここちして、夕闇《やみ》の空も猶ふり捨《す》てがたしや。

かくながら花の木陰に月待《ま》ちていざもろともに散《ちる》までは
見む

（『琴後集』巻十「記」所収「花ををしむ記」）

【現代語訳】

所在なく一日中降り続いた長雨もようやく晴間が兆すような気がするが、このような夕方をむなしく過ごすべきだろうか。春の行方を味わおう。花の終りも見たいものだ、さあ、といって葎に覆われた門を訪ねるようなのは私が思う人々であった。それではどこが満足するような方面であろうかというと、あちらの御館、ここの園、このごろの様子はどれほど見所があろうか、というのもおり、また何という山里、それの河面、依然として散り残っている木陰も訪ねようかしら、などともいうが、さあの高貴な方々が塵もとどまらせまいと決め込んだならば、それは春風の心も知ろうとしないで、むやみに朝夕塵払いなどをするようなのが、場所が場所であれば見た目がいいこととも思われるだろうが、かえって情緒が取り残されるところがどうしてないだろうか、又あの浮世離れしたあたりには暮れてゆく春のあわれさもさぞ多いだろうが、霞が隔てるような道のりもたいそうはるかであるから、春が暮れかけていてはどうして思い立つことができようか、それならば私も人もお互い親しんでいる羽生田のぬしの住まいこそ心惹かれる、さあ行きましょう、といって人を連ねていくと窮屈な巷の塵は、ただ一重の中垣を隔てとはしているが、やや奥まってのどかな方面を占めているので、木立ちはどことなく古びて、霞のたたずまいも普通ではない。ましてあるじは昔の「雅び」を慕う人であって、一般の世の「島好み」という人の習わしは学ばないでただ自然のままの山里の有様を模しているので、入り口の方をそのまま畑にわざわざつくって、なずなの花などが露に乱れているのはたいそう似つかわしい。垣根をめぐると、田をすきかえして川をせき止めて入れた水がたいそう美しい、その中に蛙が時節をわきまえたように声をたてて鳴いているのも趣深く、畦に沿った道が双方に別れているところには花の木々が故意にではなく一面に植えてある。その上、夕日に映えている色香が雨の名残のように心ありげに散り残っているのは、「今日こずは」と思われる。あるじは喜んで待っている様子が著しくて、「年にまれなる」などと口ずさみながら風を待っている間の木の下に下りて座って少し語らうと、自然と浮世から遠い気がするこの場所を、だれが市の傍らにあると思うだろうか。このようにして、家路さえきっと忘れてしまうに違いない。日が完全に入ってしまったので、ねぐらに帰る鳥の音も別れ惜しみ顔に聞こえ、入相の鐘の音がかすかにつたわってくるのも、春を終らせる心地がして、夕闇の空もそうは言うもののやはり振り捨て難いなあ。

「かくながら花の木陰に月待ちていざもろともに散るまでは見む」

（こうしていながら花の木々の陰で月が出るのを待って、さあ一緒に花が散るまでは見よう）

春雨の晴れ間に気の合う仲間が外出の誘いをしてきたのである。行き先について思案をめぐらしたが、最終的には「羽生田のぬし」の住居を訪れることとなった。「羽生田のぬし」とは羽生田貴良のことで、その素姓は明らかでないが、春海とは昵懇《じっこん》の間柄であった。▼注(1) その貴良の家は雑踏の巷に隣接してはいるが、良い加減に奥まった所にあって、木立も霞も趣深い。興味深いのは庭の造形に関する貴良の考え方である。流行の「島好《しまごのみ》」にはせず、自然のままにしているのが雅びだというのである。

そもそも「島好」とは、庭に築山や林泉などの数寄を凝ら

注（1） 春海が本居宣長『美濃の家づと』を批判して執筆した注釈書「ささぐり」を最初に見せたのが羽生田貴良であった。拙著『村田春海の研究』（汲古書院、二〇〇〇年）第三部第一章「歌論生成論―『ささぐり』の成立とその位置」参照。

した造園法のことである。古くは『万葉集』巻三・四五二に「山斎《しま》」として初出するが、「島好む」というフレーズは『伊勢物語』七十八段に典拠を有する。「島好」は庭に滝を落とし遣り水を走らせなどして、人工的に造形する趣向である。当時は大名家が文人趣味の一つとして造園することが流行した。柳沢吉保《やなぎさわよしやす》が江戸の下屋敷に設けた六義園《りくぎえん》などが著名である。だが、そのような庭園趣味には目もくれず、羽生田貴良は自然の一部を借景することによって、周囲にも馴染んでいるというのである。そこには春の景物が自然に溶けこんで景色を形作っている。

　このように、ひとしきり羽生田邸を称賛した上で、夕映えの桜に焦点を絞り込んでいくのである。そこに「今日来ずは」と「年にまれなる」という二首の引歌を用いて、和歌的文脈を創出する。この二首はともに『伊勢物語』十七段に載る歌であり、次のような贈答歌を構成する歌である。

　　年ごろおとづれざりける人の、桜のさかりに見に来たりければ、あるじ、

あだなりと名にこそ立てれ桜花年にまれなる人も待ちけり

　返し

今日来ずは明日は雪とぞ降りなまし消えずはありとも花と見ましや

この贈答歌は古今集・春上にも出るもので、多少の異同はあるが、ほぼ同じである。花見にかこつけてやって来る浮気な男と、その男を待つ女という図式であるが、そのように単純な構図では収まらない男女の掛け合いがあって面白い。この贈答歌を借りながら、夕日に映える花の露の美しさを見ることができた感銘を「今日来ずは」の歌で表したのを受けて、「あるじ」（貴良）は「年にまれなる」の歌を口ずさんでこれに応じた。このような引歌の応酬は、単に和歌の知識を有するだけでなく、当意即妙が命である。江戸派という国学者グループによって培われた機転であろう。[注(2)] そうして「家路をさへ忘れぬべし」と記すのであるが、これは「この里に旅寝しぬべし桜花散りのまがひに家路忘れて」（古今集・春下・七二・読人不知）を踏まえた表現である。もちろん、ここで旅寝を誘発したのは羽生田邸での花見の風情であるが、それだけでなく、気の合った仲間との間で交わされた掛け合いもまた忘れがたいものであった。

　こうして夕闇迫るなか、ねぐらに帰る鳥の音、入相の鐘の音といった聴覚的要素も加わる。光が失われると、音に神経が行くものである。この視覚から聴覚への転位は、春の終わりと日の暮れが同時にやって来ることを象徴的に表してい

る。そして、春の暮れ方をいとおしみながら歌を詠む。この歌は「折り取らば惜しげにもあるか桜花いざ宿借りて散るまでは見む」（古今集・春下・六五・読人不知）の結句を借用しながら、夜通しにわたる花見の延長を望む意を表明しているのである。

知人の屋敷の庭園に赴くという体で、晩春に桜の花を惜しむ思いをさまざまな平安朝文学を踏まえながら綴っている。春海が体験した、とある日の花見の記録とでも称すべき文章である。言わば「記事」の文である。『琴後集』巻十「記」に収められた和文は記事の文が多いが、必ずしもそればかりではない。「花ををしむ記」に続けて「同じ題をすが子にかはりて」という題の和文が置かれている。「すが子」は春海の妻で、「同じ題」とは「花ををしむ」ということであるが、これには少し補足説明が必要である。

春海やその盟友加藤千蔭《かとうちかげ》を代表とする江戸派の国学者は、ともに賀茂真淵の門弟であったが、古典文学を研究する一方で和歌を詠み、和文を作った。とりわけ、江戸派では寛政年間から文化年間にかけて、千蔭と春海という二名の主催により、たびたび「和文の会」が開かれた。▼注(3) そういった和文の会では、出席者が題に応じた和文を執筆したのである。この「花ををしむ記」については、和文の会の開催時期は明らかではないけれども、春海とすが子が出席した会であったことが、『琴後集』に収録された和文の題から推測される。和文の会において、代作や代筆ということがどの程度一般的であったかは不明であるが、作法を習得すれば詠めるようになる和歌とは違って、和文創作にはそれなりの修練が必要である。そのために代作が行われたものと思われる。こういった経緯で『琴後集』に収められたと推定される。

なお、ここで『琴後集』の成立および出版の経緯について略述しておこう。春海は生前から家集の出版を目論んでいたが、志半ばで没した。「歌集の部」九巻全四冊は文化十年閏十一月に刊行され、「文集の部」六巻全三冊は文化十一年九月に刊行された。いずれも英平吉を版元としている。歌集の部は、巻一「春」は三〇三首、巻二「夏」は一六三首、巻三「秋」は二六五首、巻四「冬」は一六九首、巻五「恋」は一三三首、巻六「雑歌・物名・折句・旋頭歌」は二七二首、巻七「題画歌」は一四九首、巻八「百二十首・文化二年六月二日の五十首」は一六八首、巻九「長歌」は六二首をそれぞれ収録している。▼注(4) 一方、文集の部は、巻十「記」は二十一文、巻十一「序」

注（2） 拙著『江戸派の研究』（汲古書院、二〇一〇年）第一部第一章「江戸派の和歌」参照。

注（3） 和文の会の実態については、拙著『村田春海の研究』（汲古書院、二〇〇〇年）第一部第一章「江戸派の和文」参照。

注（4） 詳細は『琴後集』（明治書院、二〇〇九年）参照。

は十八文、巻十二「跋」は十二文、巻十三「書牘」は二十三文、巻十四「雑文」は三文、巻十五「墓碑祭文」は三文をそれぞれ採録している。文集の部を独立させて出版したのは『琴後集』が最初であり、春海における和文の重要性を示す事柄であると言ってよかろう。

さて、同じ題をテーマに春海がどのような和文を執筆したのか、ということを次に見てみることにしよう。

【原文】

あはれ花の日数のはかなく過行《すぎゆく》有《あり》さまを思ふに、いとかく常なき人の世のためしこそあやしうよそへつべけれ。やうやう紐《ひも》解《と》きそむる梢《こずゑ》の、猶《なほ》ふふめるかた多《おほ》かめるは、生《お》ひ立《た》ち行《ゆく》ままににほひそはれる人の、まだかたなりなる所ありて、さらに幼《をさな》き心ならひの残れるやたぐふべからむ。おほかたにほころびもてゆけど、猶《なほ》さえかへる風の名残おぼえて、心《こころ》ゆくばかりはゑまひ開かぬほどなるは、若々《わかわか》しきけはひけざやかにて、あえかに女しと見《み》ゆるはをかしきものから、今少《すこ》し世《よ》づきたらんふしをそへばやと思《おも》ふこころほひなるべし。散《ち》りも始《はじ》めず、咲《さき》も残《のこ》らず、夕日にもてはやされて、霞のひまより長閑《のどか》にこぼれ出《い》でたるは、今はねび整《ととの》ひて飽《あ》かぬ所なく、心ばへくまなくて、さし過《すぐ》いたることなんあらぬが、猶《なほ》おほどかにあてやかなるがごとし。うるはしき香《かをり》は日ごとにまさりゆけど、はやうつろふ色見えそめて、よそに過行《すぎゆく》嵐《あらし》の音《おと》も、うしろめたうおぼゆめるは、ややさだ過《す》ぎたるが、なほ今めきたるかたによくもてつけて目安《めやす》ければ、心にくき所もうちそはりて、さまおくれぬたぐひなり。香《かをり》もあせ色もうつろひながら、猶《なほ》心きたなくとどまりて、暮《く》れ行《ゆく》春にも後《おく》れまほしげに見ゆるは、あながちにとり装《よそ》ふとはすめれど、まみ口つきなどいつしかとおよづき、悪《あ》しげさもそふめるを、おのが心にのみ昔忘《むかしわす》れずして、ひとり経《ふ》りがたく思ひとりたらんや、くらべつべからむ。

かく人の身のありへん世のあらましを、ただ一時《ひととき》の花のうへにうちながめつべきは、あはれにも、をかしうも、はかなうもいひしらぬわざなりや。さるは春ごとに散《ち》り行《ゆく》陰を見《み》れば、はかなきこの身の、あさましう過《すぐ》せし三十《みそぢ》四十《よそぢ》の来《こ》し方《かた》をも、先《まづ》思ひ出《いで》られて、鏡の影《かげ》のあらずくちをしうなりもていぬるも、かがやかしさいはんかたなくぞおぼゆる。

さばれ猶《なほ》花《はな》の行へよ。さながらにわが世のかぎりのしのび種《ぐさ》としもおぼゆるは、うたていかなるちぎりとか。

うつろふを花のうへとやよそに見《み》むあだなる春を過《すぐ》し来《こ》し身に

（『琴後集』巻十「記」所収「おなじ題をすが子にかはりて」）

【現代語訳】

ああ、花の咲く日数がはかなく過ぎゆく有様を思うと、本当にこのように無常の人の世の例こそ不思議にも見立てることができるだろう。ようやく花のつぼみが開き始める梢が依然としてつぼみのままであるのが多いようなのは、成長してゆくにつれて気品が備わってきた人が、まだ十分成長していないところがあって更に幼い心の癖が残っているのになぞらえることができるだろうかなあ。大体つぼみが開いてゆくけれど、そうは言ってもやはり寒く感じられる風の名残が思われて、満足のゆくほどにはつぼみが開かないくらいであるのは、若々しい雰囲気が鮮やかであって、か弱く女らしいと見えるのは素敵ではあるものの、もう少し色気づいたような節も添えたいと思う頃合いであるだろう。散り始めることもなく、咲き残ることもなく、夕日に引き立たせられて霞のすき間から静かにこぼれ出ているのは、まもなく成長しきって満足しないところがなく心ばえに欠点がなくて、出すぎたところがないのが、ちょうどおっとりとしてあてやかであるのと同じだ。麗しい香りは日ごとに勝ってゆくけれど、はやくもあせてゆく色が見えはじめて、遠くに過ぎてゆく嵐の音も気懸かりに思われるようなのは、ようやく盛りの年ごろを過ぎた人が、ちょうど今めかしいようにうまく取り繕って感じがよく、奥ゆかしいところも備わって、見た目が劣らないたぐいである。香りもさめ色つやもあせながら、依然として心いやしくとどまって、暮れてゆく春に後に残って欲しそうに見えるのは、むやみやたらと装飾しようとはするようだが、みめ口もとなどいつの間にと思えるほど老け、醜さも備わっているようなのに、自分の心の中でだけ昔を忘れないでひとり昔に変わらないと了解しているような人に比べることができるだろう。

このように人の身が生き長らえる世の概略を、ただひとときの花の身の上にちらっと眺めることができるのは、あわれにも、おかしくも、はかなくも言い様がわからないことであるなあ。それにしても毎春散りゆく姿を見ると、はかないこの身が嘆かわしくも過ごしてきた三十、四十年の過ぎ去った昔が自然と思い出されて、鏡に映る姿が以前と違って残念になっていくにつけても、恥ずかしさは言いようもないほどに思われる。ままよ、何といってもやはり花の行方よ、そのまま私が生きてきた世の間を思い起こす機縁とも思われるのは、一体いかなる因縁というのか。

「うつろふを花の上とやよそに見むあだなる春を過ぐしこし身に」

（色あせてゆくのを花の身の上のことと無関係なものと見ていられようか。いたずらに春を過ごしてきたこの身にとって。）

2■文体を駆使して和文を構成する春海

春ごとに咲き散る花の姿を女の一生になぞらえることを冒頭で宣言している。その後は花の姿にそれぞれの年代に応じた女の姿を重ね合わせて、その類似性を浮き彫りにしている。まず、「やうやう紐解きそむる梢の…」は、いまだ未成熟でおさな心のままで、花開く兆しを感じつつ、辛抱強くつぼみがほころぶのを待つ、咲きはじめの十代女性になぞらえる。次に、「おほかたにほころびもてゆけど」は、完全に花咲くまではいかず、か弱く女性らしい気品を持っているが、さらに色気が加わることを期待させる八分咲きの二十代女性にたとえる。第三に、「散りも始めず、咲も残らず」は、こぼれるような色気をたたえ、おっとりとして上品な大人の女性に成長した、満開の三十代女性に見立てる。さらに、「うるはしき香は日ごとにまさりゆけど」は、ますます色気は増す一方ではあるが、すでに盛りが過ぎてはいるけれども、今風で奥ゆかしさも加わった、姥桜の四十代によそえる。最後に、「香もあせ色もうつろひながら」は、色香が失われ、散り後れてとどまってはいるが、取り繕うこともむつかしく、全盛を誇った昔が忘れられずにいる、葉桜の五十代に擬する。

このように花を女性に喩えるのは、古くは小野小町「花の色はうつりにけりないたづらにわが身世にふるながめせしまに」（古今集・春下・一一四、百人一首・九）より行われているが、ここまで綿密な比較考察はあまりない。この比較論を可能にしているのは、春海が代作をしたすが子が吉原遊郭丁子屋でトップを張った丁山であったことと無関係ではない。[▼注(5)] すが子が自らの半生を振り返って、花のうつろいに重ね合わせながら感慨にふけるという着想は、若きみぎりに美貌を誇った遊女上がりのすが子にいかにもふさわしい。ただし、問題はこの和文が、花と女性とを俎上に上げ、徹底的に両者の共通性を抽出した上で、緻密に構成された比較論であるという事実である。花の紐解きから落花の後までを各年代の女性になぞらえて、その特徴を描き出すという手法は、文章作成上の表現力と構成力とを必要とする。春海は同じ題を与えられて全く異なる種類の文体を駆使して和文を構成した。簡単にできることではない。

3■村田春海の和文論——和文における「記事」と「議論」の両立

このように自在に古語を操り、正確な古典文法に則して的確な表現を創出した春海は、和文創作に関して文章論を有していた。「文つくるにこゝろえあり」（『とはずがたり』巻二）である。[▼注(6)] 春海は和文を執筆することに関して、次のように記している。[▼注(7)]

文かくことは用広きわざにて、よろづ何さまの事も文に載て後の世にも伝ふべきものなれば、おろそかになすべからず。もし其書ざまつたなき時は、事の心をつくす事かたし。かかれば、こころあらん人は、よく文かくやうを学てあるべき事なるを、今の世の人はただ月をあはれみ、花をもてあそぶなどの、はかなき心やりぐさとのみおもへる人のおほかるは、たがへり。

和文は一般に考えられているように、四季の景物を詠み込んだ憂さ晴らしだけではない。それらも執筆の対象ではあるけれども、それ以外にも多くのことを書くことができるという。それはすべての事柄を後世に伝えるという用途があるから、熟達した書き方を習得しなければならないというのである。ここから春海の文章家としての矜恃をうかがうことができよう。また、和文表現の可能性に対する信頼を見て取ることができる。幼い頃から漢学を修得した春海であれば、思いの丈を漢詩に詠み、漢文で表現することは簡単にできたはずだからである。つまり、春海はあえて和文で表現することを選択したのである。

　そうして、春海は和文における作文の極意を次のように記している。

近き頃の人の和文をつくるを見るに、みだりに人の耳とほき古言をつづりて、人をおどろかさんとする人多し。もと文のつたなきも、たくみなるも、さとびたるも、みやびたるも、詞の古きあたらしきによるにはあらず。そは詞の用ざま其趣を得たると、趣を得ざると、其人の心のさとりあきらかなると、くらきとに有、事のいひざまいやしからず、心よくとほりて、ととのほり正しきをよき文也とはいふになむ。

和文執筆の極意として、言葉の新旧よりも言葉の用法に意を用いることを提唱する。古語さえ用いればそれで事足れりとする考え方への反発がうかがえる。これは真淵の文を模倣して、読むに堪えない文を作る者達への批判であると思われる。本居宣長《もとおりのりなが》もこれとよく似た批判をしている。▼注(8) 春海や宣長にとって、和文は思いの丈を論理的に表現する手段として、なくてはならないものだったのである。それはともあれ、春海

注(5) 揖斐高『江戸詩歌論』(汲古書院、一九九八年)第四部第六章「村田春海と丁子屋丁山」参照。

注(6)『錦織斎随筆』所収。『とはずがたり』と『錦織斎随筆』との関係については、拙著『村田春海の研究』第五部第一章「随筆論―『錦織斎随筆』の成立」参照。

注(7) 天理大学附属天理図書館蔵『とはずがたり』より引用した。以下同じ。

注(8)『玉あられ』「文の部」。

が目指す和文は「ことのいひざまいやしからず、心よくとほりて、ととのほり正しき」ということをよい和文の必須の条件としている。揖斐髙氏はこれを「雅正な表現」「趣意の透徹」「修辞の調和」という三点にまとめた[注(9)]。この巧みな換言により、春海和文の特徴が顕在化した。それは修辞と論理のバランスである。修辞に重きを置いた文章は空疎であり、論理的な文章は潤いが少ない。この二つを両立させるのが和文を書く心得であると春海は考え、そしてそれを実践したのである。

　古来、修辞と論理は相反するものと考えられてきたが、必ずしもそうではない。この二つはそのように単純に分けられるわけではないのである。たとえば、春海が和文体を創出する際に念頭に置いたのは、古代中国文体における「記」である。『琴後集』「文章の部」の最初が「記」であるのは偶然ではない。揖斐論文が紹介する『文体明弁』によれば、「記は事を紀するの文なり。……その文、事を叙するを以て主と為す。後人その体を知らず。顧つて議論を以て之に雑ふ。……今の記は乃ち論なり」とある。つまり、「記」という文体は「記事」を本来の型とするが、後に「議論」の文体をも指すようになったという。この言説は「記」の文体の両義を経年変化という側面から認識しているのであるが、「記事」と「議論」という両面があることを認めていることに違いはないのである。「記事」の文は比較的修辞に傾いた文体であり、「議論」の文は原則として論理を基調とした文体である。「記事」と「議論」という二種は、先に見た「花ををしむ」をテーマとした春海の和文にあてはめることができるだろう。春海自身の「花ををしむ記」は純然たる「記事」の文と断定して間違いない。さまざまな先行歌や先行物語文学の一節を踏まえつつ、実際の花の宴の進行を辿りながら、最後には歌を詠んで締めくくっている。典型的な「記」の文体であり、「記事」の文体であると言ってよかろう。これに対して「おなじ題をすが子にかはりて」は「議論」の文体である。この修辞に満ちた文章のどこが議論の文なのか。たしかに花の盛衰を女の一生に見立てる手法は伝統的であり、言い古された観すらある。和歌で締めくくっているところも修辞的であるといえる。しかしながら、女を花に喩える趣向を一生涯に押しひろげて、段階的に移りかわっていく様子を逐一対照させながら、それらの間に存在する近似性を浮き彫りにするのである。単に似ているというだけでは済まない、潜在的な類似性を顕在化させるのに成功していると言ってよい。それは叙述の手際よさに加えて、二つのものの徹底的な比較という整然とした論理のなせるわざなのである。

　このように春海は純然たる「記事」の文と論理的な「議論」の文を書き分けた。しかも同じ題、同じテーマであるにもかかわらず、自著と代筆とで器用に書き分けたのである。限られた語彙と失われた古典文法という制約の中で、春海の書く和文がもたらす表現力は、近世期における文章表現の可能性を開拓したものと評することができよう。

4■擬古文成立史——擬古文は国学者が創造した

ところで、ここでいう「和文」とは、国学者の「擬古文」を意味する。▼注(10) それでは、そもそも「擬古文」とは一体何なのか。中村幸彦は「擬古文論」の冒頭で次のように記している。▼注(11)

擬古文とは、和文の雅文の一で、近世国学者の間に成立し、明治に続き、その余喘《よぜん》は、長く旧制中学校などの教材として残って、昭和二十年代に至って漸く影をひそめた文体のことである。

簡にして要を得た定義である。この定義に基づいて、中村論文に導かれつつ、適宜これに説明を補足しながら、「擬古文」の成立史および享受史の実態を検証してみたい。

まず、擬古文は国学者による古文作文に始まる。もちろん、それ以前からも純正古文の語彙や文法に則して歌を詠み、作文することとは、とりわけ京都の堂上《とうしょう》歌人の間で行われていた。だが、彼らはそれを師からの教えとして墨守《ぼくしゅ》していただけであって、必ずしも詠歌作文に理論的根拠を持ち合わせていたわけではない。その点で国学者は明確な理論を有していた。たとえば、賀茂真淵は『新学《にいまなび》』の中で次のように述べている。

まづ古への歌をまねびて古へ風の歌を詠み、次に古への文を学びて古へ風の文をつらね、次に古事記をよく読み、次に日本紀をよくよみ、続日本紀ゆ下御代継の文らをよみ、式、儀式など、或は諸の記録をも見、かなに書けるものをも見て、古事古言の残れるをとり、古の琴笛、衣の類、器などの事をも考へ、其の外くさぐさの事どもは、右の史等を見思ふ間にしらるべし。

真淵は上代こそ最もすぐれた時代であると考えた。そして、上代を知る必要があるという思いに至ったのである。そのためには、万葉集歌を学んで万葉風の歌を詠み、古文を学んで古文を書くことを推奨した。単に学ぶだけではなく、それを

注(9)『江戸詩歌論』（汲古書院、一九九八年）第四部第四章「和文体の模索―和漢と雅俗の間で」参照。

注(10) 風間誠史『近世和文の世界―蒿蹊・綾足・秋成』（森話社、一九九八年）が用いる「近世和文」に相当する。

注(11)『中村幸彦著述集』第十二巻（中央公論社、一九八三年、初出は一九七八年）。

実践することによって身につくと考えたのである。特に上代は言葉が古風であるから、自家薬籠中の物とするためには自ら使いこなすほかはないというのである。つまり、真淵にとって詠歌と作文とは万葉集歌と上代文を理解するためになくてはならないものだった。

その後はおおむね平安朝の和文に倣《なら》って作文するようになるが、自ら実践することによって読解力を高めるという点で、模範とする時代が異なっても、原理的には同じである。国学者は古典語彙を駆使し、古典文法に則って和歌を詠み、作文をした。擬古文とはそのような復古運動の中で生まれた文体であると言ってよい。

擬古文は真淵の門弟、あるいは孫弟子といった国学者によって弘められ、古典研究の深化とともに深められた。作文の原理を極めようとした春海や、文法法則を子細に検討することによって正しい作文を推奨した本居宣長は真淵の門弟である。宣長は次のように記している（『うひ山ぶみ』）。

すべて万《ツ》の事、他のうへにて思ふと、みづからの事にて思ふとは、浅深の異なるものにて、他のうへの事は、いかほど深く思ふやうにても、みづからの事ほどふかくはしまぬ物なり。歌もさやうにて、古歌をば、いかほど深く考へても、他のうへの事なれば、なほ深くいたらぬところあるを、みづからよむになりては、我《ガ》事なる故に、心を用ること格別にて、深き意味をしること也。

このように研究と実作とは切っても切れない関係であることを宣長は述べているのである。宣長は詠歌作文に頻出する誤謬をあげつらい、これを訂正すべく、『玉あられ』という書物を刊行して注意を促した。『玉あられ』には「歌の部」と「文の部」があるところから、宣長は詠歌のみならず、作文にも力を入れていたことがわかる。宣長は源氏物語を手本にして『手枕《たまくら》』という擬古文を作っているところからも、そのことはわかる。なお、村田春海も真淵門弟として擬古文普及に尽力した代表的国学者である。

宣長の薫陶を受けた藤井高尚《ふじいたかなお》は『三のしるべ』下巻「文のしるべ」の冒頭で、次のように述べている。

文はなにのためにかくものぞ。人にむかひていふことばは、こまやかなるも、いひつぐたびにたがひあやまり、もし年経てはうせゆくを、文の詞は百千の人にうつりても、いささかもたがふふしなく、事をさへ心をさへ、万世にもつたふべければ、そのためにかくものになん。さればいふことのすぢすぢ、さだかにわかれて、人のよくこころうべきやうにかきえんぞ、まことの文のさまにはあるべき。

論旨明晰で達意の文章を書くことが肝要であることをよい文の条件としている。それは後世の人に伝えるために必須であると考えたわけである。このように古典研究の深化とともに作文の原理的研究も深まりを見せた。先に見た村田春海の和文論もこのような文脈で現れたものであった。こうして近世の中期から後期にかけて、和歌を詠むように和文（擬古文）を書くことが国学者の存在理由のようになった。

5■擬古文享受史①——近代以降の擬古文研究の流行

そして明治維新を経て、国学は国文学に脱皮した。国文学は国学における歌学の部分が独立し、帝国大学という学制の中に新たな場所を得たのである。それに伴って旧制高校や旧制中学といった教育課程にもそれは波及し、旧制高校や旧制中学に国語という教科を置くこととなった。それと前後して、和歌を詠むことなく和歌を研究し、和文を書くことなく古典文学を研究するようになった。しかしながら、読解や研究の対象として近世和歌が生き延びたように、近世和文（擬古文）もまた作文の実践を伴わず、読解の対象として生き延びた。とりわけ、旧制中学の国語教育の課程で命脈を保ったのである。いやむしろそこで勢力を拡大した。旧制中学は戦後の高等学校の課程に相当する。初学ではなく、上級でもない。中等教育は独特の教育課程である。そこで、近代学制の戦前中等教育における擬古文の位置を検討したい。

戦後の学習指導要領に相当するのが、戦前においては「中学校教授要目」である。これは明治三十四年三月五日に制定された「中学校令施行規則」に基づいて、翌年二月六日に公布されたものである。さらに中学校教授要目に準拠して教授細目が作られた。その教授細目の趣旨に従って、落合直文は「中等国語読本編纂趣意書」を執筆した。そこには中学校五年間にわたる『中等国語読本』全十冊の編集に関する趣旨が記されている。それは智識の啓発・徳性の涵養・読書力の養成・作文の修練の四つである。そのうちの「読書力の養成」には次のように記されている。

> この事につきては、余はなるべく現代の文を目的としたり。ことに熟語術語の如き漢語を多く知らるゝやうなしたれば、全編を読了するまでには、さる文字の智識は、充分に得らるゝならむ。余は、かく現代の文を目的とはしたれど、猶、四年級五年級には、徳川時代の擬古文、および近古の文をもまじへたり。それは、現時の高等学校の学科への聯絡を思ひたるのみにあらず、又その入学

試験が、多く、その問題を、さる文に、とれるがためのみにあらず、一わたりは、さる文をも読み得らるゝ智識なくては、普通学を修めたるものといひ難かるべければなり。

近世の擬古文や明治の文は、「現代の文」として四、五年生の読解力の養成に役立つがゆえに採録したというのである。つまり、いわゆる純正古文とは異なる目的が設定されているということに注目すべきであろう。▼注(12) なお、「高等学校の学科への聯絡」や「その入学試験」については後で触れることになる。このような趣旨に沿って編集された国語教科書には、次のような擬古文が掲載されている。

巻七＝本居宣長「菅笠日記・吉水院」・清水浜臣《しみずはまおみ》「泊洦舎文集」・
巻八＝井上文雄「古戦場を吊ふ文」・村田春海「歌がたり」・
　　平田篤胤書簡
巻九＝中島広足《なかじまひろたり》「橿園文集・漁村」・萩原広道《はぎわらひろみち》「水蓼」・上
　　田秋成「浅茅が宿」
巻十＝堀秀成《ほりひでなり》「山路物語」・清水浜臣「泊洦文集」・村田春
　　海「琴後集・祭の詞」

このように中学校高学年の教科書に擬古文を入れるという編成は、数度の改訂を経て収録作品に多少の異同はあるが、基本方針として踏襲されることになる。その方針は後に教科書だけではその役割を果たすことができなくなったごとくで、別に『擬古文選』（明治書院、一九二三年六月）のような「中等学校の上級用教科書」（はしがき）が作られることもあった。だが、それよりも副読本を置くことによって教科書を補うことが多かったようである。当時の中学生は次のような副読本を入手した。

吉澤義則《よしざわよしのり》・能勢朝次《のせあさじ》『近世擬古文新抄』（文献書院、一九二三年一一月）
中等学術協会編輯部『擬古文選釈』（閣文閣、一九二四年一〇月）
藤井乙男《ふじいおとお》・山脇毅『近世名家擬古文新抄』（博多成象堂、一九二七年五月）
東京修文館編輯部『新輯近世雅文鈔』（東京修文館、一九三七年四月）
吉田弥平・石井庄司『玉勝間・花月草紙・琴後集鈔』（中等学校教科書株式会社、一九三八年一二月）

これらの書物の「例言」の冒頭には、多くの場合「本書は中等程度諸学校の上級用副読本として編纂したものである」という言説が付されている。大正年間の末期あたりから副読本が急速に増えていった。

このように中学校の国語教育課程において、擬古文の占める割合が大きくなるのに合わせて、高等学校の入学試験にも頻出の分野となった。そこで数多く刊行されたのが受験参考書としての擬古文解説書である。学習参考書という性質上、不要になった物は散佚する宿命にあるがゆえに、所在が確認できるものは必ずしも多くはない。次のようなものの残存が確認できる。

平沼一彦『受験擬古文の解釈』（斯文書院、一九二七年九月）
竹野長次『擬古文新釈』（上田泰文堂、一九二七年九月）
宝文館編輯部『学習受験国語頁別擬古文選釈』（宝文館、一九三〇年四月）
市毛保家『擬古文新釈』（栄光社、一九三二年一二月）
丸山茂『傍注擬古文新釈』（有精堂出版部、一九三三年一一月）

実際にはこれらの何倍もの受験参考書が刊行され、消費されたことであろう。戦前において、擬古文は中学校の上級生の時に習う文章であると同時に、高等学校の入学試験の時に必ず出会う文章だったのである。実際に各種高等学校の入試で擬古文が頻出したことは、たとえば森清晋著『受験の秘訣三回以上出た国文問題』（三省堂、一九三三年一〇月初版）などを見れば明らかである。

また、特に受験ということを謳わない擬古文の文集や解説書も多く出されている。『琴後集』を含むものを拾うと、次のごとくである。

塚本哲三『うけらが花・琴後集』（有朋堂文庫、一九一四年一〇月）
佐野輝夫『口訳註解千蔭春海文集』（右文社、一九二〇年七月）
窪田《くぼた》空穂《うつぼ》解説『和文和歌集上』（日本名著全集、一九二七年一一月）
中山久四郎・藤野重次郎『詳解琴後集・泊洦文藻』（芳文堂、一九三一年四月）
松井簡治『琴後集・泊洦文草・藤簍冊子抄』（三省堂、一九三四年六月）
村上才太郎『琴後集の講義』（芳文堂、一九三五年月）

こういった書物は戦前や戦時中において、学習参考書との差別化という意識はなく、広く擬古文を読むという便宜のための書籍として出版された。ただし、そこには国語の読解力の

注（12）二年後に改訂された『訂正中等国語読本編纂趣意書』の当該箇所にも「余は、三年以上においては、近古の文を取り、擬古の文をも取りたり。これ既に、教授要目の指定せる所なるのみならず、また、高等の学校に進むべき、予備科といふ形をなせる、現時の中学校の教科の上より、その上の読書力をも養はざるべからざる必要を認むればなり」と記されている。

向上という目的だけでなく、時局的な色彩が加わってくることも看過できない事実である。たとえば、前掲の市毛保家『擬古文新釈』の「序」には、次のようにある。

江戸時代漢学隆運の反動として勃興した国学の盛大になつた機運が古学復興に始まつたことは今茲に絮説するまでもないことである。擬古文の一体がこの間に台頭し来つたことは真に謂れあることで、その雅馴・蒼古な文体を以て各その真趣を発揮したことは実に国文学史上の壮観であつて、その好古癖から多少耳遠き詞を用ゐた点が偏倚した傾向があつたとはいふものの精神文化の上から見て、国民自覚の声が発露したものといふを得べく、甚だ喜ぶべきことであつた。この国民的自覚は国家興隆の源泉で、その自覚は即ち我国が古来幾度か外国文化に陶酔したにもかかはらず、遂に明治維新の大業を成し、やがて今日の国運隆昌を来したことに考へ及ぼすと、この擬古文の発生たるや決して軽視すべきでないことが知られるであらう。現代各種の受験界に於て、この文章が、問題として尊重採取されるのは、一面その国語力の考査に適してゐると共に、他面思想上から見て国民的精神文化の所産であることが、その主因であるといつても、決して過言でないと信ずるのである。今や本書がその受験界に資する目的を以て生れるに当り、敢て一言を巻首に述べる所以である。

「昭和七年十一月」の年記を有するこの序文には、前年九月の柳条湖事件を発端とする満州事変という時局の影が射している。擬古文を「思想上から見て国民精神文化の所産である」とする言説は、それまでにはあまり見られないものだからである。こういった国粋主義的な擬古文観がどの程度の拡がりを持っていたかは必ずしも明らかではないが、次に示すような中学校の国語教育の理念の変遷と連動していることは確かであろう。▼注(13)

○国語講読ハ（中略）国体ノ精華、民族ノ美風、賢哲ノ言行等ヲ叙シ以テ健全ナル思想、醇美ナル国民性ヲ涵養スルニ足ルモノ（昭和六年二月七日「中学校教授要目改正」）。

○国語漢文ニ於テハ（中略）特ニ我ガ国民性ノ特質ト国民文化ノ由来トヲ明ニスルコトニ注意シ国民精神ノ涵養ニ資スルコトヲ要ス（昭和十二年三月二十七日「中学校教授要目改正」）。

○古典トシテノ国文ヲ通ジテ皇国ノ伝統ト其ノ表現トヲ会得セシメ国民生活ノ発展ト皇国文化ノ創造トニ培フベシ（昭和十八年三月二十五日「中学校教科教授及修練指導要目」「教

科教授要目」「国民科国語」「教授方針」)。

ここに出る「国体ノ精華、民族ノ美風、賢哲ノ言行」、「我ガ国民性ノ特質ト国民文化ノ由来」、「皇国ノ伝統ト其ノ表現」といった用語は、むろん擬古文だけでなく、広くは国語科全体を覆う概念である。だが、近世期に国学者がそのような理念を実践していたと見なす、当時の時代風潮を鑑みれば、国学者の手による擬古文は特別な意味合いを有することになるだろう。[注(14)] 要するに、擬古文は思想戦に勝ち抜く心強い後ろ楯だったのである。今日から見れば甚だしい曲解であるが、当時においてはむろん全員ではないにせよ、そのようなマインドコントロールを受け、擬古文を思想的に特別なものと思い込まされていたと考えることができよう。事ほど左様に戦時中の擬古文は大和言葉の純潔を象徴する記号として機能した。そういう意味で戦時中は歴史上、最も擬古文がもてはやされた時代であったということができる。

6■擬古文享受史②——戦後の擬古文研究の衰退

ところが、戦前においてこれほどまでに隆盛を極めた擬古文は、戦後になって国語教科書から姿を消した。その理由は明らかであって、戦後の学習指導要領において国語教材に擬古文を含めることが明記されなくなったからである。有り体に言えば、擬古文は国語教科書から排除された。戦後の学習指導要領で具体的に取り上げる作品を列挙した、昭和三十一年度改訂版『高等学校学習指導要領国語科編』(一九五五年一二月)によれば、擬古文とされるものは、雨月物語・玉勝《たまがつ》間《ま》・源氏物語玉《たま》の小櫛《おぐし》の三点である。しかしながら、それらは擬古文という属性で取り上げられたわけではなく、物語・随筆・評論といったジャンルに属する作品の一つとして選ばれたのである。要するに、擬古文というジャンルは戦後の中等国語教育から消失したわけである。こうして擬古文の国語教材としての命脈が尽きた。

また、戦後の古典文学全集などに収録されることもなくなった。国語教材として取り上げられなくなったこととの関係は不明と言わざるを得ないが、擬古文が古典文学全集に収録されることはほとんどなかった。もちろん、国学者の擬古文のすべてが採録されなくなったわけではない。たとえば上田秋成『雨月物語』や賀茂真淵『歌意考』などは適宜、古典

注(13) 引用は増淵恒吉編『国語教育史資料』第五巻『教育課程史』(東京法令出版、一九八一年)による。内藤一志「戦後古典教育の展開—終戦直後の状況についての検討」(『人文科教育研究』十一号、一九八四年九月)参照。

注(14) 戦時中における国学観については、拙著『本居宣長の大東亜戦争』(ぺりかん社、二〇〇九年)参照。

文学全集に収められている。しかしながら、それらは典型的な擬古文ではなく、『雨月物語』は前期読本というジャンル、『歌意考《かいこう》』は近世歌論というジャンルに属する作品であった。そういった近世文学のジャンルに回収される作品はすくい上げられたが、擬古文としか言いようのないものは、ことごとく文学全集から排斥された。あたかも擬古文は歴史的役割を終えたかのように、その姿を見かけることがなくなった。

最後に、古典文学全集の編集に深く関わったとされる中村《なかむら》幸彦《ゆきひこ》の擬古文観を検討しておきたい。前掲論文において、擬古文に関する史的位置づけは正しい。また、擬古文が近代以降にたどった道筋もおおむね正確である。だが、先の引用文にある「漸く影をひそめた」という表現には、中村の擬古文観が如実に現れていると言ってよい。中村は近代において擬古文が重視されてきたことを不本意なことと考えた。擬古文はその発生からすれば作文するものであって、読解すべきものではないというのである。だが、この判断には再考の余地がある。▼注(15) 作文用の文体であるからといって、読解に向かないということはない。擬古文はつまるところ習作である、という偏見にまどわされてはならない。すぐれた擬古文は十分に鑑賞に堪えるものである。作品における内容と表現の両者を同時に味わうことができるジャンル、それが擬古文なのである。

注(15) 中村は「現在の高等学校では、擬古文を少くして、古文をそのまま採用しているのは、これまたいかなる理由かを、詳しく調査していないが、何らかの意味で、過去の反省がともなった結果とすれば、やはり前の方法が誤っていたこととなる」と記しているが、これは結果から原因の真偽を推定する過誤を犯している。

III

漢文という日本文学の多様性

▶選び直す人 高山大毅

荻生徂徠《おぎゅうそらい》

『絶句解《ぜっくかい》』

古文辞派《こぶんじは》の道標《みちしるべ》

▼荻生徂徠《おぎゅうそらい》
一六六六〜一七二八。儒学者。名は双《なべ》松《まつ》、字は茂卿、物部姓であるため、中国風に「物茂卿《ぶつもけい》」と称する。朱子学・仁斎《じんさい》学《がく》と異なる独自の学問体系を構築し、江戸期の学芸の諸領域に多大な影響を与えた。『辨名《べんめい》』・『論語徴《ろんごちょう》』など経書解釈をめぐる著作に加え、徳川公儀の諮問《しもん》に答えた『政談《せいだん》』などの著作もある。また、詩文に長じ、文学史にも大きな足跡を残した。

江戸中期の漢詩は、
李攀龍《りはんりょう》・王世貞《おうせいてい》に代表される明《みん》代古文辞派の
強い影響下にあった。
この古文辞派流行を惹《ひ》き起したのは
儒学者の荻生徂徠《おぎゅうそらい》である。
彼が李攀龍らの詩に注釈を施した『絶句解《ぜっくかい》』は、
江戸中期の漢詩理解の格好の道標《みちしるべ》となるだけでなく、
古典を読み、選ぶことを考える上で、
大きな手掛かりとなる。

1■「夜色楼台図《やしょくろうだいず》」と古文辞派《こぶんじは》

「夜色楼台図《やしょくろうだいず》」は、蕪村《ぶそん》の晩年の画業を代表する作品であり、二〇〇九年には国宝にも指定されている。「夜色楼台図」という作品名は、蕪村が自ら題した「夜色楼台雪万家」という詩句に拠る。この詩句が李攀龍《りはんりょう》「宗子相を懐ふ」を典拠とすることは、近年、新聞投書で指摘されるまで長らく見落とされていた。▼注(1)

李攀龍の名は、現在の日本では、『唐詩選』の編者として先ずは記憶されていよう。彼は明代の官僚であり、擬古の文学を高唱した古文辞《こぶんじ》派の領袖である。古文辞派の詩文が流行した江戸中期、李攀龍は唐代以後第一の詩人と目されていた。漢詩文に明るかった蕪村は、当時、よく読まれていた古文辞派の詩集である『国朝七子詩集註解《こくちょうしちししゅうちゅうかい》』（元禄二年〔一六八九〕跋）▼注(2)などから、「夜色楼台雪万家」の句を拾ったのだと推測

注（1） 前田恭二「題詩に透ける蕪村「夜色楼台図」、解釈に新説」、読売新聞、東京朝刊、二〇〇八年十二月四日。「新説」の投書者は安永実氏。氏は「『皇明七才詩集註解』の古い和刻本」を閲読していて該詩の存在に気づいたという。

注（2）『国朝七子詩集註解』（『皇明七才詩集註解』）の本文は「明七（才）子詩集」と称され、井上蘭臺『明七子詩解』（宝暦七年〔一七五七〕刊）・中条藍谷『明七才子詩掌故』（明和八年〔一七八一〕刊）などの注釈書を生んだ。

與謝蕪村「夜色楼台図」（米沢嘉圃・吉沢忠『日本の美術 23 巻　文人画』平凡社、1966 年）より

される。蕪村と同時代の学者や文人であれば、この句から、雪に閉ざされた北京で友人を懐う李攀龍の姿を想起することも難しくなかったであろう。

一見、懐かしい抒情性をたたえる「夜色楼台図」も、古文辞派の文学の影響圏の中にある。もしかすると、かの雪景色は、江戸中期の教養人には今とかなり異なる見え方をしていたのかもしれない。本稿で紹介する荻生徂徠『絶句解』（享保十七年（一七三二）刊）は、「夜色楼台図」の土台にある教養体系に接近する際に、最良の手引きとなる書物である。ほかならぬ荻生徂徠こそが、江戸中期の古文辞盛行の主導者だったからである。詩文においては「李王《りおう》」（李攀龍・王世貞《おうせいてい》）を模範とした徂徠学派は、しばしば「李王」と同じく古文辞派とも称される。

ただし、「江戸文学を選び直す」という試みに対して、『絶句解』を推すことを、奇異に思う向きもあろう。なぜなら、『絶句解』は、「李王」などの絶句の注釈書であり、徂徠の注はともあれ、作品自体は明代の中国人の手になるからである。ここで、「ナショナリズム」と「カノン形成」をめぐる議論を展開することも可能であろう。しかし、九十年代以降、繰り返され、最早常套句と化しているこの種の論を持ち出すのは、今さらめいていよう。唐土の詩を含む『和漢朗詠集《わかんろうえいしゅう》』や『中華若木詩抄《ちゅうかじゃくぼくししょう》』が「日本古典文学」の叢書に収録されていることや、江戸期の文芸における注釈的営為の重要性に思いを致せば十分ではなかろうか。「古典」とは何か――は難しい問題である。しかし、少なくとも、「江戸文学」の魅力を広く読者に紹介する上で、『絶句解』のような著作をあえて除外する理由はないであろう。

加えて、これから見ていくように、『絶句解』は、「古典」を選び、解釈することに対する思索を促す書である。その点でも、「江戸文学を選び直す」に当たって、『絶句解』はかえりみるに相応しい書物であると思われる。

2■文学の制度設計

『絶句解』の編者である荻生徂徠が、傑出した儒学者であっただけでなく、当時の文芸に多大な影響を及ぼしたことは周知に属する。ただし、彼が選集や注釈書の刊行によって、文学世界の刷新を企図したことは余り知られていない。

江戸前期において、漢詩文の入門書として広く読まれていたのは『古文真宝《こぶんしんぽう》』・『唐宋八大家文鈔《とうそうはちたいかぶんしょう》』・『文章軌範《ぶんしょうきはん》』・『三体詩《さんたいし》』・『瀛奎律髄《えいけいりつずい》』などである。徂徠は、これらの書物は、編集に難があるだけでなく、宋代以降の過《あやま》てる文学観に根差していると考えた。▼注(3) そこで、彼は、それらに代わる新たな教養体系を提示した。文章に関しては、徂徠は『四家雋《しかしゅん》』を編纂した。『四家雋』は、「理」に秀でた韓愈《かんゆ》・柳宗元《りゅうそうげん》の文と、「辞」の模範である李攀龍・王世貞の文の選集である。欧陽脩《おうようしゅう》や蘇軾《そしょく》といった宋人の文章は排除されている。詩に関しては、李攀龍『唐詩選』・高棅《こうへい》『唐詩品彙《とうしひんい》』を推奨し、唐以降の詩については『絶句解』と『唐後詩《とうこうし》』を自ら編んだ。

詩文の選集の刊行は、文苑《ぶんえん》における自派拡大の野心としばしば結びついている。徂徠の企図も、このような面があることは否定できない。徂徠は『四家雋』の巻頭に附した文章(「四家雋例六則」)において、五山の学風から脱せず、俗書に過ぎない『古文真宝』を尊崇する大家たち(「儒宗巨擘」)を痛罵する。京都の儒者たちを主に念頭に置いた批判であろう。

また、選集の出版には、成長株の学派と連携することで一山当てようとする書肆のもくろみも絡む。『唐詩選』の上梓に当たっては、京都と江戸の書肆の間で板株(出版権)をめぐって紛議があった。▼注(4) この争いに勝利した江戸の嵩山房《すうざんぼう》小林新兵衛は、『唐詩選』とその関連出版で大きな利益を得ることになった。

「古典を選ぶ」ことは、商業出版が発達した時代においては、このような編者と出版業者の生々しい思惑と切り離せない。このことは、江戸期の学芸のあり方を考える上でも重要であろう。

もっとも、徂徠の計画は、学問界の覇権奪取といった狙いに止まらない、遠大な展望のもとに立案されている。

儒学者の文学論は、『詩経』をめぐる議論を基軸とする。▼注(5) 徂徠によれば、古代中国の王朝創始者(「聖人」)は、天下に安寧をもたらすために、様々な統治の機構を設けた。『詩経』の原型となっている一群の詩篇(以下、「詩」と称す)も、この

注(3) 荻生徂徠『徂来先生答問書』下、享保十二年(一七二七)刊、九ウ~十一ウ、荻生徂徠「題唐後詩総論後」、同『徂徠集』巻十九、元文五年(一七四〇)刊、十五ウ~十八ウ(平石直昭〔編集・解説〕『徂徠集 徂徠集拾遺』、近世儒家文集集成第三巻、ぺりかん社、一九八五年)、「四家雋例六則」、同書、同巻、十九オ~二十二ウ。

注(4) 村上哲見「『唐詩選』と嵩山房―江戸時代漢籍出版の一側面―」(『日本中国学会創立五十年記念論文集』、汲古書院、一九九八年)、同「江戸の本屋・京の本屋」(『東方』第二二五号、東方書店、一九九八年)、有木大輔「江戸・嵩山房小林新兵衛による『唐詩訓解』排斥」(『中国文学論集』第三十六号、九州大学中国文学会、二〇〇七年)。

注(5) 以下の徂徠の文学論については、高山大毅「「人情」理解と「断章取義」―徂徠学の文芸論―」(京都大学文学部国語学国文学研究室『国語国文』第七十八巻八号、二〇〇九年)で、その詳細を論じた。

機構の一端を占めている。

徂徠によれば、「詩」は、大きく二つの役割を持っている。

第一に、「詩」は、それを学ぶ者に「人情」を理解させる。為政者は統治に当たって、人間の感情の類型（＝人情）を知っておく必要がある。たとえば、庶民の感情の機微を知らなければ、見当違いの政策を行なうことになろう。「聖人」は人間感情の諸類型が示されている詩篇を集めて、統治者の必須の教養とした。「詩」には、「高き位より賤き人の事をもしり、男が女の心ゆきをもしり、又かしこきが愚なる人の心あはひをもしらるゝ益」[注6]があると徂徠はいう。

第二に、古代の統治者たちは、「詩」の一節を「断章取義」して自己の見解を述べることで、当意即妙のやり取りを行なっていた（徂徠は「断章取義」を肯定的な意味で用いる）。「詩」は自在に意味を賦与して、引用して良いのである。徂徠が「詩」の「断章取義」であると考える『論語』中の例を挙げよう。「巧笑倩兮、美目盼兮、素以為絢兮（巧笑倩《せん》たり、美目盼《へん》たり、素以て絢を為す）」という「詩」句は、字面通りに解すれば「可愛いえくぼの笑顔、ぱっちりとした美しい目、おしろいをつけるとまばゆいばかり」といった意味である。孔子の弟子の子夏は、この「詩」句を、「美人ではないと化粧をしても見栄えがしないように、「忠信」の「美質」がなければ「礼」を学んでも仕方がない」という意味で用いて、孔子に褒められている。[注7]

後代の「詩文章」も、もともとは古代の「詩」（『詩経』）を「祖述」していた。[注8]しかし、宋代以後、人々は理屈ばかりを好むようになり、右に述べたような「詩」の機能は忘れられてしまった。徂徠の教養体系の再編は、「詩文章」にその本来の機能を取り戻させ、優れた統治者を養成することを究極的な狙いとしている。

このような徂徠の議論にしたがえば、典範とすべき詩文の選定は、「聖人」の「詩」の編纂や統治機構の制定に匹敵する重大な事業ということになろう。かかる類比の意識は徂徠学派にあり、徂徠の弟子の鷹見《たかみ》爽鳩《そうきゅう》は、李攀龍らの選集編纂の功績は「聖人」の「礼楽」の制定に等しいと説いている。[注9]古代の「聖人」たちは、「礼楽」に代表される統治機構を建てるに当たって、数百年後のことまで思慮し、欠陥がないように努めたと徂徠はいう。[注10]徂徠も同様の意識を持って、文学の制度設計に取り組んだに違いない。

だが、結局、徂徠の企図は、彼の計画通りには実現しなかった。大きな足枷となったのは、当時の出版制度である。[注11]江戸時代は、古典作品についても板株（出版権）が存在した。たとえば、韓愈や柳宗元の選集を書肆が刊行する際にも、以前、彼らの文集を公刊した書肆と話をつける必要がある。徂徠が編纂した『四家雋』は、板株をめぐる争いが紛糾したため、

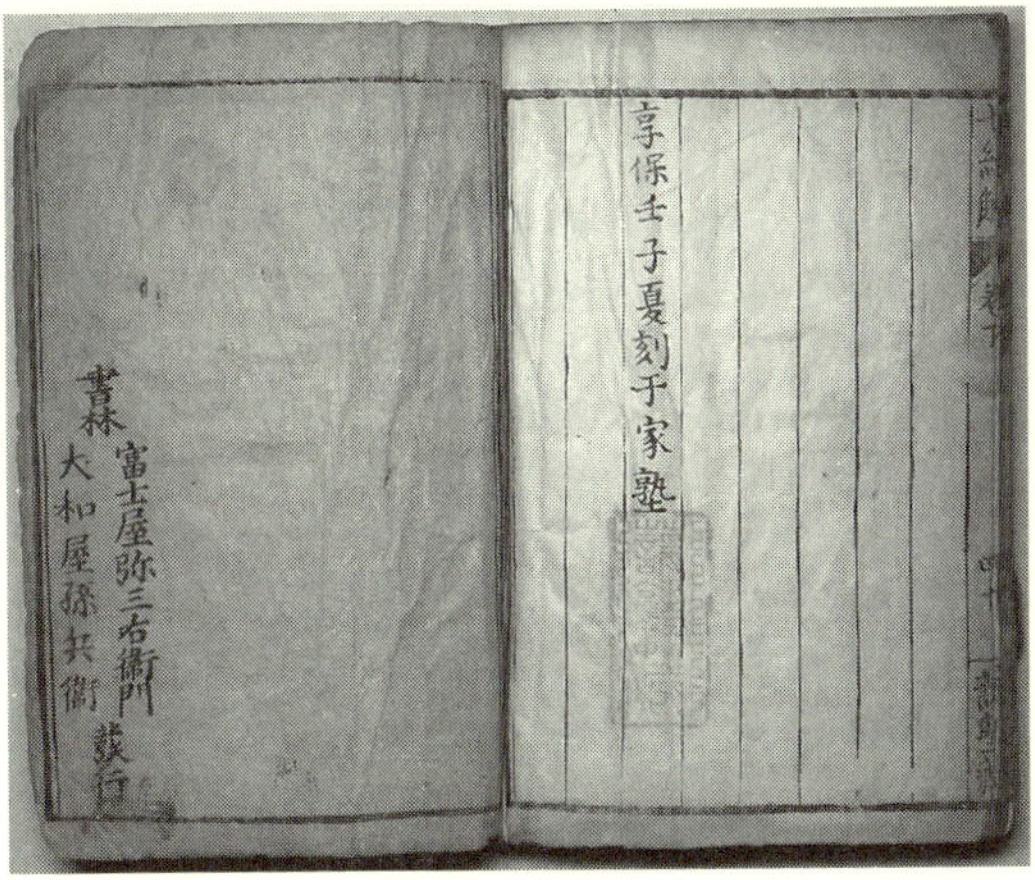

初刊本の奥付

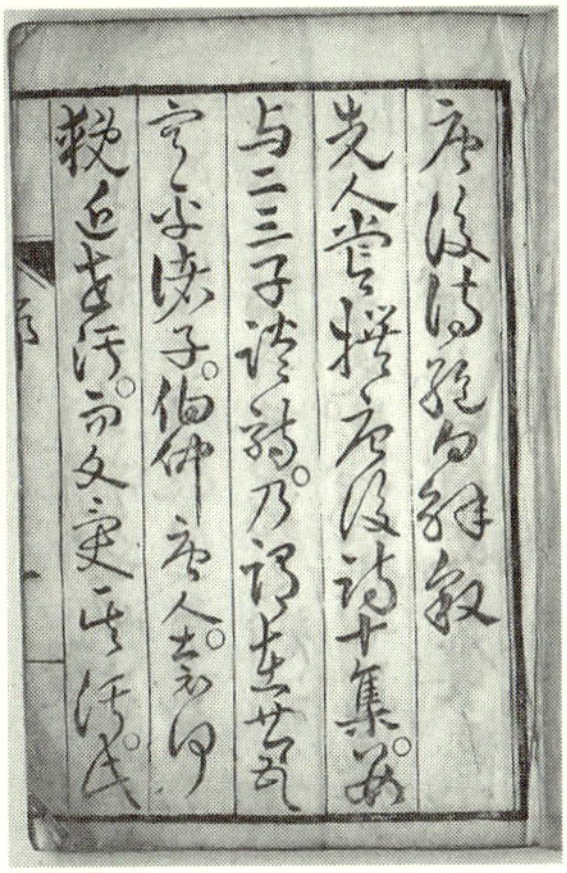
荻生金谷「唐後詩絶句解叙」

その刊行が遅滞した。享保五年（一七二〇）に基本的な編集を終えた該書は、宝暦十一年（一七六一）まで出版されなかった。また、『唐後詩』は部分的にしか上梓されておらず（享保五年（一七二〇）頃刊）、残りの巻は未完成であったともいわれるが、仮に完成に至っていたとしても同様の問題に巻き込まれたと推測される。

本稿の主役である『絶句解』は、徂徠の晩年にその稿本の一部が焼亡し、多忙の中、徂徠はその補綴《ほてい》に時間を費やしたという。▼注(12) おそらく、徂徠は自己の考える理想の文学秩序の一隅を示す著作として、『絶句解』を重視していたのであろう。

筆者は、徂徠の計画に基づいた書物の編纂をしばしば夢想する。『唐詩選』・『唐後詩』・『絶句解』・『絶句解拾遺』・『皇《こう》朝正声《ちょうせいせい》』を一書にまとめ、各詩に関連する徂徠学派の作品

注(6) 前掲『徂徠先生答問書』中、二十七ウ。

注(7)『論語徴』乙、元文五年（一七四〇）、刊十オ～十一ウ。

注(8)『徂来先生答問書』中、二十七ウ。

注(9)「二李之選功倖礼楽」（鷹見爽鳩「詩筌序」、同『詩筌』、享保七年刊、架蔵）。

注(10) 荻生徂徠『太平策』、享保六年（一七二一年）頃成立（吉川幸次郎・丸山眞男・西田太一郎・辻達也（校注）『荻生徂徠』、日本思想大系第三十六巻、岩波書店、一九七三年）、四五九頁。

注(11) 詳細に関して、高山大毅「『滄溟先生尺牘』の時代─古文辞派と漢文書簡─」（二松学舎大学日本漢文教育研究プログラム『日本漢文学研究』第六号、二〇一一年）を参照されたい。

注(12) 荻生金谷「唐後詩絶句解叙」（荻生徂徠『絶句解』、享保十七年刊）。

も併載する。『唐後詩』の欠如部分は、『絶句解』の注釈法にならっている井上蘭臺《いのうえらんだい》『明七子詩解《みんしちししかい》』で補うのも一策かもしれない。これらの書物にしかるべき位置を与えれば、徂徠の作り出そうとした文学世界が読者の前に立ち現われるに違いない。

3■『絶句解』の注釈法

『絶句解』の注釈法は独特である。巻頭第一首の「殿卿に寄す」の書影を載せた（図1）▼注(13)。白抜きの文字（「然」や「友」）は詩意を明らかにするために、徂徠が補った字であり、細字で二行になっている部分は徂徠の注釈である。

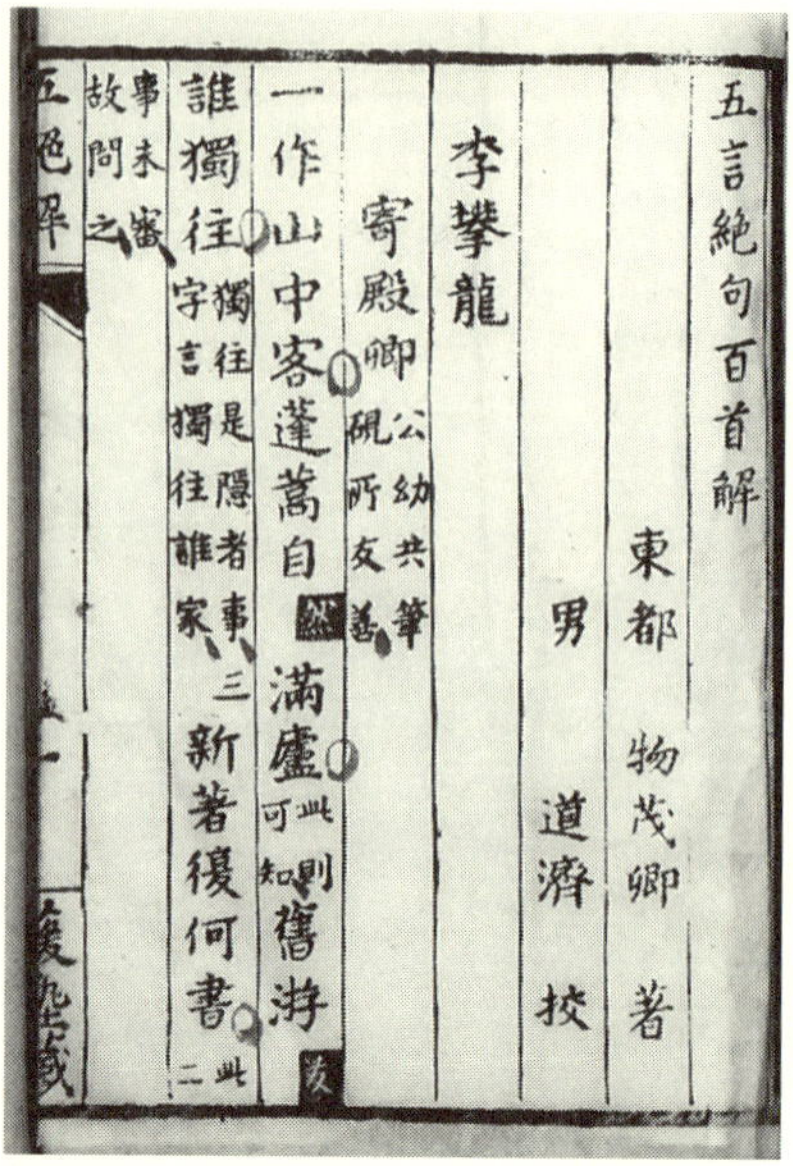
五言絶句百首解
東都　物茂卿　著
男　道濟　挍
李攀龍
寄殿卿 公幼共筆硯所友善
一作山中客蓬蒿自然滿盧 此則可知 舊游友
誰獨往 獨往是隱者事 字言獨往誰家 三 新著復何書 此二
事未審故問之
五絶解

『絶句解』は独特の注釈法が用いられている。

徂徠の弟子の宇佐美灊水《うさみしんすい》は、『絶句解』の稿本に附された徂徠自筆の「例言数條」を所蔵していた。そこには次のようにあったという。

> 古来、詩を注釈する際、典拠の挙示は『文選』の李善注を学び、内容の説明は朱熹『詩集伝』を真似ていた。一つの詩の解釈が何葉にも及んだ。（このような注釈は、様々な典拠を挙げ）まるで兵器が並ぶ武器庫のようであるが、逆に（読者の）鋭い眼差しをさえぎってしまう。（また、その説明は）ゆったりと道理をさとして、かえって（読者の）洞察をさまたげてしまう。たとえ充実した内容を誇っていたとしても、詩の諷詠に益することがあろうか。そこで旧来の形式を一掃し、新たな手法を始めることにした。典拠は何々の事と指摘するだけで、（読者に）自ら考えさせ、詩意は必ずしも説明せず、（読者が）自分で思索するようにした。時々、一字を加えることで、即座に理解させる。これは程明道《ていめいどう》が詩を解説した時のやり方である。数語を発することで、はっと悟らせる。これは劉辰翁《りゅうしんおう》が詩を批評する際のやり方である。▼注(14)

程明道（程顥《ていこう》）は、『詩経』を語るときはいつも、一文字も解釈することなく、詩の一二文字を変えて、うまく調整して読み上げて、人にその意味を理解させた」▼注(15)といわれる。劉辰翁《りゅうしんおう》は元人で、唐宋の詩に多くの評点を残したことで知られる。徂徠は、この二人から示唆を受けて注釈法の「新規」を定めたと語る。

徂徠の高弟の服部南郭《はっとりなんかく》は、文字を挿入することで、意味をはっきりさせる方法は、『四書文林貫旨《ししょぶんりんかんし》』の影響があったと述べている。▼注(16)『四書文林貫旨』は、「大学之書」を「大学〔的〕之書」といったように字を補うことで、文義を明らかにしているからである。該書も徂徠に示唆を与えたのかもしれない。

徂徠が新たな注釈法をわざわざ定めたのは、読者が注釈に頼らず、自ら思考すること（「自考」・「独思」）を重んじたためである。これは、徂徠の「自得」重視の教育論と関係している。

徂徠は、分かりやすさを追求した教育は弊害が多いと考える。当時の「講説」（講釈）はその典型であり、徂徠は「訳文《やくぶん》筌蹄題言十則《せんていだいげんじっそく》」で「講説」批判を展開する。▼注(17) 多くの儒者は、経書の「講説」の際に、本文に関係する事柄ならば、字義に始まり、諸説の異同や故事来歴に至るまで、何でもそれを説明しようとする。中には、学生の眠気を覚ますために、講義に笑い話を交えるものまでいる。このような煩雑な解説は、かえって初学者に多岐亡羊《たきぼうよう》の念を抱かせる。また、学生たちは講義の内容が徐々に分かってくると、家で読書に励むよりは、「講説」を聞いた方が勉強になると思うようになり、やがて自学を廃す。徂徠は「講説」を批判し、学生が、読書の過程で抱いた疑問を、人の助けを借りず、学習を進めながら自ら解決するのが望ましいと説く。これと同様の見地から、徂徠は、あえて簡潔で分かりにくい注釈を施したのである（こ

注（13） 享保十七年初刊本、架蔵。本書の初刊本は伝存不明であった。参考のために書誌を記す。（編著者）「東都　物茂卿著／男　道濟挍」、（寸法）縦十四．五×横一〇．〇糎、（巻数）三巻一冊、（内題）「五言絶句百首解」・「七言絶句百首解上」・「七言絶句百首解下」、（序一）「唐後詩絶句解叙」・「享保壬子秋八月書／物道濟識」、（序二）「五七絶句解序」・「享保壬子秋九月／平安服元喬序」、（刊記）「享保壬子夏刻于家塾」・「書林　富士屋弥三右衛門／大和屋孫兵衛　発行」。田中江南『唐後詩絶句解国字解』は、初刊本の荻生金谷（物道濟）の序題にしたがい、「唐後詩絶句解」が本書の正式な名称であると説く。傾聴に値する説であるが、本稿では慣用にしたがい「絶句解」と称することにした。

注（14） 「古来箋詩、其拠引則学歩李善、解釈借吻考亭。一詩所詮延蔓数帋。武庫森矗、反碍電目。理窟勃窣、迺翳金心。雖誇富贍、安資諷詠。今湔旧套、特刱新規。事唯標某事、而使之自考、意不必説何意、而導其独思。時添一字、躍如言下。此是程明道説詩方、忽発数語、冷然意外。亦為劉辰翁評詩法」（宇佐美灊水「絶句解拾遺考証序」、同『絶句解拾遺考証』、明和七年刊、臼井市立臼井図書館蔵）。

注（15） 「伯淳常談詩、並不下一字訓詁、有時只転却一両字、点掇地念過、便教人省悟」（「河南程氏外書」（程顥・程頤〔著〕・王考魚〔点校〕『二程集』、中華書局、二〇〇四年））、四二七頁。この言は、『詩経大全』綱領にも引用されている。

注（16） 湯浅常山『文会雑記』、寛延二年（一七四九）～宝暦三年（一七五三）成立（日本随筆大成編集部〔編〕『日本随筆大成』新装版第一期一四、一九九三年）、二六九頁。

注（17） 荻生徂徠「訳文筌蹄題言十則」（前掲『徂徠集』巻十九、五ウ～十オ）。

れは、『絶句解』が徂徠の著作でありながら、これまで研究に余り活用されてこなかった原因でもある）。

この徂徠の議論は、今日、古典教育を考える上でも示唆に富んでいよう。徂徠は、貴人（「王公大人」）や無学の武士（「武弁之不学」）に対しては、聴き手が飽きず、そして感動するように、細かな字句にこだわらないで様々な比喩を用いて講義をしても構わないという。ある局面では、分かりやすく教えることも必要である。しかし、古典の文章を味わい、理解する段階に人々を導くためには、また別の工夫が求められるのも確かであろう。

このように『絶句解』は、古典を「選び直し」、注釈を附すことに対する徂徠の深い思索に裏打ちされている。近年、江戸文学研究では、「近代主義的な価値観を捨て江戸人の視点に立ち返るべし」といった主張や古典教育の問題をめぐって議論が盛んである。これらの議論において、江戸文学研究者――筆者もその末席に連なっているつもりである――が、江戸期の学者の古典読解・学習をめぐる思索を積極的に参照しないことが不思議でならない。たとえば、古人と化す程に古人の視点に立つことを研究手法とするのなら、それは徂徠学やその影響を受けた賀茂真淵・本居宣長の「古学」に近いといえよう。つとに、文学研究の世界でも、伊藤仁齋や本居宣長を手がかりに「古典」を読むことを論じた西郷信綱《さいごうのぶつな》「古典の影」及び「物に行く道」といった佳篇がある。▼注(18) 自己の学問領域の閉塞打破のために、隣接領域に知的刺戟を求めるだけでなく、自らの足元に広がる豊かな学問的蓄積を再検討してみることも、一つの方策のように思われる。

4■解釈の実例

長い前置きはこれまでにして、『絶句解』の解釈の実例を検討することにしたい。李攀龍「殿卿が山房に過《よぎ》りて牡丹を詠ず」第二首を取り上げる。「殿卿」は、李攀龍の親友の許邦才を指す。李攀龍は彼の別荘を訪ね、牡丹を詠じた。本書の方針にしたがい、「自得」の教えに背いて、かなりの無理を承知で現代語訳を附した。

【原文】「過殿卿山房詠牡丹」第二首（『絶句解』七絶下）

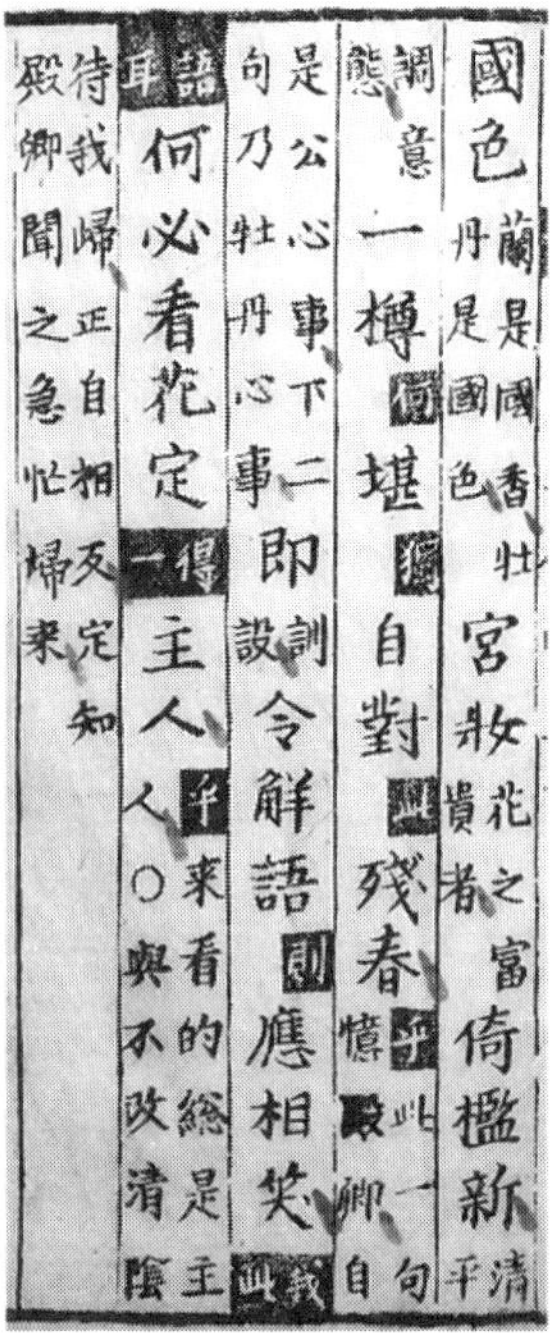

【書き下し】

国色〔蘭は是れ国香、牡丹は是れ国色〕宮妝〔花の富貴なる者〕檻に倚りて新たなり〔清平調の意態〕
一樽自ら残春に対するに堪《た》へんや〔一樽何ぞ独り自ら此の残春に対するに堪へんや〕〔此一句は殿卿を憶ふ、自づから是れ公の心事。下の二句は乃ち牡丹の心事〕
即《も》し〔設と訓ず〕語を解せしめば応に相笑ふべし〔即し語を解せしめば、則ち応に我が此の語を笑ふべきのみ〕
何ぞ必ずしも花を看るに主人を定めん〔何ぞ必ずしも花を看るに一主人を定め得んや〕〔来りて看る的《もの》総て是れ主人○清陰を改めず我が帰るを待つと正に自ら相反す。定めて知る殿卿 之を聞かば、急忙に帰り来らん〕

＊字の挿入の箇所は、それを加えた訓読を〔 〕内に掲げた。

【現代語訳】

国第一の美女〔蘭は国香といい、牡丹は国色という〕が、宮中のよそおいで〔牡丹は花の富貴なる者と称される〕欄干にもたれかかる姿はあざやかだ
酒樽はあっても〔どうして〕自分〔だけで〕は〔この〕晩春の景色を眺められようか〔この一句は、殿卿をおもったもので李攀龍の心を述べており、下の二句は牡丹の心を述べたものである〕
即《も》し〔「設《も》し」と訓じる〕言葉が分かったならば、きっと〔私の言葉を〕笑うだろう
どうして花を見るのに、〔一人の〕主人を定め〔られ〕ましょうか〔やってきた人がみな主人である。「清陰を改めず我が帰るを待つ」とちょうど反対である。殿卿はこれを聞いて、あわてて帰ってきたに違いない〕

第一句は、牡丹を女性にたとえている。徂徠の注はこの比喩の趣向を説明している。先ず、末尾の「清平調の意態」に注目したい。これは、李白の「清平調詞」第三首を指している。

名花傾国両相歓　　名花傾国 両《ふた》つながら相歓ぶ
常得君王帯笑看　　常に君王の笑みを帯びて看るを得たり
解釈春風無限恨　　釈すことを解す春風限りなきの恨み
沈香亭北倚闌干　　沈香亭北 闌干に倚る

この詩は『唐詩選』に収録されているので、題名を挙げるのみで説明を済ましているのであろう。名花〔「牡丹」〕と楊貴妃〔「傾国」〕を詠んだこの詩は、第一句の表現の土台となっている。附言すると、右の「解釈」の部分の訓読は、服部南郭の「解釈春風無限恨、解ハ能ト云字ノ意ゾ。絶句解ニモコ

注(18) 西郷信綱『古典の影―批評と学問の切点』(未来社、一九七九年)所収。

ウカイシテアル」[注19]という説にしたがった（「解釈ス」と訓ずる説もある）。『絶句解』は「右史が京に之《ゆ》くを送る」第五首（七絶下）の「解往還」という語に注して、「能と訓ずる」という。[注20]『絶句解』の説は、弟子たちによって他の詩の解釈の根拠とされていたのである。

「蘭は是れ国香、牡丹は是れ国色」の注は、蘭が『春秋左氏伝』宣公三年の故事から「国香」と呼ばれるのに対し、牡丹は「国色」と称されることを示す。「国色」は『唐詩紀事』巻四十の次のような話に基づくと徂徠は考えたのであろう。

唐の玄宗は牡丹を好み、程脩已《ていしゅうい》に対して、「今、都の人が話題にしている牡丹の詩で、誰のが一番かね」と尋ねた。程脩已は、「中書舎人の李正封の詩、「天香 夜には衣を染め、国色 朝には酒に酣す」でございましょう」と答えた。その時、楊貴妃は玄宗の御側にいてこういった。「私が化粧台の前で、美酒を一杯飲んだなら、正封の詩の景色が見られますわね」と。

この故事と「清平調」の表現が組み合わさり、楊貴妃のような艶麗な女性の媚態を含んだ姿が、起句から浮かび上がる。「花の富貴なる者」は、周敦頤《しゅうとんい》の「愛蓮説」を踏まえており、牡丹に「宮妝」の比喩が相応しいことを示している。

第二句の注は、言葉を補い、詩意を明確にし、さらに細注でこの句が李攀龍の心中を述べ、転結句が牡丹の心中を語っていることを明らかにする。第三句に対しても、文字を挿入することで意味を分かりやすくしている。

第四句の注が興味深い。「清陰を改めず我が帰るを待つ」は次の唐詩の一節である。

谷口春残黄鳥稀　　谷口春 残して黄鳥 稀なり
辛夷花尽杏花飛　　辛夷花は尽きて杏花は飛ぶ
始憐幽竹山窓下　　始めて憐む幽竹山窓の下
不改清陰待我帰　　清陰を改めず我が帰るを待つ

銭起「暮春故山の草堂に帰る」[注21]

主人の帰りを待つ貞節な竹に対し、浮気な牡丹――この対比を徂徠は指摘し、「殿卿はこれを聞いて、あわてて帰ってきたに違いない」と洒落た評語を付けているのである。野暮を厭わずに説明すれば、友人の留守を受けて、彼の居宅にあった牡丹に託し、「早くかえってこないと、自慢の牡丹が自分に浮気するぞ」とからかい気味に詠んだというわけである。

5■「婉曲」の愛好

このたわいもない内容の詩が『絶句解』に採録されている理由を考えてみたい。古文辞派の詩風といえば、「風雅主義」

で浪漫的といった説明が多くなされる。そのため、このような詩の存在は意外に思われるかもしれない。しかし、『絶句解』には、もっと猥雑な内容の詩も複数載っている。仙薬を服用しているのに、禁忌である房事を絶てない友人をからかった「戯れに子坤に呈す」（五絶）などである。徂徠学派の詩文集をひもとくと、この種の戯謔は、しばしば見られる。▼注(22)

徂徠は、古人も——孔子でさえも——戯れの表現を用いたと考える。『論語』公冶長の「子曰く、「孰《たれ》か微生高《びせいこう》を直と謂ふ。或ひと醯《す》を乞ふ。これを其の隣に乞ひて、之に与ふ」と」▼注(23)が、それに当たる。

朱熹《しゅき》の『論語集注《ろんごしっちゅう》』の解釈によれば、これは孔子が微生高を強く非難した言葉である。わざわざ隣家から「醯」を借りて人に貸し、恩を売り、美名を得ようとする人物は、人として「直《まっすぐ》」ではないと孔子は説いたと朱熹は見る。

一方、徂徠の『論語徴《ろんごちょう》』は、この言葉を皮肉交りの冗談であると考える。彼の解釈は次の通りである。▼注(24)

微生高は孔子の近所に住んでいた「直」で知られた人物で、本人もそれを自慢していた、ある日、孔子の家人が、微生高の家に「醯」を借りにいった。しかし、「醯」がなかったので、微生高は隣家から「醯」を借りて、その場を取り繕った。これを受けて孔子は、「微生高は直《まっすぐ》だって誰がいったんだい。どこかの人が醯を借りにいったら、隣から借りてきて渡したんだ（今回は直で通すわけにはいかなかったみたいだね）」といった。かかる戯言は、最高度の親しみの現れ（「親之至」）であり、また、「直」一辺倒ではうまくいかないことをそれとなく諭した「教誨」である。

徂徠によれば、このような表現を、言葉通りに真に受けて理解するようになってしまったのは、「後儒」が「詩」を学ばず、言語を分かっていないからである。

徂徠は、戯言のほかにも、言外に真意を隠すような曲折に富んだ表現を、古人は様々な場面で用いたと考えている。徂徠の『論語徴』は繰り返し、「詩学」の伝承が絶えたため、人々はこの種の表現を理解できなくなったと指摘する。前述したように、徂徠は、古代の統治者は、「詩」の一節を「断章取義」して自己の見解を他人に示していたと考える。機智に富んだ婉曲な表現は、古代の「君子」（統治者）の模範的な言葉づか

注(19) 服部南郭（述）・新井滄洲（録）『芙蕖館提耳』上、宝暦三年（一七五三）成立、早稲田大学図書館蔵（服部文庫、請求記号イ一七‐〇二〇二二）。

注(20)「解（訓能）往還」。「解」字は「解《よ》く」と訓じた方が分かりやすいが、宝暦十三年版の『絶句解』で宇佐見灊水は「往還ヲ解スル」と送り仮名を附しており、徂徠学派は「能」の意味の「解」を「解す」と読んだようである。

注(21) 銭起「暮春帰故山草堂」（『唐詩品彙』四十九、七言絶句巻四）。

注(22) 徂徠学派の戯謔と以下の徂徠の『論語』解釈の詳細は、前掲「「人情」理解と「断章取義」―徂徠学の文芸論―」参照。

注(23)「子曰、孰謂微生高直。或乞醯焉。乞諸其隣、而与之」。

注(24) 前掲『論語徴』丙十六ウ～十七ウ。

いなのである。

ひるがえって、「殿卿の山房を過りて牡丹を詠む」第二首を見てみれば、その表現は、古代の統治者の言語表現と相通じる。友人の不在を残念がる気持ちを、わざわざ牡丹の比喩を用い、もって回った表現で示している。一見、たわいもないこの詩も、古代の婉曲な言語表現を「祖述」した作品といえるのである。

婉曲な表現の重視は、徂徠の弟子の服部南郭にも受け継がれている。


古三百篇も、詩の教は温柔敦厚をもとゝする事にて、必竟君子の志を述る物にて、ものごとに温和に人をも浅く思ひすてず、言出ること葉も婉曲にして、何となく人の心を感ぜしむるを専一と仕事故、自ら風雲花月に興をよせ、詞の上にあらはれざる事ども多く有之候。▼注(25)

「君子」は、言葉を「婉曲」にし、自己の感情を「風雪花月」に仮託して伝えるものなのである。

6■和歌表現との類似

ところで、李攀龍の牡丹の詩は、『絶句解』の指摘する李《り》白《はく》と銭起《せんき》の詩を知らないと、その詩趣を十分に味わうことができない。これは、和歌の本歌取りを思わせないだろうか。

徂徠は、「藤原定家は和歌の一流儀を開き、王世貞・李攀龍に先んじて、王世貞・李攀龍の蘊奥を得ていた」▼注(26)という語を残している。また、彼は元禄末から宝永にかけて、主君の柳《やなぎ》澤吉保《さわよしやす》の歌会にしばしば出詠していた。古文辞派の詩と和歌の類似は一考の価値がある。

徂徠学派の田中江南《たなかこうなん》の手になる『唐後詩絶句解国字解《とうこうしぜっくかいこくじかい》』(安永六年(一七七七)刊)は、『絶句解』の優れた注釈である(以下、『国字解』と略称する)。『国字解』は、古文辞派の詩の表現に「縁語」や「カケ」(言い掛け)の存在を指摘する。「再び子與に別る」第一首の転結に、「手を握る燕山春草の色/書を緘するとき西省 白雲多からん」▼注(27)とある。徂徠は「白雲」に注して、「子與(の官職)は刑部である。刑部は西省と号する。古の白雲氏に当たる」▼注(28)という。これを踏まえて『国字解』は次のようにいう。


春草《ワカクサ》ニ手ヲ握リテ契ヲ結ビ、雲ノ通路ニ書ヲ封ジテ送ラント云テ、今カヤウニ別レテ、書ハ秋ナラデハ、トドクマジト云ヲ、刑部ノ異名ノ白雲ニカケタル処、和歌ノ縁語ト同ジ。▼注(29)

「白雲多し」の「白雲」は、白い雲と刑部の異名の「白雲（司）」の二つの意味が掛かっているわけである（右の例にあるように江南は「カケ」と「縁語」を区別していない）。

このような事例は他にもある。「陽春白雪」は『文選』巻四十五の宋玉「楚王の問ひに対す」に見える高尚な歌の名で、格調高い詩文の比喩に用いられる。▼注(30)これが古文辞派の詩文では、現実の雪と結びつけて用いられる。李攀龍「殿卿が疾を問ふに答ふ」の「斜陽残雪 楼中を照らす／忽《たちま》ち新詩を枉《ま》げて字字 工《たくみ》なり」▼注(31)の第一行に、徂徠は「新詩の光輝であろう」▼注(32)と注している。「楼中」を明るくしているのは、いうまでもなく「残雪」の照り返しである。しかし、徂徠はあえて「新詩の光輝」であるという。「白雪」（「残雪」）＝優れた詩文＝「新詩」という連想の糸を指摘した注釈であると考えられる。

もう一つ「陽春白雪」の例を挙げると、「子與・子相・明卿・元美に留別す」▼注(33)の「翛然《ゆうぜん》として落日離歌 起こり／忽爾《こつじ》として燕山白雪 寒し」がある。『国字解』は、「ニワカニ大勢ガ別レノ歌ヲ、ウタヒ出セバ、其調本ヨリ高妙ナルコト、彼白雪ノ曲ニモ劣ルマジキユヘ、ソレニ感ジテ、忽爾《ヤニワニ》燕山ニゾットト白雪ノフリ来ルト也」▼注(34)と解する。対句の構造から見ても、『国字解』のいうように「離歌」と「白雪」とには関連があると見て良いであろう。

このように徂徠及び徂徠学派は、古文辞派の詩に、本歌取りや縁語《えんご》、掛詞《かけことば》といった和歌表現に類似する技法の存在を認めていたのである。

7■『絶句解』の応用

『絶句解』を通じて古文辞派の表現技巧を知っていると、江戸中期の漢詩をより深く理解することができる。平野金華《ひらのきんか》が歿した際の瀧鶴臺《たきかくだい》と服部南郭の唱和について見てみたい。


注(25) 服部南郭『南郭先生灯下書』、享保十九（一七三四）年刊、十七ウ〜十八ウ。国文学研究資料館蔵。

注(26)「藤定家開和歌門庭、亦前王李而得王李奥矣」（『蘐園十筆』二筆30、三四一頁）。

注(27)「握手燕山春草色、緘書西省白雲多」（「再別子與」、『絶句解』七絶上）。

注(28)「子與為刑部、刑部号西省。古白雲氏」（同書、同巻）。

注(29)『国字解』巻三、十五オ、架蔵。

注(30) 徂徠学派の「陽春白雪」の使用については次の論考参照。ただし、「白雪」が掛詞のように用いられることは考察の対象となっていない。池澤一郎「蘐園漢詩における「陽春白雪」詠の展開」（同『江戸文人論』、汲古書院、二〇〇〇年）。

注(31)「斜陽残雪照楼中、忽枉新詩字字工」（「答殿卿問疾」、『絶句解』七絶下）。

注(32)「疑是新詩光輝」（同書、七絶下）。

注(33)「翛然落日離歌起、忽爾燕山白雪寒」（「留別子与子相明卿元美」第三首、同書、七絶上）。

注(34)『国字解』巻三、二十オ。

瀧鶴臺は金華の訃報を聞き、次の詩を寄せた。

平生裘馬結交深　平生の裘馬 結交深し
共説中原二子心　共に説く中原二子の心
白雪無論難和者　白雪 和者の難きに論ずること無し
朱絃何処問知音　朱絃 何《いづ》れの処《ところ》か知音を問はん
「金華の訃を聞きて南郭先生を弔ふ」第二首▼注(35)

第一句は、『絶句解』七絶上の「子相が広陵に帰るを送る」第三首の「少年の裘馬結交場」の句に基づき、第二句の「中原二子」は、李攀龍と王世貞を指す。第三句は、前述した「陽春白雪」の故事を用い、第四句は、伯牙《はくが》が高山を想って琴を弾くと鍾子期《しょうしき》が泰山の如しと評し、流水を想って弾くと江河の如しと評したという「高山流水」の故事を用いている（「知音」の語源である）。つまり、南郭と金華は当世の李攀龍と王世貞を自任するような盟友関係であったので、金華の歿後、詩を唱和する相手がおらず嘆いておられよう――といった内容である。

服部南郭は鶴臺に次の詩をもって応じた。

朱絃不許謾相知　朱絃 許さず謾《みだ》りに相知ることを
和罷由来此調悲　和し罷んで由来此の調 悲しむ
只将白雪餘双鬢　只だ白雪を将《もっ》て双鬢に餘して
悵望高山彼一時　高山を悵望《ちょうぼう》すれば彼も一時
「彌八が子和の訃を聞きて寄せらるるに答ふ」▼注(36)第二首

南郭の詩の本歌に当たる詩が『絶句解』に見える（李攀龍「元美に寄す」第二首、七絶上）。一読してその類似は明らかであろう。

憑将白雪写朱糸　白雪を憑り将《もち》ひて朱糸に写せよ
総是人間此調悲　総て是れ人間此の調 悲しむ
縦使霑裳君莫管　縦使《たと》ひ裳を霑《うるほ》すとも君 管すること莫れ
古来能得幾鍾期　古来能く幾 鍾期《しょうき》を得たる。

これは李攀龍が失意の王世貞に寄せた詩で、自分の詩の調べが悲しいとしても、知音の友人は君しかいないので、その調べを聴いてほしい――と述べる。鶴臺の詩と重なる内容を有し、「李王」の友情が示されている詩なので、南郭は下敷きとしたのであろう。

さらに、南郭は、二つの故事を掛詞のように使う。「白雪」は「陽春白雪」のような優れた詩文と白髪、「高山」は文字通りの高い山と「高山流水」の交わりの二つの意味が重なっている。つまり、この詩は、起承句では、「李王」に似た孤高の詩人の友誼を描き、転結句は、「陽春白雪」といっても「白雪」のような白髪が増えるばかりで、山を眺めると、金華との「高山流水」の交わりが思い出される——と詠じていると解釈できる。

南郭の詩は、鶴臺の詩と素材を共有しながら、その織り合わせ方がより巧緻である。さすが徂徠学派随一の詩人と思わせる鮮やかな手腕といえよう。ちなみに、服部南郭はもとは歌人であった。和歌の素養は、このような表現技法の彫琢に役立ったに違いない[注(37)]。

古文辞派の影響を受けた徂徠学派の詩文は「模擬剽窃」と古くから批判されることが多かった。それは、徂徠の見立てを借りれば、藤原定家の和歌を「模擬剽窃」と指弾するようなものではなかろうか。

8■文学評価のつづら折り

『絶句解』は、近代になってにわかに忘れられた書物になったわけではない。徂徠学の退潮にしたがい、それは徐々にかえりみられなくなっていった。古文辞派の詩文は、十八世紀後半に入ると、その陳腐さが厭われるようになり、それに代わって、日常生活の描写や「真情」の発露を重んじる性霊派《せいれいは》の詩風が流行した。また、唐詩・明詩ではなく、宋詩・元詩が模範とされるようになった。

古文辞派の人気凋落の問題は、稿を改めて論じる必要があろう。ここでは、徂徠学派の三縄桂林《みなわけいりん》の『詩学解蔽《しがくかいへい》』の論を紹介したい。

物先生（徂徠）がいうに、「わが国の人々は、和訓を用いて書物を読む。中華の書であっても、必ず文字の上下を逆にして、和語の順序にする。ゆえにその内容（「意」）だけを理解して、その表現（「言」）を理解できていない。（そのため日本の読者は）唐詩に対しては、ぼんやりとして趣が分からない。宋詩に対しては、ますます味わいがあると思っている」と。この言葉は実に現在の詩人の欠点をついたものである。巧みな内容は、俗士に好まれる。巧みな表現は、詩人にとって（作るのが）難しいものである。

注(35) 瀧鶴臺「聞金華訃弔南郭先生」第二首（同『鶴臺先生遺稿』巻三、六ウ、安永七〔一七七八〕年刊、慶應義塾図書館蔵）。

注(36) 服部南郭「答彌八聞子和訃見寄」第二首（『南郭先生文集』二編、巻五、十八オ、元文二年刊〔日野龍夫（編集・解説）『南郭先生文集』、近世儒家文集集成第七巻、一九八五年〕）。

注(37) 日野龍夫『服部南郭伝攷』（ぺりかん社、一九九九年）、九一〜九二頁。宮崎修多氏は、南郭が親しんだ「堂上家風の花鳥風詠」と彼の「擬古の姿勢」との間には「婉曲表現」という共通項があることを示唆している。『絶句解』・『国字解』はそれを裏付けるといえよう（宮崎修多「江戸中期における擬古主義の流行に関する臆見」〔笠谷和比古（編）『十八世紀日本の文化状況と国際環境』、思文閣出版、二〇一一年〕）。

自分にとって難しいことをやめ、人が好むものを作る。（宋詩を好む）かの連中が多いのも当然である。およそ奇に走り僻に流れ、俳に入り俚に陥るのは、専らこのような理由からである。▼注(38)

徂徠は、宋詩愛好を日本人の悪癖であると説いていた。彼が徹底して宋代の詩文を排斥したのも、それが一つの理由となっている。このため、徂徠学者は、宋詩流行を物先生の危惧の通りになったと捉えたのである。

これに関係して興味深いのは、宋詩の再評価の後に揺り戻しがあったことである。▼注(39) 江戸末期になると、繊細平明な宋詩風の弊害が説かれるようになり、語の持つ形象《イメージ》や表現の型が重視されるようになる。そして、明治二十年（一八八七年）前後になると、徂徠学派の詩への肯定的な評価も見られるようになった（ただし、この動きは漢詩制作の衰退とともに終息したようである）。つづら折りの道のように、詩の好尚は変化した。

漢詩に限らず、このような評価のつづら折りは、文化の諸領域でありふれた光景であろう。新奇がやがて陳腐となり、陳腐がやがて新奇となる。繰り返し現れる「近代」批判も、この一変種なのかもしれない（「近代の超克」から数えるとして、何度目の「近代」批判だろうか）。「選び直し」が数度目の茶番にならないためには、相応の工夫と覚悟とが求められるのであろう。

注(38)「物子曰、此方之人、以和訓読書。雖中華書、必顛倒其上下、以従和語。故唯得其意、不得其語。其於唐詩也、茫不見趣。於宋詩也、愈有味。斯言実中於今世詩人膏肓矣。故意之巧者、俗士所喜也。語之巧者、作者所難也。舍己所難、而為人所喜。宜乎其徒之多也。凡其走奇流僻、入俳陥俚、職此之由」（三縄桂林『詩学解蔽』、十一オ、文化二年刊、国立国会図書館蔵）。

注(39) 江戸後期以降の詩風変遷については次の論考参照。合山林太郎「性霊論以降の漢詩世界―近世後期の日本漢詩をどう捉えるか―」・「幕末京坂の漢詩壇―広瀬旭荘・柴秋村・河野鉄兜―」・「漢詩における明治調―森槐南と国分青厓」（同『幕末・明治期における日本漢詩文の研究』、和泉書院、二〇一四年）参照。

＊『徂来先生答問書』・『論語徴』・『蘐園十筆』はみすず書房版『荻生徂徠全集』に依拠した。適宜読みやすさを優先して引用の表記を改めた。本稿は「田中江南の『唐後詩絶句解国字解』について―古文辞派の詩の読み方―」（日本近世文学会、二〇一一年六月）の報告に大幅に編集を施し、加筆したものである。報告時の頂いた助言に深く感謝したい。科学研究費補助金（若手研究（B））の研究成果の一部である。

▶選び直す人　勢田道生

安積澹泊《あさかたんぱく》

『大日本史賛藪《だいにほんしさんそう》』

歴史人物のキャラクター辞典

▼安積澹泊《あさかたんぱく》
一六五六〜一七三八。諱《いみな》、覚。通称、覚兵衛。水戸藩士の子として水戸城下に生まれ、水戸藩が招聘した儒者・朱舜水《しゅしゅんすい》に学ぶ。天和三年に彰考館《しょうこうかん》に入り、元禄六年から正徳四年まで、二十一年にわたって彰考館総裁として『大日本史』編纂《へんさん》を主導した。編著に、光圀の言行録『西山遺事』、徳川家康の伝記『烈祖成績《れっそせいせき》』、史論集『澹泊史論』、漢詩文集『澹泊斎文集』などがある。新井白石《あらいはくせき》や室鳩巣《むろきゅうそう》、荻生徂徠《おぎゅうそらい》とも交流があった。

神武天皇から南北朝合一まで、
日本史上の様々な人物を論評する
『大日本史賛藪《だいにほんしさんそう》』。
儒教的倫理に基づいて人物を毀誉褒貶《きよほうへん》する同書は、
歴史人物のキャラクター辞典としての
性格を持ち、
近世後期から明治初期にかけて、
盛んに受容された書物であった。
しかし、近代的な史学や文学から否定された同書は、
その倫理面が肥大化し、
ナショナリズムに結びつけられてゆくことになる。

1■『大日本史賛藪《だいにほんしさんそう》』の概要と成立過程

近世中後期の京都の儒医、畑鶴山《はたかくざん》の随筆『粟田日記《あわたにっき》』（寛政四年（一七九二）序）に、以下の一節がある。

黄門義公の日本史の賛藪《さんそう》などは、文学に志あるものは熟覧して、その人々の人となりをしるべし。新井白石の読史余論《とくしよろん》もかねて見るべし。唐土の歴史のみを読て本邦の歴史にうときは、有用の学とは思ふべからず。▼注(1)

ここに見える「文学」という語の意味が、現在一般的にイメージされる「文学」という語のそれとは異なることはいうまでもないが、ここではさしあたり、主に漢文による人文的▼注(2)学問と捉えておく。その「文学に志あるもの」の必読書とされる「黄門義公の日本史の賛藪」が、本稿で紹介する『大日《だいに》本史《ほんし》賛藪《さんそう》』（以下、『賛藪』とする）である。『賛藪』は、「黄門義公」すなわち徳川光圀《みつくに》の命によって編纂された『大日本史《だいにほんし》』の本紀・列伝二四三巻の中から、序論一七篇・論賛二五七篇を抜

注（1）京都府立総合資料館蔵本による。なお、本稿では本文の引用に際し、私に句読点・濁点を付したものがある。
注（2）「文学」という語の概念の変遷については、鈴木貞美『日本の「文学」概念』（作品社、一九九八年）参照。

き出して一書としたもので、序論には后妃伝や将軍伝などの伝の類別についての総論が、論賛《ろんさん》には各被伝者に対する論評が記されている。▼注(3)

ただし、当初、『大日本史』に論賛は記されていなかった。▼注(4) そもそも『大日本史』の編纂は、明暦三年（一六五七）の光圀による史局創設に始まる。その体裁は、『史記』以下の中国正史に倣い、紀伝体が採用された。紀伝体の中国正史は、『元史《げんし》』を除き、すべて論賛を記しているから、『大日本史』が論賛を記すのも、中国正史の形式に倣《なら》ったものといえる。▼注(5)

しかし、『大日本史』に論賛を付すか否かの議論が起こったのは、光圀没後十四年の正徳四年（一七一四）で、翌五年にいったん成立した『大日本史』（正徳本）には、まだ論賛は付されていない。正徳六年、当時の水戸藩主徳川綱条《つなえだ》は、光圀時代以来の儒臣・安積澹泊《あさかたんぱく》に論賛執筆を命じ、享保五年（一七二〇）には、論賛を付した『大日本史』が幕府に献上される。この後、延享三年（一七四六）、仙台藩儒田辺希文《たなべまれふみ》により、同藩にもたらされた『大日本史』から序論と論賛を抄出して一書とされたのが、『大日本史賛藪《だいにほんしさんそう》』である。▼注(6) なお、文化六年（一八〇九）には『大日本史』から論賛を削除することが決定するため、この後、嘉永二年（一八四九）に完成した紀伝版本や、明治三十九年（一九〇六）に紀伝志表全巻が完成した『大日本史』には、論賛は記されていない。

さて、史書の論賛は、「詞は褒貶を兼」ねるもの、あるいは「史家褒貶の詞」とされるように、▼注(7) 被伝者に対する毀誉褒貶を記すものであった。よって、『大日本史』の論賛も、毀誉褒貶を強く意識したものだったと考えられる。では、『賛藪』の毀誉褒貶とはどのようなものなのか、まずは一例として、白川天皇紀の賛を読んでみよう。▼注(8)

2■毀誉褒貶と人物イメージ

【原文】

賛に曰く、官を売り爵を鬻《ひさ》ぐは、固《もと》より衰世の蠹政《とせい》なり。帝、先帝の余烈を承《う》け、賞罰、沖襟《ちゆうきん》に運《めぐ》らし、文明の象《しやう》、日の方《まさ》に昇るが如し。而るに反《かへ》つて衰世の轍を襲へるは、亦繆《あやま》らずや。漢の汲黯《きゆうあん》、武帝を諫めて曰く、「陛下は、内、多欲にして、外、仁義を施す。奈何《いかん》ぞ唐虞の治に效《なら》はんと欲せんや」と。帝、釈氏に溺るること、武帝の神仙を好むより甚だし。故に財を窮め力を殫《つく》し、仏宇を営建して、以て福田《ふくでん》を求む。祖宗の憲章を破壊し、民庶の膏血を朘削《せんさく》し、純朴を琱斲《てうたく》して、天下日〻に侈靡《しび》に趨《おもむ》くは、皆、多欲の為す所なり。伝に曰く、「其の為人《ひととなり》欲多ければ、存する者有りと雖も、寡《すくな》し」と。帝、仁義施さずして、多欲に是れ務む。仙院に退居し、殆ど四紀を経るも、天子の威令の加ふる所、意の如くならざるは無し。

而して牀第《しやうし》修まらず、幾《ほとん》ど倫理を敗る。保元の乱、此に醸蘖《ぢやうげつ》す。諸《これ》に鑑みざる可けんや。

【現代語訳】

賛にいう。金銭によって叙任を行うのは、そもそも衰えた世の間違った政治である。白河天皇は先帝（後三条天皇）の偉大な功績を継ぎ、賞罰は御心によって行い、文明はますます盛んになってゆく状態だった。にもかかわらず、衰えた世のやり方を踏襲したのは、やはり誤りである。漢の汲黯《きゅうあん》は武帝を諫《いさ》めて、「陛下は内面では欲が多く、外面では仁義を施しています。そんなことでは、堯舜《ぎょうしゅん》の政治に倣おうとされても、できるはずがありません」と言ったが、白川天皇が仏教に惑溺したのは、武帝が神仙を好んだのよりも甚だしかった。よって、天皇は財力をつくし寺院を建立して、自らの福徳を願い、代々の天皇の大切な教えに背き、民衆から搾取し、純朴なものを彫刻して、世の中は日ごとに華美に向かっていった。これはすべて、天皇の過剰な欲望によるのである。「その人柄に欲が多かったら、よいところがあったとしても、それは少ないと言うしかない」という言葉がある。天皇は仁義を施さず、欲望に耽ってばかりだった。退位して四十年近く経っても、天皇の命令は、すべて白川上皇の思いのままだった。そして女性関係は不適切で、倫理は無いも同然だった。後の保元の乱はここに起因するのである。このことをよく考えねばならない。

ここで賛は、白河天皇の過失として、売官を行ったこと、仏教に惑い財力を費やして自身の福徳を求めたこと、代々の天皇の教えに背き、民衆から搾取し、奢侈に流れたことを挙げ、漢の汲黯《きゅうあん》の言葉（『史記』『十八史略』）と、「伝」とされる『孟子《もうし》』の言葉を引いて、これを批判する。すなわち、白河天皇は、摂関政治を打破して親政を行った後三条天皇の偉業を継ぎ、自らの意志によって政治を行う事ができたにもかか

注（3） 日本思想大系『近世史論集』（岩波書店、一九七九年）による。

注（4）『大日本史』論賛の成立および削除の過程については、吉田一徳『大日本史紀伝志表撰者考』（風間書房、一九六五年）、鈴木暎一「『大日本史』「論賛」の成立過程」（『水戸藩学問・教育史の研究』吉川弘文館、一九八七年）、安見隆雄「大日本史と論賛―特に光圀の論賛執筆の意思について―」（『水戸光圀と京都』水戸史学会、二〇〇〇年）など参照。

注（5） ただし、安見隆雄前掲論文（注4）によると、光圀に論賛作成の意思があったことを示す証拠は発見されておらず、論賛を執筆した安積澹泊も、当初は論賛は不要だと考えていたというから、論賛が作成された当初は、論賛作成が光圀の意思によるものとは見なされていなかったと考えられる。

注（6） なお、『賛藪』には大きく二系統の伝本が存することが指摘されている（小倉芳彦、注3前掲書解題）が、詳細は未考。

注（7） 野間三竹『文体明弁粋抄』（寛永一九跋）、原漢文。「早稲田大学古典籍総合データベース」（http://www.wul.waseda.ac.jp/kotenseki/）の画像により閲覧。

注（8） 現在の表記では「白河天皇」とされるが、『賛藪』は「白川天皇」とする。なお、以下、『賛藪』の引用は、日本思想大系『近世史論集』所収の訓読文による。

わらず、その「多欲」な性格のために政治を誤ったうえ、不適切な女性関係によって倫理に背き、保元の乱につながる世の乱れを招いたのだ、というのである。そして、このような白河天皇の過ちは、教訓とすべきものとして読者に提示される。

これは、歴史上の人物を倫理の枠組みに基づいて毀誉褒貶し、教訓とするという、道徳主義的・教訓主義的な論であるといえる。よって、『賛藪《さんそう》』という書物を理解するためには、編者らの倫理の枠組みがいかなるものであり、それが読者にどのように受容されたのかを追究することが重要である。

その一方で注意したいのは、この論が、白河天皇の「多欲」という性格を明確に示すものでもあることである。

もちろん、ここで指摘される白河天皇の過ちは、それぞれしかるべき史料に記されているものではある。[注(9)] しかし賛は、これらの過ちを「多欲」という因数で括ることにより、白河天皇を「多欲」な人物として読者に強く印象づけているのである。

そもそも、『大日本史』に論賛を付すことの議論が始まった正徳四年、『大日本史』編纂に従事していた編者らは論賛について、「其人之骨髄精神ヲ賛壱ツに書取申儀」[注(10)] であると考えていた。すなわち、編者らにとって論賛は、被伝者の「骨髄精神」を端的に表現するものでもあったのである。本稿冒頭で示したように、『粟田日記』は、『賛藪』を読んで歴史上の人物の「人となり」を知らねばならない、と述べていたが、これも、論賛は被伝者の「骨髄精神」を記すものだという編者らの認識と一致するものといえよう。これを『賛藪』全体に敷衍《ふえん》するなら、神武天皇から後小松天皇の時代に至る、天皇から臣庶までさまざまな人物の「骨髄精神」を描き出す『賛藪』は、歴史人物のキャラクター辞典になっているといえる。

従来、『賛藪』については、思想史的観点から、編者らの儒教的歴史思想のありかたが分析されてきた。[注(11)]『賛藪』に記される毀誉褒貶は編者らの思想の反映であり、これに対する理解なくして『賛藪』という書物を正確に理解する事はできないだろう。その一方で、『賛藪』を歴史人物のキャラクター辞典として見るなら、そこに描かれる歴史人物のイメージがどのように作られ、どのように受容されたか、という視点からも検討が必要なのではないかと考える。

3■忠義の人・新田義貞

前節では、白川天皇紀の賛が白河天皇を「多欲」の人物として批判していることを見たが、『賛藪』は、その倫理観から見て模範的である人物に対しては、賞賛の言葉を惜しまない。ここでは一例として、新田義貞《にったよしさだ》伝の賛を紹介する。

【原文】

賛に曰く、忠義の、世教を維持すること、大なり。新田義貞は源家の冑《ちう》▼注(12)を以て、北条氏に役《えき》するも、一旦、幡然《はんぜん》として図《と》を改め、王室を安んぜんと欲す。義旗の嚮《むか》ふ所、葉のごとく落ち、氷のごとく離《と》く。何ぞ其れ易きや。足利尊氏と難を構ふるに及び、攻城・野戦、互ひに勝負有れども、竟に敗衄《はいじく》を免れず。何ぞ其れ難きや。蓋し、政刑、日に紊《みだ》れ、人心、乱を思ひ、尊氏之に乗じて、其の詐力を逞しくせるに由るなり。嚮使《もし》、後醍醐帝、能く楠正成の夾攻の策を用ふれば、則ち義貞、其の材略を展《の》ぶるを得て、尊氏の勢、日〻に蹙《せま》りしならん。禁門、守られず、乗輿再び叡岳に幸す。尊氏、款《かん》を納《い》れて、還駕を請ふ。帝も亦、心に、其の姦計に堕《お》つるを知るも、勢、回《かへ》すこと能はず。興替の機、方《まさ》に此に決す。而して義貞を面諭して、其の忠義を奨め、託するに皇太子を以てするは、頼るに此の挙あるのみ。義貞の匡復の心、少しくも解弛せず、天地に誓ひて以て心と為し、鬼神に質《ただ》して疑ひ無し。不幸にして、勢去り、時、利あらず、智勇倶《とも》に困《きわま》り、之に継ぐに死を以てす。其の子姪、皆能く戈を枕にし胆を嘗《な》め、屢〻勤王の師を興すも、卒に摧残・流亡に帰す。豈、天に非ずや。其の高風・完節に至りては、当時に屈すと雖も、能く後世に伸ぶ。天果して忠賢を佑《たす》けざらんや。其の、足利氏と雄を争ふを観れば、両家の曲直、赫々として人の耳目に在り。愚夫愚婦と雖も、亦能く、新田氏の忠貞たるを知る。寧《むし》ろ此を為すとも、彼を為さず。亦、人をして邪正を弁じ取舎を決して、義に嚮《むか》ふを知らしむるに足る。其の関係する所、豈、鮮少ならんや。

【現代語訳】

賛にいう。忠義は風教を維持するうえで重大である。新田義貞は源氏の跡継ぎとして、北条氏に仕えたが、にわかに心を翻して計画を改め、王室を安泰にしようとした。その大義の旗が向かうところは、葉が落ち氷が溶けるようであった。何とそれは容易なことだったことか。しかし、足利氏と争いになると、あるいは攻城、あるいは野戦、互いに接戦を演じたが、ついには敗戦を免れなかっ

注(9)『大日本史』紀伝本文には出典が注記されており、『大日本史』が史料に忠実に歴史を記そうとしていたことがわかる。

注(10) 十一月廿八日付大井松隣・神代鶴洞宛「両人」(酒泉竹軒・佐治竹暉)書簡(東京大学史料編纂所蔵『往復書案抄』(『茨城県史料近世思想編　大日本史編纂記録』茨城県、一九八九年、所収))。

注(11) 松本三之介「近世における歴史叙述とその思想」(注3前掲書解説)、野口武彦「水戸史学と『大日本史』―前期水戸学の歴史思惟―」(『江戸の歴史家』筑摩書房、一九七九年)、玉懸博之「前期水戸史学の歴史思想続考―安積澹泊『大日本史』「論賛」をめぐって―」(『近世日本の歴史思想』ぺりかん社、二〇〇七年)など。

注(12) 思想大系本は「冑」(かぶと)とするが、大阪大学附属図書館懐徳堂文庫蔵『大日本史』(遺 - 九 - 一〇五)は「冑」(跡継ぎ)とする。文意により「冑」を採る。

た。何とそれは困難なことだったことか。それはまさに、後醍醐天皇の政治や刑罰が日々に乱れ、人々が動乱を願ったため、尊氏はこれにつけこんで、詐術や武力を盛んにしたからである。もし天皇が楠正成の挟み撃ちの策を採用していたなら、義貞は才略を伸張することができ、尊氏の勢力は日々に衰えていっただろう。しかし皇居は守られず、天皇は再び比叡山に幸することとなった。尊氏が講和を求め天皇に都へ戻ることを請うと、天皇は心中では尊氏の謀計に陥ることを知りながら、もはや状勢を挽回することはできなかった。興廃《こうはい》はまさにここで決まったのである。そこで天皇は直々に義貞を諭し、忠義を励まし、皇太子を託した。天皇はこの計画のみを頼りにされたのである。世を正そうとする義貞の心は少しも弛まず、天地に誓ってこれを心にかけ、鬼神に質しても疑いはなかった。しかし、不幸にして情勢は回復できず、時の利もなく、智勇ともに窮まって、戦死してしまった。その子も甥も、みな軍務に従って苦節を堪え忍び、幾度も勤王の軍を起したが、ついに撃破され流浪するに至った。これは天命にあらずして何であろうか。しかし、義貞の高潔な人柄と節義は、その時は屈したが、よく後世に伸張した。天は果たして忠義賢明の人を助けないことがあろうか。義貞と尊氏との争いを見ると、どちらが正しくどちらが間違っているかは、明白に人の良く知ることだ。愚かな人々でさえ、義貞が忠義貞節であることを知り、義貞の真似はしても、尊氏の真似はしない。これはまた、人に正邪を理解させ、大切なこととそうでないことを決断させ、大義に従うことを知らせるに足るものである。だから、義貞の事跡が関わるところは、きわめて大きいのだ。

ここに記される義貞への評価を要約すると、以下のようになろう。

新田義貞は、北条氏に背いて後醍醐天皇のために挙兵して以来、一貫して天皇に尽くした忠義の人であるが、天皇の政道の誤りや、足利尊氏の権謀のために、最終的に非業の死を遂げるに至った。これは天命だったというしかない。しかし、義貞の精神は後世によく伝わった。天は決して忠義の人を見捨てはしないのだ。だから、義貞の忠義は、人々を教え導く上で大きな意味を持つのだ、と。

すなわち、ここで義貞は、さまざまな困難に際しても天皇への忠義を貫き、そのために非業の死を遂げた悲劇の武将として描かれているといえよう。そして、天皇に忠義を尽くすその姿は、道徳的な模範としての意義を持つものとして高く評価されているのである。

なお、従来も指摘されるとおり、「其の高風・完節に至りては、当時に屈すと雖も、能く後世に伸ぶ」という部分は、『賛藪』「将軍伝序論」の「尊氏の譎詐・権謀、功罪相掩はず。果して以て一世を籠絡す可きも、天下後世を欺く可からず。果して足利氏の志を得たるか、抑《あるい》は新田氏の志を得ざるか」と呼応して、新田氏傍流の末裔を称する徳川家の正統性を示すものになっている。▼注(13) 義貞の忠義はその生前には報われなかったが、末裔である徳川家の繁栄によって報われたのだ、というのである。

しかし、そもそも新田義貞は忠臣といってよいのだろうか。確かに義貞は、元弘三年に討幕の兵を挙げて以来、延元三年に戦死するまで、一貫して後醍醐天皇を奉じ、その中心的武将として活躍した。よって、義貞が忠臣であることは当然のように思われるかもしれない。しかし、『太平記』等の史料によると、賛が義貞を忠臣として記すことには、疑問も感じられるのである。

4■新田義貞は忠臣だったのか

新田義貞については、『保暦間記《ほうりゃくかんき》』や『梅松論《ばいしょうろん》』、あるいは『神皇正統記《じんのうしょうとうき》』にも記載があるが、義貞の意志や心情を窺わせる記述は少ない。これに対し、義貞の意志や心情について最も多くを語るのは、いうまでもなく『太平記』である。『大日本史』の新田義貞伝も、基本的に『太平記』に拠っている。

しかし、藤田精一『新田氏研究』▼注(14)の指摘するとおり、『太平記』によっても、義貞の忠義の意志を読み取ることは難しい。藤田によると、『太平記』は新田義貞と足利尊氏との戦いを専ら両家の争いと見なし、義貞の忠義の志には気づいていない、というのである。ここでは『太平記』の描く義貞像の例として、以下の二つの場面について考えたい。

まず、元弘二年、義貞が北条高時を背き、倒幕の挙兵を決意する場面▼注(15)について。

ここで義貞は家臣船田に対し、たしかに「義兵ヲ挙、先朝ノ宸襟ヲ休メ奉ラント存ズル」と述べてはいる。しかし一方、この直前で義貞は、「古ヨリ源平両家朝家ニ仕ヘテ、平氏世ヲ乱ル時ハ、源家是ヲ鎮メ、源氏上ヲ侵ス日ハ、平家是ヲ治ム、義貞不肖ナリトイヘドモ、当家ノ門楣トシテ、譜代弓矢ノ名ヲ汚セリ、〈…『太平記』異本についての注、略〉而ニ今相摸入道ノ行跡ヲ見ルニ、滅亡遠キニアラズ」と述べており、これは、義貞の「源平二流交替の意識に支えられた、政権獲得の志向」▼注(16)を示すものといえよう。義貞が後醍醐天皇を奉じようとするのも、この「政権獲得の志向」を実現するための手

注(13) 注11前掲松本三之介論文、野口武彦論文、兵藤裕己『太平記〈よみ〉の可能性 歴史という物語』（講談社、一九九五年）第七章「『大日本史』の方法」。

注(14) 雄山閣、一九三八年、第二十章「新田氏勤王の死角論と顕彰説」。

注(15) 巻第七「新田義貞申㆓賜大塔宮綸旨㆒附宇都宮攻㆓千剣破城㆒事」。以下、『太平記』の引用は『参考太平記』（国書刊行会本）による。

注(16) 中西達治「新田義貞」（『太平記論序説』桜楓社、一九八五年）。

段だったとも考えられる。ところが、論賛はこのことには全く触れず、「王室を安んぜんと欲す」とのみ、記すのである。

もう一つ、建武二年、義貞が尊氏追討を請う奏状を捧げ、その後、後醍醐天皇の命を受けて尊氏追討に赴く経緯について。▼注(17)

『太平記』はこれについて、以下のように記している。すなわち、後醍醐天皇の命を受けて中先代の乱を平定した足利尊氏は、関東八ヶ国の管領として管内の新田方の所領を奪い、恩賞として家臣に与えた。これを知った義貞は、自身の分国内の足利方の所領を奪って家臣に与えるという行動に出る。これ以前から新田方と足利方の間には確執があったが、ここに至って「新田足利、一家ノ好ミヲ忘レ、怨讎ノ思ヒヲナシ、互ニ亡サント牙ヲ砺グ志顕ハレテ、早天下ノ乱ト成」った。このような状況を承け、尊氏は義貞討伐を請う奏状を奉り、これを知った義貞も尊氏討伐を請う奏状を奉るが、その後、尊氏の偽りが露顕したため、天皇は義貞に尊氏追討を命じ、義貞は尊氏追討に赴くことになる。

以上を要するに、ここで『太平記』は義貞の行動を、確執状態にある尊氏に対抗するものとして描いているということになる。

では、この時の義貞の心情は『太平記』にどのように描かれているのか、というと、尊氏追討を請う奏状を奉ったことに関しても、尊氏追討を命じられて出征したことに関しても、実は何も記していないのである。よって、この部分から義貞の忠義の意志を読み取ることはできない。▼注(18)

以上のように見ると、論賛の描く義貞像は、『太平記』の描く義貞像を大きく逸脱するものになっているといえよう。

なお、以下も藤田の指摘するところだが、『太平記』の注釈書として広く流布した『太平記秘伝理尽鈔《たいへいきひでんりじんしょう》』(以下、『理尽鈔』)や、『理尽鈔』の記述を受けた馬場信意《ばばのぶのり》『義貞勲功記《よしさだくんこうき》』(享保元年(一七一六)刊)の義貞は、『太平記』よりもさらに忠臣から遠ざかっている。

例えば『理尽鈔』は、義貞と尊氏が互いに奏状を奉ったことに関し、以下のようなエピソードを記している。▼注(19) すなわち、尊氏の奏状によって朝敵となることを予期した義貞は、その家臣・由良に、朝廷を支える楠正成《くすのきまさしげ》を暗殺し、「君をば押し籠め参せて、慈明院殿を取り立て」ることを進言され、逡巡しながらもこれを受け入れた、というのである。この計画は楠正成に看破され、未遂に終わったとされるのだが、この計画が、後に後醍醐天皇を幽閉して光明天皇を擁立する足利尊氏の行動を念頭に置いて記されていることは、間違いない。

つまり、ここで『理尽鈔』は、義貞を尊氏と同様の行動を起こすような人物として描いているのである。なお、この部分について『理尽鈔』とほぼ同じ内容を記す『義貞勲功記』は、

この計画を、明確に「むほん」と記す。▼注(20)

義貞を忠臣として記さないのは、将軍徳川家綱の命によって林鵞峰《はやしがほう》らが編纂した『続本朝通鑑《ぞくほんちょうつがん》』▼注(21)（寛文十年（一六七〇）成）も同様である。例えば、倒幕の挙兵の動機については、「常に大志ありて其の門戸を高めんと欲す」（元弘三年二月条、原漢文）と記し、また、尊氏との対立についても、尊氏との確執の経緯を記すのみで、さらに「一書に曰く」として、「天下掎角の勢既に成り、共に武家の再興を願い、王政の正しからざるを厭ふ」（建武二年九月条、原漢文）▼注(22)と記す。なお、将軍綱吉の命によって林鳳岡《はやしほうこう》らが編纂した徳川家の歴史『武徳大成《ぶとくたいせい》記《き》』▼注(23)（貞享三年（一六八六）成）も、義貞を忠臣として位置づけることはしない。

5■義貞はなぜ忠臣とされるのか

では、義貞伝の賛は、なぜ義貞を忠臣とするのだろうか。この問題について、以下の点を挙げて見通しを示しておきたい。

まずは、『大日本史』は大義名分を明らかにすることを強く意識し、その大義名分を判断する上で、君臣関係を重視することである。▼注(24) 義貞伝の賛も、義貞という人物を後醍醐天皇との君臣関係という枠組みで切り取って記したものだったのではないだろうか。すなわち、『大日本史』にとっては、義貞が一貫して後醍醐天皇を奉じ、天皇に背く北条高時や足利尊氏と戦ったことこそが重要なのであり、その行動が、政権獲得の意志を窺わせるものであろうが、尊氏との対立によるものであろうが、それは大きな問題ではなかったのではないか。

このことは、『大日本史』が強く意識する皇位の正統性の問題とも関わるだろう。▼注(25)『大日本史』は、北条高時《ほうじょうたかとき》が擁立した光厳天皇や足利尊氏が擁立した光明天皇ではなく、義貞が

注(17) 巻第十四「尊氏義貞確執奏状附公卿僉議事」。

注(18) なお、『太平記』には義貞が奉ったという奏状が掲載されており、ここで義貞は「忠心を傾け正義を尽して、朝家のために命を軽んじて、勾萌に先だって尊氏を罰せんと奏す」（原漢文）と述べている。しかし、「奏状」が自己の希望を天皇に訴えるものである以上、自己の希望を天皇や世の中のためのものと位置づけるのは当然だろう。この文言によって義貞を忠臣と見なすことはできない。

注(19) 巻第十四「新田・足利確執奏状の事」（東洋文庫『太平記秘伝理尽鈔』4、平凡社、二〇〇七年）。

注(20) 『義貞勲功記』巻之五「正成関東下向を望まるゝ付義貞正成を殺んと巧まれし事」（今治市河野美術館蔵本（国文学研究資料館所蔵マイクロ資料により閲覧））。

注(21) 国書刊行会本による。

注(22) この「一書」に相当する記事は、『理尽鈔』巻第十四「新田・足利確執奏状の事」に見える。

注(23) 内閣文庫所蔵史籍叢刊本による。

注(24) 注11前掲論文。

奉じた後醍醐天皇を正統の天皇とするのである。後醍醐天皇こそが正統の天皇である、という強烈な意識が、後醍醐天皇を奉じる義貞のイメージに影響したことも考えられる。

また、義貞が忠臣とされることには、賛が徳川家を新田氏の末裔と位置づけていることも関わっていよう。『太平記』によると、義貞は皇太子恒良親王を奉じて北国に赴く際、日吉の大宮権現に「子孫ノ中ニ必大軍ヲ起ス者有テ、父祖ノ尸ヲ雪メン事ヲ請フ」と祈誓したという。[注26] 賛は、この祈誓が現実に徳川家の繁栄によって報われたことを発見し、この応報を、義貞が大義名分に従って後醍醐天皇に忠義を尽くしたことによるものと解釈したのではないだろうか。

以上のように、義貞伝の賛が義貞を忠臣として描くのは、『大日本史』の思想的傾向や関心のあり方によるものだったことが想定される。そうであるなら、義貞は、『大日本史』の思想的フィルターを通じて、忠臣に変貌したのだといえよう。

ただし、この問題に明確な答えを得るためには、『賛藪』のみならず、『大日本史』の紀伝本文についても検討を行う必要がある。『賛藪』所収の論賛は、元来、紀伝本文とともに読まれるものとして作られているからである。そしてさらに、紀伝本文と論賛との双方について、どのような史料が編者の手元にあり、それらがどのように利用されているか、詳細に検討する必要がある。また、紀伝本文および論賛について、同時代の儒学者らによって作成された史書や伝記と比較検討する必要もあろう。このような検討により、『大日本史』および論賛がどのように歴史人物のイメージを作りあげているか、その特徴が明確になると思われる。

6■『大日本史賛藪』の影響

こうして作成され、『大日本史』の紀伝に付された論賛は、延享三年（一七四六）、仙台藩儒田辺希文によって『大日本史』から抄出され、『大日本史賛藪』と題する一書として流布してゆく。

『賛藪』の流布状況については、明和七年（一七七〇）の「緒言」をもつ南川《みなみかわ》維遷《いせん》『閑散《かんさん》余録《よろく》』に「又日本史数百巻アリ。余カツテソノ内賛叢、及ビ菅公列伝ヲ見ル。議論平正引拠精厳、謂ツベシ、良ニシテ正ナリト」[注27]と見え、また、大坂の懐徳堂では、明和八年から九年にかけて『大日本史』を書写しているが、この時、親本には記されていなかった論賛を、別途手に入れた『賛藪』によって補っていることから、[注28]この頃にはある程度の範囲で流布していたと考えられる。そして、本稿冒頭で示したとおり、寛政四年（一七九二）の序をもつ『栗田日記』は、『賛藪』を「文学に志あるもの」の必読書だと記しているから、この頃には『賛藪』は稀覯書ではなくなっていたと考えられる。

また、頼山陽《らいさんよう》『日本外史』（文政十年（一八二七）成）の論賛が『賛藪』を参考資料としていることは、よく知られていよう。▼注(29) 例えば新田義貞についても、「寧ろ敗れて忠義なるも、成つて姦賊とならず」、「其の国に報ずるの志、百敗挫けざるを見る」と義貞を忠義の人物として描き、さらに「我が二百年の後、足利氏に代つて興る者は、実に新田氏の遠裔に出づ。亦た烏《いづく》んぞ義貞の祈に応ずるにあらざるを知らんや」と、義貞の事跡を徳川家の繁栄と結びつけて論じる。▼注(30) この枠組みは、基本的に『賛藪』のそれを継承するものといえる。

さらに、合山林太郎氏によると、幕末期には儒学者らによって多くの史論が作成されるが、▼注(31) それらの中にも義貞について論じるものがある。例えば安積艮斎《あさかごんさい》（寛政三年（一七九一）～万延元年（一八六一））の義貞論▼注(32)は、義貞が勾当内侍のために戦機を逸したこと▼注(33)を批判しつつも、「其の忠誠義烈は以て天地を動かすべく、以て天地を感ぜしむべく、以て万世の綱常を維持すべし」（原漢文）といい、また、斎藤竹堂《さいとうちくどう》（文化十二年（一八一五）～嘉永五年（一八五二））の義貞論▼注(34)も、尊氏追討に向かった義貞が戦機を逸したこと▼注(35)を批判しつつも、「其の一、心貫日の忠は、以て用兵百敗の罪を掩ふに足るべし」（原漢文）と述べる。これらにおいては、論の眼目は義貞の敗戦責任に置かれており、義貞が忠臣であることは、もはや当然の前提とされているのである。

幕末期の史論の流行について合山氏は、史論は「歴史人物の行動の是非をめぐって批評を行うものであ」り、「日本の歴史人物という、親しみやすく具体的な対象を褒貶することによって、倫理・道徳意識の定着が図られた」が、一方で

注(25) 光圀に仕えた安藤為章の『年山紀聞』（日本随筆大成本）によると、『大日本史』が「神功皇后を后妃伝に、大友皇子を本紀に載せ」、「南朝を正統とし」たのは「西山公（光圀）の御決断」であり、これを諫めた儒臣たちに対して光圀は、「これ計は某に許してよ、当時後世われを罪する事をしるといへども、大義のかゝるところいかんともしがたし」と述べたという。

注(26) 巻第十七「儲君託二義貞一附義貞納二鬼切於日吉一事」。

注(27) 『影印日本随筆集成』第五輯。

注(28) 拙稿「津久井尚重『南朝編年記略』における『大日本史』受容」（『近世文藝』98号、二〇一三年七月）。

注(29) 『頼山陽書翰集』上巻所収〔文化八年〕九月十八日付篠崎小竹宛書簡など。濱野靖一郎『頼山陽の思想 日本における政治学の誕生』（東京大学出版会、二〇一四年）序章第二節「主著の構想と成立」参照。

注(30) 『日本外史』巻之六「新田氏正記」論賛。引用は岩波文庫本の訓読文による。

注(31) 「漢文による歴史人物批評―幕末昌平黌関係者の作品を中心に―」（『幕末・明治期における日本漢詩文の研究』和泉書院、二〇一四年）。以下、合山氏の論はすべてこれによる。

注(32) 『史論』（明治四年刊）所収。日本儒林叢書本による。

注(33) 『太平記』巻第二十「義貞首懸二獄門一附勾当内侍事」。

注(34) 『読史贅議』（嘉永六年刊）所収。日本儒林叢書本による。

注(35) 『太平記』巻第十四「矢矧鷺坂手越河原合戦事」。

「人物月旦《じんぶつげったん》の愉悦は、往々にして、制作者の関心を歴史人物の欠点の穿鑿へと赴かせることとなった」という。日本史上の人物を批評して「倫理・道徳意識の定着を図」るという史論の枠組みは、『賛藪』の枠組みと一致するものであり、これらの史論が作られるに当たっては、『賛藪』も多く参照されたと考えられる。例えば「日本の歴史についての論を制作するために編まれた指南書」（合山氏前掲論文）である山県太華《やまがたたいか》『国史纂論』（天保十年（一八三九）自序[注36]）は、およそ五百箇所に編者および近世諸家二十八名の史論を引用するが、そのうち、編者自身の手になるもの一九一箇所に次いで多く引用されるのが、「大日本史論賛」なのである（五八箇所。次いで青山延于《あおやまのぶゆき》『皇朝史略』の四八箇所）。そして、明治二年（一八六九）には「頼山陽先生鈔本」とされる『大日本史賛藪』が刊行され、『賛藪』はより広く流布してゆくことになる。

　このように見ると、『賛藪』は明治初期に至るまで、歴史人物のイメージ形成に大きな影響を与えたと考えられる。ここでは漢文による史論に触れたが、それだけでなく、歴史に取材した文学作品における人物設定にも、直接的か否かはともかく、大きな影響を与えたことが想定できよう。

7■『大日本史賛藪』の近代

　しかし、『大日本史』および『賛藪』は、明治期における史学・文学の改良運動によって否定されてゆく。兵藤裕己氏によると、史学の改良運動を進めた重野安繹《しげのやすつぐ》や久米邦武《くめくにたけ》は、史学は大義名分や勧善懲悪のためのものではなく、「時勢の有様」や「人情世態」を写し出すものだという「リアリズム」的な考えをもっており、このような考え方は、「同時代の坪内逍遥、二葉亭四迷らによって行われた文学の改良・近代化運動と通底する」ものでもあった[注37]。このような考え方によれば、歴史人物を倫理に基づいて毀誉褒貶する『賛藪』のありかたは、史学からも文学からも否定されることになる。

　その一方で『賛藪』は、近代国民国家における国民の道徳という観点から価値づけられてゆく。例えば、『漢和両文大日本史論賛集』（大正書院、一九一六年）の解題で井川巴水は、「明治天皇より『名分を明にして。志を筆削に託し、正邪を弁じて。意を勧懲に致せり』との勅語を賜り。正一位を追贈あらせられたる徳川光圀卿の原著なれば。各学校の参考書に適切なるを信ず」といい、『大日本文庫　国体篇』（春陽堂、一九三五年）の解説で中村孝也は、論賛の内容を端的に「日本道の宣揚」と要約し、それは「敬神・愛民・忠君の旨趣を明かにし、皇道の光輝を宣揚し、臣道の精華を発揮する」ものと述べる。

さらに、高須芳次郎《たかすよしじろう》『大日本史に現はれた尊皇精神』（誠文堂新光社、一九四〇年）第九章「大日本史の論賛に現はれた尊皇精神」は、「論賛全体を通じて、日本的意識、尊皇意識が強く動いて」おり、「水戸史学に従事した人々が、皇室に対して、絶対帰依するの精神を有したことが、おのづから論賛の上にも現れてゐる」として、このような論賛の内容は、「日本国体に認識不足のもの」に対して「思想的に彼等を指導すべき一道の光明たるべき価値を、今尚ほ有するもの」だという。

たしかに『賛藪』は元来、倫理によって人々を教導するという性質を持ち、その倫理は天皇への忠義を重視するものではあった。しかしそれは、あくまでも儒教的な大義名分論に基づくものだったのであり、「皇室」や「国体」を絶対視するものではなかった。だが、ここに至って、『賛藪』の倫理は、「日本」精神としての尊皇・忠君の倫理にすり替えられてゆき、「日本人」にその倫理を強制するものになっていったのである。これは、『賛藪』に内在する尊皇・忠君の倫理が肥大化して大義名分論の枠を超え、ナショナリズムの枠組みに取り込まれていったものといえよう。

このような『賛藪』理解への反動からか、戦後においては、『賛藪』については十分な検討がなされてこなかった。だが、本稿で述べたように、『賛藪』が歴史人物のキャラクターイメージに与えた影響はきわめて大きいと思われる。今後、詳細な検討が必要な一書といえるのではないだろうか。

※なお本稿は科学研究費補助金（特別研究員奨励費、25・2490）による成果の一部である。

注(36)「早稲田大学古典籍総合データベース」（注7）の画像により閲覧。
注(37) 兵藤裕己前掲書（注13）第九章「歴史という物語」。

▶選び直す人 池澤一郎

薄井龍之《うすいたつゆき》

「晴湖《せいこ》奥原《おくはら》君《くん》之《の》碑《ひ》」と『小蓮《しょうれん》論《ろん》画《が》』

美術批評漢文瞥見《べっけん》

▼薄井龍之《うすいたつゆき》
一八二九〜一九一六。幕末の勤皇家にして、明治期の法曹、美術評論家、漢詩人。字は飛虹。号は小蓮。経三十七戦生と称す。幼名督太郎。山名氏。故あって薄井氏に改む。信州飯田の人。弱冠にして京都に上り、頼山陽《らいさんよう》の息、三樹三郎《みきさぶろう》に師事。尊王攘夷を唱導す。後に江戸に下り、昌《しょう》平黌《へいこう》に入り、傍ら佐久間象山《さくましょうざん》に従って兵法を学ぶ。安政の大獄で師の三樹三郎に連座して捕縛さるるも、逃れて水戸に走り、武田耕雲斎《たけだこううんさい》を介して水戸に仕える。天狗党《てんぐとう》の乱《らん》に参加して負傷し、意見が合わず離脱した。維新後は岩倉具視《いわくらともみ》の抜擢で北海道開拓使監事を皮切りに官職を経て、東京裁判所判事、大審院判事など、法曹界で活躍した。致仕の後は、専ら翰《かん》墨《ぼく》に親しみ、漢詩文と書画の鑑定とに長じた。

薄井《うすい》龍之《たつゆき》の遺《のこ》した詩文の中から埼玉県熊谷市龍淵寺に現存する「晴湖《せいこ》奥原君《おくはらくん》之《の》碑《ひ》」と『小蓮論画《しょうれんろんが》』の数条とを引用紹介する。前者は明治期に富岡鉄斎《とみおかてっさい》を凌《しの》ぐほどの声価を獲得していた閨秀《けいしゅう》文人画家奥原晴湖《おくはらせいこ》の伝記文学にして、美術評論としての内容を備え、後者は漢文による日本美術通史にして、歯に衣着せぬ鋭利な美術評論と見なすことの出来るものでありながら、従来ほとんど文学史、美術史が等閑《とうかん》に附《ふ》して来たものである。

1■大正年間に綴られた漢文は「大正文学」たりうるか？

本稿では大正年間に作られた美術批評家薄井《うすい》龍之《たつゆき》の文章を紹介する。ひとつは、明治期に活躍した奥原晴湖《おくはらせいこ》という文人画家の墓碑銘であり、伝記文学作品にして彼女の作品を論じた美術批評と捉えられる。もうひとつは右墓碑銘との関連で大正六年刊の『小蓮論画《しょうれんろんが》』と題する美術批評書より数条を抜粋したものである。明治維新以降に日本人の手によって作られた文章であれば、それは日本近代文学の研究対象となってしかるべきものである。それも大正期に作られた作品とすれば、谷崎潤一郎、芥川龍之介、佐藤春夫、広津和郎、葛西善蔵、宇野浩二等の作品と同じく所謂《いわゆる》大正文学のひとつとして扱われてもよいはずである。さらにいえば、晴湖の墓碑の建った大正四年の翌年、大正五年からは森鷗外の『渋江抽斎《しぶえちゅうさい》』の新聞連載が始まり、以後『伊沢蘭軒《いさわらんけん》』『北條霞亭《ほうじょうかてい》』の史伝三部作がその死する大正九年まで書き継がれ、幸田露伴が雑誌『改造』創刊号に『運命』を発表して、谷崎、芥川等を讃嘆させたのは大正八年のことであった。薄井の漢文を大正文学として捉える度量と風通しのよさとが近代文学史にあれば、候文《そうろうぶん》と漢詩文との引用を核として難読の誹《そし》りのある鷗外の史伝も、『明史紀事本末《みんしきじほんまつ》』の訓読をベースとする露伴の『運命』も突発的孤立的文学現象では決してなかったことが合点されよう。しかし、薄井、奥原の名も『小蓮論画』も近代文学史にはほとんど登場しない。勿論美術史においては奥原晴湖について「もし日本南画史上、たった一人だけ女流画家をあげよといわれれば、ためらいなく晴湖を推したい」といった高い評価も存する（山内長三『日本南画史』瑠璃書房、一九八一年、三九三頁）。文学畑では、わずかに永井荷風の『下谷叢話《したやそうわ》』（春陽堂、一九二六年）「第四十」に奥原晴湖が大沼枕山《おおぬまちんざん》の弟子にして、下谷文人の一人として、鷲津毅堂《わしづきどう》の南宗画品評会に登場し、高田早苗の『半峰むかしばなし』（早稲田大学出版部、一九二七年）に「異彩を放つ下谷文人」として言及される程度である。薄井については、神田喜一郎が「昌平黌《しょうへいこう》の填詞《てんし》趣味を承《う》けたと思はれる末流の作家」にして、明治十五年から二十五年にかけての「填詞の黄金時代を現出せしめた第一の功労者」たる森槐南《もりかいなん》が「高く買ってゐた」力量の持ち主として讃え（『日本における中國文學I』二玄社、一九六五年）、同じく神田が『明治漢詩文集』（明治文学全集62、筑摩書房、一九八三年）で三首の詩を引くのが、例外的な文学者からの好遇であろう。かように黙殺されて来た「大正文学」を敢えて近世文学の名文選たる本書で扱おうとするいささか奇を衒《てら》った筆者の試みには、くどくはなるが理由の説明が必要となろう。

大正期に前記の作家たちに伍《ご》して登場活躍した作家に久米正雄、菊池寛、小島政二郎等がいる。けれども、谷崎、芥川、佐藤等に比して久米も菊池も小島もほとんどアカデミズムに於いて研究対象とはされて来なかった。簡略に説明すれば、久米も菊池も小島も純文学の旗手として作家生活をスタートさせながら、ややあって大衆小説に手を染め、それが江湖《こうこ》に広く迎えられたために、あるいは大衆小説家との烙印を捺された後にも、孜々営々《ししえいえい》と執筆していた純文学作品が蔽われてしまい、ジャーナリズムに於ける通俗小説作家という安直な烙印が、そのままアカデミズムにおける研究対象としての格差を生じさせ、以来研究対象からは除外されがちであったということとなろう。しかし、近年になって、これらの大正文士を純文学、大衆文学といったあいまいな範疇《はんちゅう》で峻別することの愚を自己批判し、久米、菊池、小島をも谷崎、芥川、佐藤と同じ地平で扱うことの正当性にアカデミズムがようやく気付き始めている。従来の格差が如何に欺瞞に満ちたものであったかは、例えば谷崎潤一郎が大衆小説の嚆矢《こうし》たる中里介山の『大菩薩峠』を絶賛し、その小説作法に学んでいるという実態を等閑に附して、「研究」が進められて来たという一事を採り上げても明らかであろう。近年漸《ようや》く一部具眼《ぐがん》の士により、中里介山や岡本綺堂といった「大衆小説作家」という括りからはみ出してしまう部分があまりにも多い存在に脚光が浴びせられるようになったことはなんとしても嘉《よみ》すべきことである。

これと類似するアカデミズムの重層的な格差偏見が、大正年間に書きあげられた薄井龍之の漢文による美術批評を「大正文学」とは扱わせない。その格差偏見が「大正文学」、あるいは近代文学史から払拭されない限り、近世文学史もまた閉塞状況を続けることを餘儀なくされよう。その格差偏見とは、第一に日本人の手になる文学的な文章であるにも関わらず、漢文は中国語であるから日本文学からは除外すべきであるというものである。第二に漢文は西洋文学との接触によって形成されたという近代日本文学が葬り去ったジャンルであり、近代文学の特質である所の「近代的自我」またはその謳歌がそこには認められない。第三に美術批評の文章は、テクニカルタームに横文字のひとつも使用しての欧米スタイルのものであるべきであって、漢文で記されたものは美術批評の範疇からほとんど完璧に除外されてきたという事情がある。「大正文学」と美術という視座からは、せいぜい白樺派の活動が俎上《そじょう》にのぼせられる程度で、文人画が話題になることは稀であった。第四に著者薄井が主として論じるのは、現在美術史学会でも研究が停滞している観のある文人画であり、文人画家であるという事情がある。第五に著者薄井がこの碑文を作り、著作をまとめた時期には既に八十代の最晩年を迎えていて、壮年期、全盛期の著述を主たる研究対象として選びがちの研究の趨勢《すうせい》とは相容れない。第六に著者の薄井は書画の鑑定にたけたりといえども、公的には武士、政治家、法律家としての人生を送った者であり、そうした二足のわらじを履いた人物の文学的著述は得てして文学研究の対象からは外されるというバインドも存する。

第一の偏見は、漢文は確かに白文《はくぶん》のままであると古典中国語に近い形態を有するものではある。しかし、そうではあっても盛り込まれた内容は日本の近世から近代の一時期の、ある場所における現実に基くものであり、その意味で日本文学として扱うべき資格がある。近時はやりの世界文学という見地からすれば、日本文学とは日本人が日本語で書いた文学のみならず、外国人が日本語で書いたものや日本人が外国語で書いたものも含んで然るべきである。百歩譲って、漢文が日本人にとって外国語であるとしても、漢文(古典中国語)にテニヲハを添え、漢語のあるものには字音を施し、またあるものには解釈に基づいた字訓を施し、さらに転倒させていわゆる訓読をなしたものは、平安朝の仮名文学の文体とは撰を異にするけれども、歴《れっき》とした長い伝統を有する日本語の文章であり、既に前近代、明治以降も、敗戦に至るまでは書き言葉の主流を占めたいわゆる「今体」という文体なのである。人は明治二十年前後の二葉亭四迷や山田美妙の言文一致体の試みを近代日本語の幕開けを告げる画期的な事業と認識するのかも知れぬが、言文一致体の本質は、せいぜい語尾を換える程度のことにしか過ぎず、現代に続く日本語のエクリチュールは、もっと早く中世から近世にかけて確立していた漢文訓読体であると見るべきであろう。言文一致体以前、漢語、和語を助詞、助動詞で補うという日本語の構造は定着していたのであり、言文一致体以降の日本語は漢文訓読体の「なり」「す」「たり」「ず」といった活用語尾を「です」「する」「である」「ない」などと変え、テニヲハの量をふやして、漢語の使用を制限し、語彙が足りない部分をあらたに和語や片仮名言葉で補充したに過ぎないのである。近代日本語の基盤は言文一致体以前に既に確立していたと見れば、近現代の日本語を鍛え上げるためには、平安朝文学の文体を基礎とする古文ではなく、漢文訓読体に習熟しなくてはならないはずである。しかしながら、明治以降のナショナリズムの昂揚により、漢字漢語が制限される趨勢の中で、こうした正道が捻じ曲げられた。

漢字・漢語制限を極端にまで推し進めて、日本語の文章の中から一切の漢語を排除するという立場でもとらない限り（否、とったとしても）、漢文訓読体が日本語の文章であることを否定することは出来ない。そうであるにも関わらず、漢文訓読をも中国語と見なし、日本文学の範疇から排除して当然とする考え方が依然として、われわれ日本文学研究者の中にあっても支配的である。平安朝文学を規格とする古典文法に照らして、助詞の運用、助動詞の活用などの点から漢文訓読体の文語文としての不整合を叩いてこれを古文としても認めまいとする立場すらある。殊に敗戦後は、近代文学研究者の中に明治大正期に綴られた漢詩文を研究対象とする者は絶無とは言わないまでも極めて稀である。かてて加えて、著者薄井の作品には韻文と散文とが併用されており、小説という散文藝術を主たる研究対象とする近代文学の姿勢とは相容れない。第二の「近代的自我」の存否という問題は、そもそも近代文学のどの作品にどのような「近代的自我」が認められるのかという問題が整理しつくされない限り、つまり曖昧模糊としたスローガンのようなレベルでこの語が取沙汰されている限り、敢えて取り組む必要を認めない。また漢文表記の言語世界の中にも、近代の現実に立脚した「近代的自我」に類する表現が認められる可能性についての検証も済んではいない。近代の自然主義小説が事とする写実主義も源語や枕草子といった平安朝文学に於いて既に特徴を現しており、必ずしも西洋文明との接触を俟たずとも、達成された部分を少なしとしない。第三の問題は、ユーロセントラリズム、あるいはアメリカセントラリズムに支配されている現在、全く改善されるどころか事態が悪化しているといえよう。漢文も訓読すれば日本語であるとの立場に立つ本稿では、その限界は限界として見定めつつも、是非ともかかる美術批評を文学・美術の両分野における資料として重んずる趨勢の到来を望む。第四の問題もまた現在におけるわれわれ研究者の漢詩文リテラシーの減退に起因する。文人画は作品に題された韻文、散文の題画《だいが》文学の研究を欠いては成り立たないし、価値を低落させる。しかしながら、題画文学の多くが選び取っている漢詩文という文体が研究者の接近増加を妨げてきた。第五の問題は、作家の最盛期を研究の中心に据えるという姿勢自体は正当とも思えるのだが、かといって、人には黄昏時に豊かな稔りを得るというケースも少なくないのであるから、根拠薄弱の偏見であろう。第六の二足のわらじの問題は、たとえば高級官僚でもあった鷗外の研究史の蓄積量が、創作に専念するために教員との二足のわらじを断念した漱石に比して、圧倒的に少ないことを以てしても、現在を生きるわれわれをも束縛する偏見として厳存することは見やすい。

2■大正漢詩文を江戸文学に組み入れる

翻って、本来「大正文学」として扱われるべき、大正初頭に綴られた漢文を江戸文学として扱う理由を述べておく。まず、近代文学の対象を明治維新以降とすることが不自然であることは現在大方の認める所となっている。岩波書店から刊行された『新日本古典文学大系』明治編の存在がそのことを物語る。このシリーズの校注者は過半が近世文学研究者である。明治維新の後も明治十年の西南《せいなん》の役《えき》で一通りの士族反乱が終結するまでは日本は依然として幕末維新期の動乱の空気に蔽《おお》われていた。その後も自由民権運動が上からの国会開設によって終熄《しゅうそく》せしめられるまでは、いつ何時、佐幕派が薩長藩閥政府を覆すかも知れぬ緊迫した雰囲気が日本を包んでいたともいえる。従って、国会開設の時期あたりをとりあえずの近代の始まりとする立場はあって然るべきである。しかしながら、諸文藝の中で、たいていのジャンルのものが「近代化」という名の「改良」運動によって変質を迫られたのにも関わらず、歌舞伎と漢詩文とは悠然と明治維新を乗り超えた。作者や論者としては福地桜痴《ふくちおうち》、依田学海《よだがくかい》、末松謙澄《すえまつけんちょう》等の試み、役者には九世市川団十郎、十二世守田勘弥を代表とする「改良」派の登場を見て、旧劇に限っては本質的な部分は変容せぬまま、表相の改良で近代化の波に乗った部分もある。ところが、漢詩文については、西洋文学の翻訳などを漢詩文で試みるといった一時的な現象や文明開化以後の題材の新奇は別として、そのスタイルはほとんど「改良」されなかったのである（『明治文学の雅と俗』所収座談会「雅俗文藝の解体」、岩波書店、二〇〇一年）。大江敬香《おおえけいこう》に漢詩において平仄《ひょうそく》を無視してよいとの主張はあったとしても、一過性のものであった（合山林太郎「漢詩改良論」、『幕末・明治期における日本漢詩文の研究』所収、和泉書院、二〇一四年）。漢詩を例にとれば、七言絶句を最多として、以下、五律、七律、五絶といった近体詩を中核に、力量のある作家は長編の古詩をものするという趨勢は、江戸時代から明治大正期にかけても堅持された。しかし仔細に観察すれば、題材の近代化の他に、江戸後期から胚胎《はいたい》していた明清詩の積極的受容、神田喜一郎氏が『日本における中国文学Ｉ・Ⅱ』で紹介されたような塡詞《てんし》制作の未曾有の盛況、清朝文人の来日や日本漢詩人の訪中による、中国日本文人の直接的交流によって生まれた多くの作品など、表面的な現象に限っても江戸時代とは異なる「近代化」の様相を漢詩文もまた呈していた。しかし、従来の学問研究の体制は、既に述べたように日本漢詩文を日本文学として仔細に検討する態度を欠落させていたから、漢詩文の近代化があったか否かという問題も基本的には放置されたままなのである。この問題に取り組むべきは、近代同様の偏見に束縛されているけれども近代よりは相対的に多くの日本漢詩文の研究者が出ている近世の領域からでなくてはならない。また、著者の薄井と彼が伝えた奥原晴湖という人物とは文政、天保年間生まれの、いわゆる天保老人なのであり、江戸の空気を纏《まと》って明治、大正の日本を闊歩《かっぽ》した人物である。没年は大正期だが、その教養は江戸時代に形成されたものである。師事した頼三樹三郎は、近世漢詩文の高峰と目される頼山陽の息子であり、教養の基盤は山陽→三樹三郎→薄井と江戸後期から地続きである。近代でも永井荷風、岩本素白《いわもとそはく》、奥野信太郎《おくのしんたろう》、石川淳などの文章家が受けている漢文の素読《そどく》という教育方法から出発して、その漢籍に関する造詣《ぞうけい》の深きを致したという点では、明治十五年から二十五年を頂点とする明治から大正にかけての時期ならば、江戸漢学を凌《しの》ぐことさえあったというのは常識であろうが、そうした日本漢学ピークの時期に漢詩文を書き綴った人で薄井はあった。江戸学からその質のレベルの測定が待たれている存在といえよう。政治運動に挺身《ていしん》し、法曹界で活躍しつつも、詩文書画に沈潜して、文人画に一流の鑑識眼を備えた薄井のようなマルチタレントの業績は、服部南郭《はっとりなんかく》、祇園《ぎおん》南海《なんかい》、新井白石、池大雅《いけのたいが》、与謝蕪村といった多方面に才能を煌《きら》めかせた文人を研究対象としてきた近世文学研究の範疇に置くのがむしろ当然なのである。

薄井の美術批評の書『小蓮論画』は、歴代日本の画人の作品と行状とを、七言絶句と漢文とで評したものである。この書のスタイルが、主として清末の呉修（号は思亭）の『論画絶句一百首』に倣《なら》っていることは後節に述べるが、跋文《ばつぶん》で籾《もみ》山逸《やまいつ》（一八五五～一九三四、号は衣洲）が指摘する通りである。いま、籾山の説を敷衍《ふえん》しつつ、本書の数条を「江戸文学」として読み直す必然性を説明しておく。

「論画」とは、絵画を論ずる詩文との意である。恐らく、「論詩」の発想に関連があるであろう。「論詩」は詩を論じる詩である。これは文学批評を韻文で行うことであり、古く盛唐、杜甫の作品にそれがあり、中唐、白居易が晋の陶潜《とうせん》の作をふまえてなした「和陶詩」連作もそのひとつで、北宋、蘇軾《そしょく》や黄庭堅《こうていけん》の作品にも少なくないが、もっとも顕著となるのは南宋の陸游《りくゆう》である。自分の気に入った同時代または過去の時代の詩人の作品への唱和という作詩のスタイルが、やがて唱和する対象作品への感想や印象、批評を交えるようになったということとしてよい。金の元好問《げんこうもん》の「論詩絶句」の連作がこのジャンルを確立し、明清に作例はあまたあり、わが国では頼山陽が元好問のスタイルを模している。

　古来、中国では詩画一如の考え方があり、それが文人画の基本理念となっているが、ここに「論詩」が「論画」に生まれ変わる契機が潜む。「題画」とは絵画に書きつける詩文を意味するが、題画文学の歴史も杜甫あたりから顕著になって、北宋にジャンルが確立し、明清では作例に事欠かない。わが国でも中世五山《ござん》の文学は過半が僧侶による禅画などへの題画文学である。

　「論画詩」のスタイルの確立は、籾山の言を引けば、「按《あん》ずるに古人の詩に題画有るも、論画無し。清初の宋漫堂に至りて、始めて論画絶句二十餘首を作る。朱竹陀《しゅちくだ》和して之れを継《つ》ぐ。是《よ》自り諸人転《うた》た相ひ依倣《いほう》す。呉思亭の論画絶句の如きは多きこと百首に及び、附するに逸事を以てす」ということである。王漁洋と並称される詩の大家、清の宋犖《そうらく》（漫堂は号）をまたなくてはならなかったのである。確かに宋漫堂の『西陂類稿』にはその巻十三に「論畫絶句二十六首」が見える。清の朱彝尊《しゅいそん》の全集にも「論画」が十数首ある。

　ここで籾山が薄井の著述を宋漫堂に結び付けて論じたことに、薄井の大正五年刊行の著述を江戸文学として読み直す資格が提示されている。

　江戸後期の漢詩は、未曾有の大衆化を遂げ、町人や農民の富裕層にまで漢詩作者を輩出させたことは知られる通りである。その背景には平易にして合理的な宋詩を手本とすべきであるとした江戸の江湖詩社の教育、出版活動があった。市河《いちかわ》寛斎《かんさい》を盟主とする江湖詩社だが、その活動は弟子格の大窪詩《おおくぼし》仏《ぶつ》、柏木如亭《かしわぎじょてい》、菊池五山《きくちござん》等によって担われたものである。彼らが編み、出版した宋詩の選集（和刻本）の存在がこの時代の漢詩の普及を証するものだが、それらの多くは清朝の文人が選んだ宋詩の選集を施訓、覆刻したものであった。中でも『宋詩鈔《そうししょう》』（実際は清の呉之振の同題の書の覆刻ではなく、清の張景星の『宋詩別裁集』の和刻本の改題本）などはよく行われたものの一つだが、この書の山本北山《やまもとほくざん》序文に「近来彼の邦、此れが為《ため》に宋詩大いに行はる。其の証は『漫堂説詩』に在り。曰く、『宋詩鈔』家々に其の書有るに幾《ちか》し、と。」と見えるように、江湖詩社がもっとも珍重した宋詩の総集が『宋詩鈔』であったことは、清朝の宋漫堂等宋詩派の詩人の推重する所だったことに起因する。つまり、江戸後期の漢詩界を風靡した宋詩流行は、ここで籾山が薄井と対比する宋漫堂等の宋詩派の清朝の詩人の文学運動を承けての現象であったのである。籾山が薄井を「殆ど是れ当世の宋漫堂なり」と評していること自体が、本書『小蓮論画』が江戸文学として読み直されるべき資格を備えていることを物語っている。

「晴湖奥原君之碑」は長大な碑文を備える巨大な墓碑ではあるが、江戸から明治大正期にはこの程度の墓碑は全国津々浦々に建てられていた。例外的な巨碑ではない。そして本書名文選に採用はしたが、近代墓碑銘の随一というわけでもない。私見では都営谷中霊園や青山霊園に多数存する巨碑の中では、やはり三島中洲《みしまちゅうしゅう》撰のものが質量ともに最高峰に位置する。しかし、本書において斯界では比較的知名度の高い三島のものではなく、ほとんどその存在すら忘れられた薄井のものを紹介するのは、その手がけたジャンルが美術批評であったということに加えて、読者に一斑《いっぱん》を以て全豹《ぜんぴょう》を卜《ぼく》してほしいとの願いが筆者にあるからである。つまり無作為に抽出した一碑文の内容から近代日本漢詩文のレベルの高さに想いを致してほしいのである。現在日本においては、たとい墓石に碑文が刻されることがあっても、本稿で紹介するような長大な漢文で綴られるものは絶無といってよい。そのような漢文作家はほとんど地上から姿を消したし、老人や死者に価値を認めない経済至上主義の現代社会にはそのような需要はない。刻されたとしても、規格化された文字、図章ばかりでよくて草仮名の和歌、俳句に留まり、長文のものがあるとしてもそれは漢字仮名交じり文に留まるであろう。そもそもかつて堂々たる漢文の碑文を備えていた墓石が風化崩壊した後には、同規模のものが再建されること絶えてあるまい。一族のものと合葬される一枚の石版に複数名の没年月日と享年、俗名と戒名とが並べて刻されていればまだいいほうである。レリーフのように壁に文字を刻した板を貼り付け、その奥に遺骨を収納するという墓の形態が普及しつつある。巨石に事々しく長文の碑銘を刻する事大主義がよいとばかりは限らないが、人の命がその死後には随分安っぽく扱われている現状は否定しようがない。人間生きている中が花であり、死して後は経済力を喪失した存在として徒《いたず》らに遺族のふところを痛めることなく、すっかり忘却されて無に帰するのが美しいということであろうか。

3■美術批評としての墓碑銘 ―「晴湖奥原君之碑」を読む―

本稿で紹介する薄井龍之の文業のひとつは、奥原晴湖の

【原文】

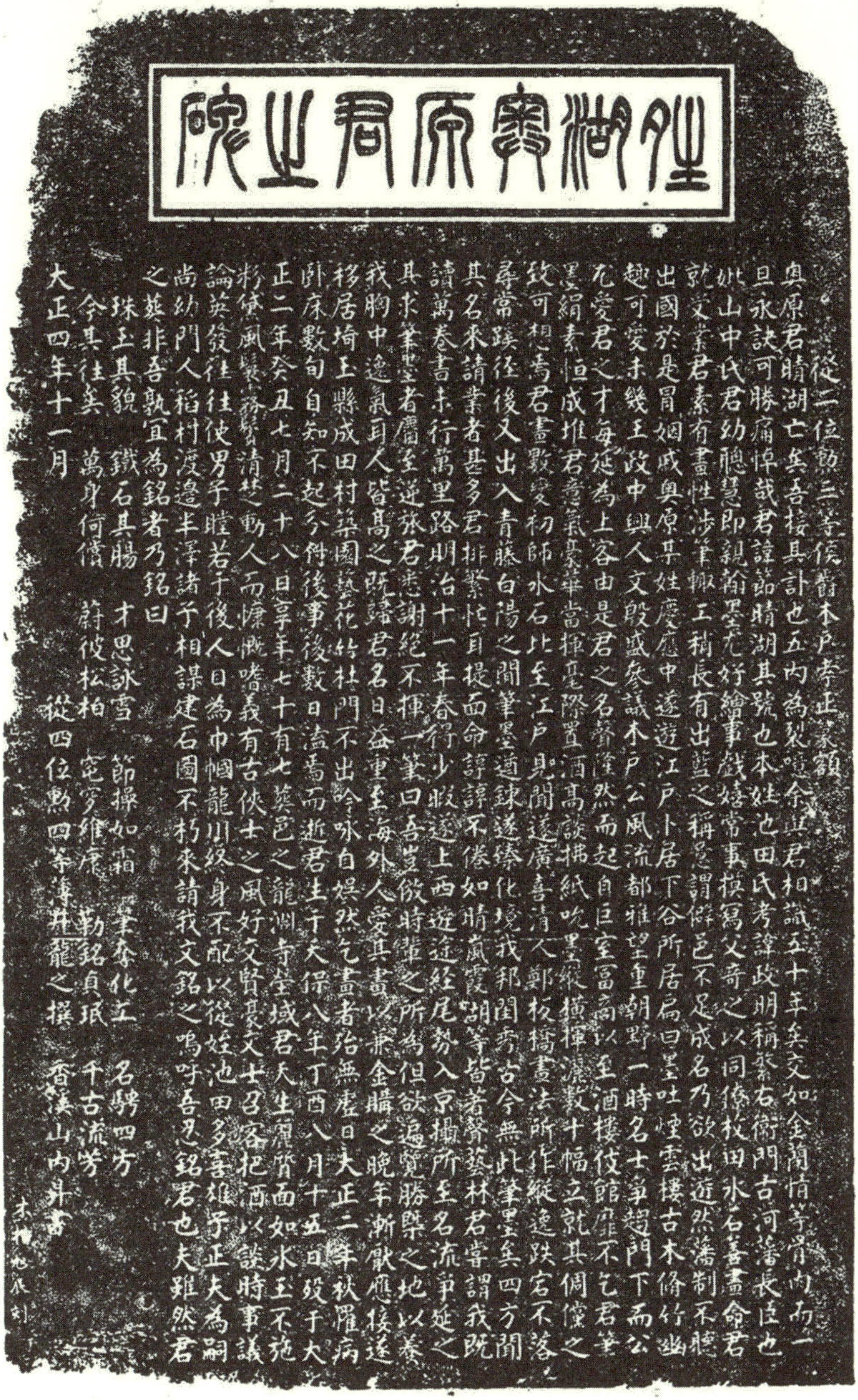
晴湖奥原君之碑

從二位勲二等侯爵木戸孝正篆額

奥原君晴湖亡矣吾接其訃也五内為裂噫余與君相識五十年矣交如金蘭情等骨肉而一旦永訣可勝痛悼哉君諱節晴湖其號也本姓池田氏考諱政明稱繁右衛門古河藩長臣也妣山中氏君幼聡慧即親翰墨尤好繪事戯嬉常事模寫父奇之以同藩枚田水石善畫命君就文棠君素有畫性涉筆輙工稍長有出藍之稱竟謂僻邑不足成名乃欲出遊然藩制不聴出國於是冒姻戚奥原某姓慶應中遂遊江戸卜居下谷所居扁曰墨吐煙雲樓古木脩竹幽趣可愛未幾王政中興人文殷盛參議木戸公風流都雅望重朝野一時名士爭趨門下而公尤愛君之才每延為上客由是君之名聲隆然而起自巨室富商以至酒樓伎館靡不乞君筆墨絹素恒成堆君意氣豪華當揮毫際置酒高談揮紙吮墨縱横揮灑數十幅立就其倜儻之致可想焉君畫數變初師水石比至江戸見聞遂廣喜清人鄭板橋畫法所作縦逸跌宕不落尋常蹊徑後又出入青藤白陽之間筆墨遒鍊遂臻化境我邦閨秀古今無此筆墨矣四方聞其名來請業者甚多君排繁忙日提面命諄諄不倦如晴嵐霞湖等皆著聲藝林君嘗謂我既讀萬巻書未行萬里路明治十一年春得少暇遂上西遊途經尾勢入京攝所至名流爭延之其求筆墨者麕至逆旅君悉謝絶不揮一筆曰吾豈徼時譽之所為但欲遍覧勝槩之地以養我胸中逸氣耳人皆高之既歸君名日益重至海外人愛其畫以兼金購之晩年漸厭應接遂移居埼玉縣成田村築園藝花竹杜門不出吟咏自娯然乞畫者殆無虚日大正二年秋罹病臥床數旬自知不起命身後事後數日溘焉而逝君生于天保八年丁酉八月十五日歿于大正二年癸丑七月二十八日享年七十有七葬邑之龍淵寺塋域君天生麗質面如氷玉不施粉黛風鬟霧鬢清楚動人而慷慨嗜義有古俠士之風好交賢豪文士召客把酒以談時事議論英發往往使男子瞠若于後人目為巾幗龍川終身不配以從姪池田多喜雄子正夫為嗣尚幼門人稲村渡邊半澤諸子相謀建石圖不朽來請我文銘之嗚呼吾忍銘君也夫雖然君之葬非吾孰宜為銘者乃銘曰

珠玉其貌　鐵石其腸　才思詠雪　節操如霜　筆奪化工　名馳四方
令其往矣　萬身何償　蔚彼松柏　窀穸維臧　勒銘貞珉　千古流芳

大正四年十一月　從四位勲四等薄井龍之撰　香溪山内昇書

木村也山刻

熊谷市　龍淵寺境内「晴湖奥原君之碑」拓本（稲村梁平編『奥原晴湖』一九二九より転載）。

墓碑銘である。埼玉県熊谷市の龍淵寺に現存するもので、稲村梁平編『奥原晴湖』（晴湖出版部、一九二九年・東京大空社、一九九五年より複製刊）の本文冒頭に写真、拓本の縮刷がある。後者を前頁に掲げ、然る後に、訓読と現代語訳とを示す。

【訓読文】

奥原君晴湖亡くなれり矣。吾れ其の訃《ふ》に接するや、五内為《ごだいため》に裂く。噫《ああ》、余と君と相ひ識《し》ること五十年矣。交りは金蘭の如く、情は骨肉に等し。而れども一旦永訣す。痛悼に勝《た》ふ可けんや。君諱《いみな》は節、晴湖は其の号なり。本姓池田氏。考《ちち》諱は政明。繁右衛門と称す。古河藩の長臣なり。妣《はは》は山中氏。君は聡慧にして、即ち翰墨に親しむ。尤も絵事を好む。戯嬉して常に模写を事《こと》とす。父之《これ》を奇として、同僚の枚田水石《ひらたすいせき》の画を善くするを以て、君に命じて就きて業を受けしむ。君素《もと》より画性有り。渉筆輒《すなは》ち工みなり。稍《や》や長じて出藍の称有り。意《こころ》に謂《おも》へらく僻邑名を成すに足らず。乃ち出遊せんと欲す。然れども藩制国を出づるを聴《ゆる》さず。是《ここ》に於いて姻戚奥原某の姓を冒《おか》す。慶応中、遂に江戸に遊ぶ。居を下谷に卜《ぼく》す。居る所に扁《へん》して墨吐煙雲楼と曰ふ。古木脩竹、幽趣愛す可し。未だ幾《いくばく》ならずして、王政中興し、人文殷盛なり。参議木戸公、風流都雅にして、望み朝野に重し。一時の名士、争つて門下に趨《おもむ》く。而れども公尤も君の才を愛し、毎《つね》に延《ひ》いて上客と為す。是《これ》に由りて君が名声隆然として起る。巨室富商自《よ》り以て酒楼伎館に至るまで、君が筆墨を乞はざるは靡《な》し。絹素恒《つね》に堆《つい》を成す。君意気豪華。揮毫《きごう》の際に当りては、置酒高談し、紙を払ひ墨を吮《すす》り、縦横に揮灑《きさい》し、数十幅立どころに就《な》る。其の倜儻《てきとう》の致《おもむき》、想ふ可きなり焉。君が画数《しば》しば変ず。初め水石を師とす。江戸に至るに比《およ》びて、見聞遂に広し。清人《しんひと》鄭板橋の画法を喜《この》む。作る所、縦逸跌宕《しょういつてっとう》にして、尋常の蹊径に落ちず。後又た青藤白陽の間に出入し、筆墨遒錬《しゅうれん》、遂に化境に臻《いた》る。我が邦の閨秀、古今此の筆墨無し矣。四方其の名を聞き、来りて業を請ふ者甚はだ多し。君繁忙を排し、耳提面命し、諄諄《じゅんじゅん》として倦《う》まず。晴嵐・霞湖等の如きは、皆藝林に著声す。君嘗つて謂へらく、我既に万巻の書を読めども、未だ万里の路を行かず。明治十一年の春、少暇を得て遂に西遊の途《と》に上る。尾勢を経《へ》て京摂に入《い》る。至る所の名流争つて之を延く。其の筆墨を求むる者逆旅《げきりょ》に麕至《きんし》す。君悉く謝絶して、一筆を揮《ふる》はずして曰く、吾豈に時輩の為す所に倣《なら》はんや。但だ遍《あまね》く勝概の地を覧《み》て、以て我が胸中の逸気を養はんと欲するのみ。人皆之を高しとす。既に帰る。君が名日々益々重し。海外の人其の画を愛し、兼金《けんきん》を以て之を購《あがな》ふに至る。晩年漸く応接を厭ひ、遂に居を埼玉県成田村に移す。園を築き花竹を藝《う》ゑ、門を杜《とざ》して出でず、吟詠自《ひと》り娯しむ。然れども画を乞ふ者、殆んど虚日無し。大正二年秋、病に罹《かか》る。床に臥すこと数旬、自から起《た》たざるを知り、後事を分付す。後数日にして溘焉《こうえん》として逝《ゆ》く。君は天保八年丁酉八月十五日に生まれ、大正二年癸丑七月二十八日に歿す。年を享《う》くること七十有七。邑《むら》の龍淵寺の塋域《えいいき》に葬る。君天性麗質、面は氷玉の如し。粉黛を施さずして、風髪霧鬢なるも、清楚人を動かす。而れども慷慨義を嗜《たし》みて、古侠士の風有り。好《この》んで賢豪文士と交はり、客を召《まね》ぎて酒を把《と》りて、以て時事を談ず。議論英発し、往往にして男子をして後《しり》へに瞠若《どうじゃく》たらしむ。人目《ひともく》して巾幗《きんかく》の龍川と為す。終身配せず。従姪池田多喜雄の子正夫を以て嗣と為す。尚ほ幼なり。門人稲村・渡辺・半沢の諸子相ひ謀りて、石を建てて不朽を図《はか》り、来りて我に請ひて之に文銘せしむ。嗚呼、吾君に銘するに忍びんや。夫そも君の葬ひ、吾に非ずんば孰《た》れか宜しく銘を為《つく》るべき者ぞ。乃ち銘して曰く、

其の貌《かたち》を珠玉にし、其の腸《はらわた》を鉄石にす。才思雪を詠じ、
節操霜の如し。筆は化工を奪ひ　名は四方に騁《は》す。今其
れ往けり矣、万身何ぞ償《つぐな》はん。蔚《うつ》たり彼の松柏、窀穸《ちゅんせき》維《ここ》
に康《やす》んず。貞珉《ていびん》に勒銘《ろくめい》し、千古芳《ほう》を流す。

大正四年十一月　　　従四位勲四等薄井龍之選　香溪山内昇書
木村旭辰刻

【現代語訳】

奥原晴湖君が亡くなった。わたくしはその訃報に接して、内臓がかきむしられるような思いでいる。ああ、わたくしが晴湖君と出会ってから五十年は経っていて、心は通い合い、家族同様の情をかわしていた。しかし、とうとう永遠の別れをすることとなった。その死を悲しみその存在を慈しむ思いを抑えがたい。晴湖君の本名は節で、晴湖というのはその号である。本姓は池田氏。父上の本名は政明で、繁右衛門と呼ばれていた。古河藩の重臣であった。母上は山中氏である。晴湖君は幼時より聡い子で、早くから筆を手にし、好んで絵を描いていた。遊び半分で見たものをすぐに模写していた。父上はこの方面の才能を伸ばしてやろうと、同藩の枚田水石という者が画がうまいとの評判があったので、晴湖君に勧めて絵を習わせた。晴湖君は素質があったのか、どんな絵でも巧みに描きあげた。しばらくならっていると水石は自分の手に負えないと申し出た。晴湖君は心の中でかような片田舎にいては画人として一家を成すことは出来ないと思ったようで、ややあって江戸に出ようと思った。ところが藩では自国を離れることを許さなかったので、関宿藩の姻戚奥原氏の養女となることで禁制を免れ、慶応年間に、ようやく江戸に遊学することとなった。下谷に居を構え、墨吐煙雲楼と名付けた。古木が聳え、竹藪が繁り、ひっそり閑として風情があった。ほどなく、明治の御世となり、文化が栄えた。参議木戸孝允《たかよし》公は、文墨に親しみ人格が高かったので、政府の内外に令名を馳せた。当時の名士が、競うようにして門下に参じた。その木戸公が晴湖君の才幹《さいかん》をとりわけ愛でて、自邸に招いては下にも置かないもてなしをした。このこともあって、君の

名声が四方に轟いたのである。名家や富豪に始まって料亭や妓楼の主人に至るまで、晴湖君の絵画を誰もが購求《こうきゅう》し、絵を描くための絹布が君の前に高く積み上げられていた。君は意気盛んで、絵筆を手にすると、酒を傍らに置いて大声で話しつつ、筆を墨に浸し、紙上に筆を揮い、存分に描いて、数十の画幅がみるみるうちに描きあげられた。そのあたりを払わんばかりの風情を想像してみてほしい。君の画風は何度も変わっている。初めは枚田水石を師と仰いでいたが、江戸にやって来て、見聞が次第に広まると、中でも清の鄭板橋の画法を好んで学んだ。画風は奔放自在であって、一般の画家の作法には即していない。その後さらに明の徐青藤や陳白陽の画風をも取り入れ、筆遣いが熟練の功を挙げて、やがて造化の境地に達した。日本の女性画人に、かつてこれほどの筆力を備える者はなかった。全国各地でその名声を聞いて、絵を習いたいと思う者がはなはだ多くなった。君は多忙の間を縫って、弟子に面と向かって口づから作法を教え、全く疲れるさまを見せなかった。晴嵐や霞湖といった弟子たちは皆画壇で重きをなした。君はかつてこんなことを語ったことがある、わたくしはもはや万巻の書を読んだのだが、まだ万里の路を旅したことがない。明治十一年の春になって、僅かな期間の休暇を得て、ようやく関西への旅に出た。名古屋、伊勢を経て京都、大坂に入ったのだが、向かう先々で名士が競うように晴湖君を招待した。その書画を求める者が旅館に押し寄せた（「麕至」は『春秋左氏伝』昭公五年に見えて群り来るの意。）のである。晴湖君はすべてを断り、全く筆を執らずにこういった。「わたくしはどうしてときめく他の画人の真似をしようか。ただいろいろと関西の名所を覧てまわって、胸の中の藝術家の魂をふくらませたいだけだ」、と。人はその言葉に敬服した。やがて東京に戻ったが、君の名声は日を追っていよいよ高まった。海外の人の中にも、その画をめぐるあまり、大枚の金子（「兼金」は『孟子』公孫丑下に見えて価値の高い黄金の意。）を積んで購おうとする者が現れるようになった。晩年になって次第に人付き合いを煩わしいこととし、やがて埼玉県成田村に隠棲した。庭を作って花や竹を植え、門を閉ざして外出をせず、詩歌を詠じてはひとり楽しんでいた。しかしながらその絵画を求める者が跡を絶つことはなかった。大正二年の秋に病床に臥すこと数十日を経て、再起不能を悟り、死後のことを言い遺してから数日にしてなくなった。君は天保八年丁酉八月十五日に生まれ、大正二年癸丑七月二十八日に歿した。享年七十有七である。同村の龍淵寺の墓域に葬った。君は生まれつき美貌に恵まれ、顔は氷玉のように白く光り、化粧をせず、髪を風に吹きなびかせ、霧に湿らせていても、清楚な趣きは人を魅了した。しかし、悲憤慷慨しては正義を重んじるので、昔の侠客のようでもあった。賢人、豪傑、文士と交際し、客を呼んでは酒杯を手にして、時事を語った。議論が白熱すると、時には大の男をもたじろがせた。人は女龍川と噂した。一生嫁には行かなかったので、甥の池田多喜雄の子正夫を後嗣とした。今はまだ幼い。門人稲村・渡辺・半沢の諸子が相談して、碑石を建ててその存在を永遠に伝えようと、やってきてはわたくしに碑石に文と銘とを撰することを依頼した。ああ、わたくしはできれば君の墓石に銘を撰したくはなかった。とはいっても君を葬るに当たって、わたくしでなければ誰が君のために銘を作る資格があろうか。そこで次のように銘を撰したのである。

そのかんばせはたまのごときも、そのこころねははがねにもにたり（「鐵腸石心」「鐵石心腸」という成語をふまえる）。ゆたかなる才はゆきのごとき詩歌となりしも、そのみさおしは一世にたかかりし。絵をしたたむれば天然の景となり、高き名はよもにとどろく。今そのみたま天上に去り、たれを以ても替へがたし。鬱たるまつひのきの下、このあなに魂魄しづもれり。かたきいしに伝をきざみ、とはにその名をひびかせん。

大正四年十一月　従四位勲四等薄井龍之選　香渓山内昇書　木村旭辰刻

その死の衝撃から書き始め、出自、師系、経歴、行実、逸事と順に記して、最後に生歿の年月日をしたためて、碑文執筆の経緯を記して結ぶというのは、墓碑銘の常道を踏むものといえる。『万葉集』の長歌に対する反歌のごとく、本文の後に本文の内容を凝縮した四言の韻文体の「銘」を記し、その後に制作年月、撰者の名、書丹者の名、石刻者の名を掲げるのも通例に従うものである。

逸事は墓主の人となりを髣髴とさせるものをいくつかちりばめるべきものだが、おおむねその人物の好印象を伝える話柄となるものである。遺族への配慮から自ずからそうなるのだが、それがはなはだしき場合は諂諛《てんゆ》を事とするいわゆる諛墓の文となる。もちろん、都営谷中霊園に現存する三島中洲撰「鰐水江木先生墓碣銘」（『中洲文稿』第一集巻二上編所収）の「尊貴の前に書を講ずるも、往往にして中止して假寐す。或は独語自嘆す。知らざる者は以て狂と為す。蓋し亦た勉強過度の致す所なりしならん」なる一節のごとく、墓主の人物を躍動させるために敢えてその常軌を逸脱した「狂」とも評すべき側面を伝えることを辞さない場合があるのは碑文もまた文学であることの証左であろう。明治維新までの薄井の詩を輯めた『歴劫詩存』（明治十三年刊）に「晴湖女史に贈る」と題する七絶が見える。この詩が全篇「天成の腕底丘壑《きゅうがく》有り、墨吐煙雲紙に満ちて濛たり。妙手今に於いては巾幗《きんかく》に在り、鬚眉愧殺す米南宮」という讃辞に満ちたものであったことを考えると、碑文がその訃報に接しての誄墓の文では決してなく、薄井の晴湖の高評価は生涯一貫していたものと知れる。

　薄井の筆致は、女丈夫としての、文人画家としての晴湖を終始賞賛するかの如くである。文人画家としては、自ら題画文学たる画賛、すなわち題画詩を作れなくてはならないが、晴湖の場合、下谷摩利支天横丁に「墨吐煙雲楼」を構えていた折には、時の第一人者たる大沼枕山に師事しており、作詩の心得があった。古河の奥原家には晴湖の遺した『画賛帖』があり、晴湖自作の題画詩が集成されている。これについては川島恂二氏の『画賛から見る奥原晴湖』（りん書房、一九九一年）があるが、他の絵画ジャンルに比して停滞する文人画研究の中にあって、とりわけ題画文学の研究が遅々として進まぬ今も改善されぬ状況に憤りを発して、氏自ら漢詩の訳注に臨まれたその意気たるや壮とすべきではあるが、いかんせん、氏は医学界の重鎮でありながら、漢詩の読解に関しては全く訓練を経ていないので、初歩的なミスが目立つものである。機会を見てわれわれ斯学に志す者が改訂に取り組む必要がある書物である。そうした晴湖の詩学について薄井は銘の中で「才思雪を詠ず」と讃えるのみであるが、対になる「節操霜の如し」が、尊王思想を奉じて男子顔負けであった晴湖のモラルバックボーンを讃える語であるわけであるから、決して軽視しているわけではない。

晴湖の画人としての高評価は、その画風を絶えず変遷させていたことと、一般画人の状態とは事変わり、若いころは磊落な画風であって、晩年になって謹厳を極めたことに集中する（前掲『奥原晴湖』所収、石井柏亭「奥原晴湖」）が、薄井も「君が画数々《しばしば》変ず」とした上で、若年期の画風を「倜儻の致」「縦逸跌宕」とし、隠棲後の画風を「筆墨遒錬、遂に化境に臻《いた》る」としている。

「君意気豪華。揮毫の際に当りては、置酒高談し、紙を払ひ墨を吮り、縦横に揮灑し、数十幅立どころに就る」という酔筆《すいひつ》もて一気呵成に絵を量産するというこの件は、若年期の作画風景の描写であるが、いささか衒いのあるこれみよがしの作画スタイルといえる。露わな批判はせずとも、この描写が言外に晴湖若年期の画風に対して諷刺の意を籠めていることは見やすい。次節で見るように美術批評家薄井龍之はかかるショーマンシップよりも画人のモラルを重視した人である。「女龍川」というのも讃辞として点綴《てんてい》されたものではあろうが、文人画家としても名高い下野《しもつけ》大田原十一代藩主大田原愛清（一七九八〜一八四七）の号を使ったこの呼び方は、龍川が六尺近い巨体に恵まれた力自慢の大名にして、善政の聞こえがあったことを意識させるものである。

　枚田水石の後、私淑した中国の明清の画人の名として鄭板橋と徐青藤、陳白陽の名が挙がっている。鄭板橋は清の揚州

晴湖『吾妻橋略画』—溝口桂巌著『墨水三十景詩』上巻（明治十九年刊）より転載—

八怪のひとりと目される人物で、諱を爕《しょう》といった。乾隆元年の進士である。書画に秀で、書は時流を脱して高雅、画は蘭竹に優れた。晴湖が鄭板橋の書画を実見して、自らの画風進境著しいものがあったと薄井は叙する。しかし、山内長三は、晴湖作画の当時、鄭板橋の画については日本に全く渡来伝存するものがなかったのだから、薄井のこの記述は「妄説」であるとする（山内氏前掲書、四〇三頁）。私見によればここの「鄭板橋」は「鄭所南」の誤記なのである。尊皇攘夷思想の持ち主でもあった晴湖は、宋亡びて後、決して元朝には仕えまいとした忠義の烈士南宋の鄭所南（思肖）を思慕すると広言していたのを薄井が記憶していたのではないかと思う。晴湖が私淑した渡辺崋山も鄭所南を尊崇し自作の詩に「鄭老蘭を画《えが》けども土を画かず」と詠じて元朝統治下の土に根を下ろさぬ蘭に自らをなぞらえた鄭所南をたたえていた。

　青藤・白楊はいずれも明人《みんひと》の号である。前者徐渭《じょい》（一五二一～一五九三）の字は文長である。明嘉靖、隆慶間の人で、詩文書画に優れた。後者陳淳《ちんじゅん》（一四八四～一五四四）の字は道復で、詩文に優れ、画は花鳥に長じ、書は文徴明に私淑した。徐渭などは早く江戸中期の祇園南海ですら見ていたとするものだから、薄井がこの両者の名を実作を見た上で引き合いに出している可能性は否定できないが、南宗派の最高峰、呉鎮《ごちん》、倪《げい》瓚《さん》、王蒙《おうもう》、黄公望《こうこうぼう》の元末四大家に擬するのを最高の讃辞とすれば、それに次ぐ南宗派として徐青藤、陳白楊に擬することが唐土の画を本格とする文人画を描く日本の画家にとっては自らの「分」を知ったつつましい晴湖後半生の画境に対する讃辞としての穏当な表現であったともいえる。
　薄井はその著『小蓮論画』の中で、祇園南海の画をたたえてやはり「青藤白楊の間」という評語を既に下していた。

4■『小蓮論画』を読む

【原文】

　夙破天荒研六法。窮經餘事妙臻神。東方首唱南宗派。合着黄金鑄此人。
　本邦稱漢畫者、周文祥啓而下、至元信兄弟、皆宗北派。至祇園南海先生、始唱南宗。大雅蕪村等相繼而興。遂致今日之盛、先生開創之功、可謂偉矣。其畫以倪黄爲宗。運之以己意。風神超逸。無一毫作家習氣。生平不多畫。然一落筆便有巻軸氣。後人見先生畫者、自然敬仰、此公眞兜率天中人也。南紀濱口容所。藏先生花卉二幀。一爲没骨法玉堂富貴圖。筆意秀挺、設色穠郁、花葉低亜偃仰、姿態生動、綽有餘妍。致在青藤白楊之間。一爲落墨法百花競春圖。鉤勒工緻。傅色妍麗。風枝露葉、生氣横溢。頗得銭玉潭遺意。倶爲希世之珍。

【訓読文】

夙《つと》に天荒を破り六法を研《きわ》め、窮経の餘事妙神に臻《いた》る。東方にて首《はじ》めて唱《とな》ふ南宗派、合《まさ》に黄金を着けて此の人を鑄《い》るべし。
　本邦漢画を称する者、周文・祥啓而下《じか》、元信兄弟に至るまで、皆北派を宗《そう》とす。祇園南海先生に至りて、始めて南宗を唱ふ。大雅・蕪村等、相継いで興《た》ち、遂に今日の盛を致す。先生開創の功、偉なりと謂ふ可し矣。其の画、倪・黄を以て宗と為す。之れを運《めぐ》らすに己が意を以てす。風神超逸、一毫も作家の習気無し。生平多くは画《えが》かず。然れども一たび筆を落とせば、便はち巻軸の気有り。後人の先生の画を見る者、自然と敬仰す。此の公は真の兜率天中の人なり。南紀の浜口容所、先生の花卉二幀を蔵す。一は没《もっ》骨法《こつほう》の玉堂富貴図と為す。筆意秀挺、設色穠郁《じょういく》、花葉低亜偃仰し、姿態生動し、綽《しゃく》として餘妍有り。致《おもむ》きは青藤・白陽の間に在り。一は落墨法の百花競春図と為す。鉤勒《こうろく》工緻にして、傅色《ふしょく》妍麗なり。風枝露葉、生気横溢す。頗る銭玉潭《せんぎょくたん》の遺意を得たり。倶《とも》に希世の珍為《た》り。

【現代語訳】

　はやくも未到の境地を拓いて画の六法を体得し、経学を修める傍ら描いた絵画は神品といえる。わが邦で初めて南宗画を唱導したこの仁をば、黄金で像を作っておがんでいたいもの。

わが邦で漢画といえば、周文・祥啓以下、狩野元信兄弟に至るまで、誰もが北宗の画家であった。祇園南海先生が、始めて南宗画を唱えた。大雅・蕪村等が踵《きびす》を接して立ち上がり、やがて今日の隆盛を招いたのである。先生の先駆者としての功績は、偉大であったと言えよう。其の画は元の倪瓚や黄公望を手本とし、さらに自らの創意を加えて描いたものである。画の作風と精神とは時流を超脱していて、画工のくさみというものが微塵もなかった。普段はあまり絵筆をとることがなかったが、一たん筆を執ると巻物や軸物になるような大作を厭わない。後世先生の画を観る者は、おのずと敬意を抱いて仰ぎ見た。この方はまことに兜率天の住人であるといえよう。南紀州の浜口容所は先生の花卉画二幅を所蔵する。ひとつは没骨法玉堂富貴図であり、筆致も精神も秀抜で、色彩はにおい立たんばかり。花や葉、低い枝は上下し、生きているような趣きで、画面の外に美しさがあふれ出る。画の風情は徐青藤と陳白楊に拮抗するものである。もうひとつは落墨法百花競春図であり、筆使いは工緻で、色彩は華麗。枝は風に吹かれ葉は露を宿し、生命感にあふれている。元の銭選の筆意を伝えるものであろう。両作とも世にもまれなる名品である。

前の節でも触れた籾山衣洲が『小蓮論画』に寄せた跋文に「此の作略ぼ《ほ》思亭に倣《なら》ひて稍《や》や変通を加ふ」とあるように、本書『小蓮論画』は清の呉修の撰せる『青霞館論画絶句一百首』（光緒二年刊）の体裁を踏襲している。『小蓮論画』は上下二巻。一九一七年東京嵩山堂刊。題字は聴雨杉孫七郎。序文は容所浜口吉右衛門。巻末に門弟の「薄井小蓮翁小伝」を附す。跋文衣洲籾山逸。秦勝川から渡辺小華に至るまでの百数名の日本歴代の画人について、七言絶句と漢文とで画風や流派、師系を記して、画品の高下を論断するものである。つまり、右に瞥見した「祇園南海」の条のごとく、各画人や絵画についての論評を散文で綴るに先立ち、散文の内容を凝縮した七絶を各条の冒頭に掲げるというスタイルは呉修の創意に係る。これはあだかも「晴湖奥原君之碑」の末尾の銘がそれに先行する本文の内容を約めたものであったのと類似の関係にある。漢文作家は詩人であり、詩人はまた漢文作家であるというのは、江戸から明治期にかけての文人においては常道であったのであり、薄井に特殊な才能が備わっていたわけではない。前近代においてジャンルが未分化であったことは、涼しい顔をしてマルチタレントを生み出す条件となっていたわけである。

さて薄井は、晴湖の墓碑銘中では、晴湖が画人として最高の、造化の境地に達する前後に「青藤白陽の間に出入す」としていたが、ここでも南海を讃えて「青藤白陽の間」という語を用いていることについて注意を喚起する。薄井が徐青藤や陳白陽の真作を寓目《ぐうもく》し得た可能性を斥けるものではないが、『小蓮論画』がそのスタイルを踏襲した清人呉修の『論画絶句一百首』の中にも徐青藤と陳白陽とが登場していることにも意を向けたい。まず仇實甫の「弾箜篌美人図」を論じた文の中に「陳白陽の跋」への言及がある。

次に白陽は甌香館こと清の初期に活躍した惲寿平《うんじゅへい》（惲南田）（一六三三〜一六九〇）の作品を呉修が論じたくだりにその名を現わす。以下『論画絶句一百首』の原文は古典中国語であるが、訓読を掲げる。

略《ほ》ぼ丹粉を施して趣き天然、丰神を領取して筆先に在り。若《も》し徐黄と与に賦色を論ぜば、徒《た》だに絶後なるのみならんや竟《つい》に空前ならん。

甌香館の写生、賦色の妙は千古に独絶たり。軽霊明艶にして、天真を尽すを得たり。洵《まこと》に所謂造化を以て師と為す者なり。其の題画に云へる有り、徐熙《じょき》の写生、意に随つて定む。略ぼ丹粉を施して、神趣自づから足れり。後世の白陽・包山の能く夢にも見る所に非ざるなり。殆ど先生自ら之を言ふのみ。（傍点、池澤）

呉思亭は、まず七絶の中で惲寿平の写生を「天然」とたたえる。この「天然」という標語は本文の「所謂以造化為師者」に対応する。このあたりの呼吸は薄井が見事に『小蓮論画』の各条の詩と文との関係において自らのものとしている。思亭はさらにその筆は写生対象の神髄を捉えていると二句目で詠じて、五代南唐の花鳥画の伝説的名手徐熙《じょき》とほぼ同時代の蜀の黄筌《こうせん》とを比較対照に挙げ、惲寿平の絵は後代のものはおろか前代の徐熙・黄筌をも凌ぐと結ぶ。

批評文の中では写生画を評した惲寿平の言葉を引用して、その言葉はそのまま惲寿平の写生画自体への評となるとしているのである。その中に「後世の白陽・包山」として、花鳥画で著名な明、包山こと陸治《りくち》（一四九六〜一五七六）と白陽こと陳淳との名を出している。古代の徐熙に擬して惲寿平の写生を讃え、後代の陳淳、陸治はむしろ品降る花鳥画の作り手だとして引き合いに出されている。

また徐青藤については次のようにその図巻を論じている。

君に勧《すす》む　鷂児《ようじ》の飛ぶを顧《かえりみ》ること莫れと、君に勧む　刺棠《らっとう》梨《り》を踏むこと莫れと。青藤の妙喩詩画に託せども、鷂を放つ人の癡　知るや知らずや。

徐文長の紙鳶図巻。自ら絶句十四首を題す。高高たる山上鷂児飛び、山下は都《すべ》て是れ刺棠梨、纔《わず》かに巻中の詩を

知るを得たるなり

これと先の惲寿平写生画の評を見れば、薄井が『小蓮論画』の各条を記すに当たって範を取った呉思亭の『論画絶句一百首』においては、批評の文章はさほど長くないことが知れる。実際概ね先行する詩よりやや長い程度であって、薄井の祇園南海論ほどにまで長いものはほとんどない。先例に随いつつ、それを超え出ようとする薄井の意気込みがこの評文の長さにも窺える。薄井が七絶に続いて掲げる評は、南海論程に長いものが少なくない。

右の一条で、呉思亭はまず、徐青藤の「紙鳶図巻」を見て、「凧を挙げるのだから上空に鷹が飛んでいようと、足元に果実がころがっていようとぶつかったりふんだりすることなど意に介さずに天空の凧の状態にのみ注意せよ」と七絶の前半で詠じ、後半では徐青藤はこの作品に凧上げに熱中する者を諷刺する意を託していると論じて、しかし凧の飛行を邪魔する鷹の飼育に熱中する人の愚かさに気付いていたであろうかと反対に青藤をも諷刺する。

呉思亭の七絶と評語とは、全巻を通して概ね某画人の某作品に即してのものであり、画人の伝記や総評には及ばない。従って、王維、文徴明など数次に亘って『論画絶句百首』に登場する例も少なしとしない。薄井が各画人一条に限り、作品も各画人について複数点を掲げ、伝記的事項をも綴るのは、新機軸を打ち出したものと評価できる。先引の籾山衣洲の言に拠れば「稍変通を加ふ」ということとなる。

薄井が範を取った呉修の著『論画絶句百首』に既に陳白陽・徐青藤の名は見えていた。しかしながら、青藤、白陽いずれもが呉修の立場からは、客観的あるは相対的に批評する対象として言及されるのであって、青藤は諷刺の対象となり、白陽は貶価の対象ですらあった。しかしながら、青藤、白陽いずれもが今日では明代絵画史の重要な存在となっている。薄井はおそらく彼らの実作を寓見し、そのよさを実感し、「青藤白陽の間」を奥原晴湖・祇園南海への高評価の言として転用したのであろう。これまた薄井の清の文藝に学んでの創意であったといえよう。

薄井は他に頼山陽の条で、「余、山本二峰の所に従つて、白陽に仿《なら》ふの山水一幀を見る。跌宕超逸にして、一種書巻の気、人の眉宇を撲《う》つ。世の六法に規規たるものの、反つて蹊径の縛する所と為るに視《くら》ぶれば、何ぞ啻《ただ》に天淵なるのみならんや」として、山陽の山水を絶賛する。墓碑銘の中に鄭板橋の画を学んだ後に奥原晴湖の画が「縦逸跌宕《しょういつてっとう》にして、蹊径に落ちず」というものになった薄井は評していたが、右の山陽評はそれに似る。薄井が文人画を書巻の気、詩心の有無で論じていたことがここにも知れよう。またここでは、山陽の山水が陳白陽を手本とするものであったことと、それを見せてくれたのが、同時最高の文人画コレクターであった澄懐堂主人山本悌二郎（一八七一～一九二七）であったことにも注意を向けたい。祇園南海の画を見せてくれた容所浜口吉右衛門《はまぐちきちえもん》（一八六二～一九一三）は『小蓮論画』に序文を寄せた人でもあるが、このように日中文人画の名品の旧蔵者の情報がちりばめられているのもこの書の価値を高める。

さらに薄井は頼山陽の条に続けて、その山陽の交遊圏内にあった大含上人を論じて「書を能《よ》くして詩に工みなり。尤も画蘭を擅《ほしいまま》にす。法を徐青藤に撫す。筆意超逸にして、神趣横生す」と絶賛する。大含を徐青藤に擬するのは文の前の七絶でも同じで、その結句に「青藤を喚起して（大含小人を）後身と認めしめん」と詠じている。画技に秀でていても、詩に長じていないと薄井の眼鏡にはかなわなかったごとくである。

右の「青藤白陽の間」を含めて、薄井が祇園南海に寄せた数々の評語は、集中でも最高の讃辞とみなしうる。近代以降の文人画研究の中では、画譜や絵手本と作画との関係などが注目すべき深化を示す分野であるが、祇園南海の画の多くが『八種画譜《はっしゅがふ》』や『芥子園画伝《かいしえんがでん》』に登載される絵画の模写であることが実証されている（山内長三『日本南画史』瑠璃書房、一九八一年・町田市立国際版画美術館図録『近世日本絵画と画譜・絵手本展』一九九〇年など）現在では、この「風神超逸、一毫も作家の習気無し」などといった薄井の讃辞はいささか割り引いて考えなくてはならないものかも知れぬ。しかしながら、祇園南海はこの時期においてはもっとも完成度の高い漢詩の作り手であり、優れた詩人であることが、優れた文人画家であることの必須条件であることを考えると南海の詩にほれ込んだ薄井が、その画を鑑賞するに当たって幾分愛情で目が曇ってしまっていたことは非難するには当たらないし、南海の絵画が画譜の模写であっても極めて高雅な趣きを呈していて、詩人の心懐の澄明な表現たりえていることは今日でも否定できない。模写にも画家その人の高雅と卑俗とはにじみ出る。薄井は南海の画の「設色穠郁《じょういく》」「傅色妍麗」といった華麗な彩色を讃えるが、同じ彩色の華麗を評しても柳里恭（柳沢淇園）の場合は「士女の態度珷媚として、色沢鮮華なるも、殊に清超妍雅の趣に乏《とぼ》し。一時の声誉未だ憑《よ》る足らざるなり焉（士女態度珷媚、色澤鮮華、殊乏清超妍雅之趣一時聲誉未足憑焉）」と手厳しい。漢詩の出来栄えの点では里恭は遠く南海に及ばなかった。

円山応挙《まるやまおうきょ》についてもその「賦色の明艶」を「頗る工麗を極む」としながらも、「其の筆絢爛にして能《よ》く時好に投《つと》じ、声価遠く大雅を超《こ》ゆ。宋の李唐山水を喜む。句有り早に時人の眼に入らざるを知り、多く臙脂を買ひて牡丹を画く、と。嗚呼七百年前既に此の如し。何ぞ況《いわん》や今日をや」と一刀両断である。

つまり薄井は必ずしも長崎派の花鳥図のような絢爛な彩色画を斥けるものではなかったが、画人に詩心と書巻の気とが欠けていることを厭う傾きがあったのである。

ここではむしろ漢画、唐絵を論ずるに当たって薄井が前提としている南宗・北宗の別について、常識のなぞりかえしではあるが復習しておこう。中国絵画の南北二宗論は、明の董《とう》其昌《きしょう》の『画禅室随筆』で展開されるものであるが、禅の南北二宗に絵画の流派系譜を擬したものである。従って、南宗・北宗というのが正しいのであって、南宋・北宋とはいわない。しかし、董氏の議論にまで遡らぬ道聴塗説《どうちょうとせつ》の徒は、九六〇年に趙匡胤《ちょうきょういん》が創始した王朝名の時代が郭熙《かくき》、范寛《はんかん》といった文人画の最高峰と目される画人を生んだ時代であったことを知って、南宗画、北宗画とあるべきところを、南宋画、北宋画と呼んで恬《てん》として恥じない。

松本清張の中編小説「真贋の森」（中央公論社、一九五九年）は、アカデミズムから追放された絵画研究者が、浦上玉堂《うらかみぎょくどう》の精巧な偽物を作らせて、アカデミズムに一泡吹かせようと試みて失敗する話しだが、清張が架空したアカデミズムの一画を占める東京帝大美術史の教授の著書紹介記事が、『南宋画概説』他日本美術史に関する著書多数」となっていてどう読んでも「南宋画」が日本の文人画、つまり南画、あるいは南宗画を論じた著作の題名として掲げられていることを御存じであろうか。古代史研究にも志のあった清張ではあるが、やはり漢学否定、文人画無視の趨勢が支配する近代という時代の子であったのである。

薄井が祇園南海を評する条の冒頭の七絶の結句は、「合《まさ》に黄金を着けて此の人を鑄《い》るべし」というものであったが、この句には註が必要であった。これは春秋戦国時代の越王勾践《こうせん》が、功臣范蠡《はんれい》の黄金像を名工に作らせ、座右に置いて朝夕礼拝したという故事（『国語』越語、『呉越春秋』勾践伐呉外伝）を使うもの。文人画家たるもの南海の黄金像を鋳造して、それを座右に置いて礼すべしというのである。

かような最大級の讃辞を薄井は、他に池大雅、与謝蕪村、田能村竹田《たのむらちくでん》等に寄せていて、これらは現在も近世文人画家の最高峰であり、薄井の讃辞に耳を傾けたいところだが、紙幅の都合でそれは断念し、ここでは大雅、蕪村が職業画人であって、いわゆる本格的な文人ではないことを薄井は全く問題視していないことを注意しておく。職業画人であっても、詩心があり、見るべき作品がひとつでもあれば、それを救い上げる一方で、全体として賞賛に傾く画人であっても、駄作は駄作として一刀両断するのが薄井の美術批評の特徴である。最後に言及しておきたいのは、現代極めて注目されている曽我《そが》蕭白《しょうはく》への薄井の酷烈な批判の文である。

【原文】

漫冒盛名向俗誇、鹵奔筆墨縦塗鴉。堪笑魔外荒幻手、満幅妖雲畫夜叉。

蕭白蓋一妄漢耳。初學高田敬甫。中歳仿曽我蛇足。自稱蛇足鹵奔滅裂、漫無法紀。唯不過恣意塗抹以欺愚俗。所作人物。殊形詭状、幾近妖怪。昔人目僧牧溪、以畫中外道。余於少白亦云。

【訓読文】

漫《みだり》に盛名を冒《おか》して俗に向いて誇り、鹵奔《ろほん》なる筆墨縦《ほしい》ままに塗鴉《とあ》す。笑ふに堪えたり魔外荒幻の手、満幅の妖雲夜叉《やしゃ》を画く。

蕭白は蓋《けだ》し一の妄漢なるのみ。初め高田敬甫に学び、中歳、曽我蛇足に倣《なら》ふ。自から蛇足と称す。鹵奔滅裂にして、漫にして法紀無し。唯だに恣意に塗抹して以て愚俗を欺《あざむ》くに過ぎず。作る所の人物は、殊形詭状、幾《ほと》んど妖怪に近し。昔人僧牧溪を目するに、画中外道を以てす。余の少白に於けるも亦たしか云ふ。

【現代語訳】

やたらにちやほやされて俗物の中で自信たっぷり、粗雑な筆使いで規格外の色を着ける。人外魔境のだまくらかしの手法として一笑に付すべきなのは、画面いっぱいに妖気が漂う鬼か化け物を画くさまだ。

蕭白はひとりのうつけものである。初め高田敬甫に学び、中年になって曽我蛇足をまねた。自分でも蛇足と号したが、支離滅裂な構図で、ほとんど規格外である。ただでたらめに色を塗りたくって蒙昧の徒を欺いているに過ぎない。描いた人物は、皆へんてこりんな姿形で、ほとんど妖怪のようだ。昔の人は僧牧溪を「画家中の外道」と見なしたが、わたくしも蕭白を同じ言葉で形容したい。

「妄漢」といい、「鹵奔」という。集中最も酷烈を極める貶辞を以て蕭白をこき下ろしていると言っていい。わたくしがここで想起するのは、アーネスト・フェノロサが文人画を文学に寄り掛かる藝術としてほぼ全否定した『美術真説』（一八八二年）において、薄井が「逸韻天成、繊塵に染まらず」と評した池大雅の山水画や「筆力雄健、墨気淋漓」と讃えた与謝蕪村の点景人物をば、蕎麦の麵のような景であるとか、精神病院から抜けだしてきた患者のようだと形容したことを想起する。まさにここで薄井が蕭白を形容した酷評と好一対をなしている。一は文人画の中でも画人の書巻の気、詩心の有無を重視した文人画派の評価、一は近代日本美術史に多大な影響を及ぼしたが、文人画に限ってはほぼ全否定の立場を取った西洋学者の発言である。

今日、蕭白の評価は頗る高い。二〇〇五年の京都国立博物館や二〇〇八年の伊藤若冲《いとうじゃくちゅう》との東京国立博物館での展示が記憶に新しいが、以後も毎年のようにその作品の一部、数点が三都を中心に展示され、メディアが取り上げ、客を呼んでいる。その契機は辻惟雄《つじのぶお》氏の『奇想の系譜』（美術出版社、一九七〇年）が、蕭白を採り上げ、そのグロテスクともいえる独自の画風を積極的に再評価したことであろう。因みに辻氏は、小林忠氏と並んで昭和から平成にかけての美術史を牽引してきた碩学であるが、両氏とも文人画または南画を論じても、画賛、題画詩と画の構成との関係を正面切って論ずる立場をとらない方と見受ける。

近時、小林氏が関わっての出版にぺりかん社の『江戸文学』17・18（一九九七年）における「特集　文人画と漢詩文Ⅰ・Ⅱ」と求龍堂の『池大雅　中国へのあこがれ』（二〇一一年）などがある。いずれも日本近世漢詩文の専家と提携して、文人画の画讃、題画文学の解読を試みる。こうした事象が例外的なものとなりおおせぬことを切に祈る。わたくしといえども蕭白の「奇」に一種の異才を認めるにやぶさかではない。しかし、詩画一致の文人画の世界を認めることのできた薄井が、蕭白と両立すべき伊藤若冲についてはその画の絢爛豪華な色彩や高い写実性を「精工絶倫、神采生動」と認めた薄井が、蕭白に限っては右の酷評を浴びせたことの意味はもう一度振り返られてもよい。

蕭白は中国史上の人物をあまた描き、中国の故事をも図像化している。漢画の技法も人物、花鳥、山水に亘《わた》って吸収しているから、無学ではない。しかし、奇に走るあまり、いくばくは備えていたであろう「書巻の気」も「詩心」のなにほども感じられない画面構成となってしまっている。詩画一如の文人画鑑賞の立場からは拒絶されざるを得ないものだろう。童子をして蕭白を見せしむれば、泣いて逃げ出すか、食い入るように見つめるかであろうが、泣いて逃げ出す心を詩画一如の心境に通ずるものとしてもう一度大切にしなくてはならない時代が到来したのではないかという気がする。

IV

リニューアルされる俗文芸の読み

▶選び直す人　木越俊介

井原西鶴《いはらさいかく》

『武道伝来記《ぶどうでんらいき》』『武家義理物語《ぶけぎりものがたり》』

西鶴武家物・解法のこころみ

▼井原西鶴《いはらさいかく》
一六四二～一六九三。江戸時代前期の俳諧師、小説家。大坂の人。当初、西山宗《にしやまそう》因《いん》門下の談林《だんりん》俳諧の世界で活躍するが、四〇歳を過ぎて『好色一代男』を刊行し、小説を手がけ、その後は、好色物、町人物、武家物など、数々の作品を発表、浮世草《うきよぞう》子《し》という新しいジャンルを切り開いた。

近年、その評価をめぐって
激しく議論が交わされている西鶴《さいかく》の武家物。
それはとりもなおさず、
作品に新しい光が当てられているわけで、
歓迎すべきことである。
西鶴の小説は常に読みの歴史とともにあった。
武士の世界を描いた諸編には、
いかなる魅力があるのだろうか。
また、こんにちの我々が面白く読めるとすれば、
なぜなのか。
いまこそ、読み手が束《たば》になって西鶴作品にかかることで、
この古くて新しい問題に真っ正面から応えていきたい。

1■選び直されてきた武家物

井原西鶴《いはらさいかく》の武家物と呼ばれる作品群は、主要なものとして『武道伝来記《ぶどうでんらいき》』『武家義理物語《ぶけぎりものがたり》』『新可笑記《しんかしょうき》』の三作があげられる。おそらく文学史や概説書にまず西鶴の作品として紹介されるのは好色物や町人物であり、武家物はそれに準ずるものとして扱われてきた。とはいえ、筆者にはこのこと自体に異議はなく、好色物や町人物がそれだけ高く評価するに値する作品であることは言うまでもない。むしろあまりにも強く放たれる光のために、その真価を問われる前に、日陰に追いやられてきたのが武家物であったと言えるであろう。テキストとしても、西鶴の全集類はさておき、戦後の主要な古典叢書である、岩波書店「日本古典文学大系」、小学館「日本古典文学全集」、新潮社「日本古典集成」には、それぞれ西鶴の巻が複数入っているにもかかわらず、武家物は皆無、また、研究の上でも一部を除き、ある時期まで低い評価を与えられてきた。▼注(1)

注（**1**）研究史については、『西鶴と浮世草子研究』1、3号（二〇〇六年、二〇一〇年）における「研究史を知る」というコーナーに、それぞれ藤江峰夫氏による『武道伝来記』、佐藤智子氏による『武家義理物語』が備わり、とても参考になる。なお、これらは笠間書院のＨＰ内の「西鶴と浮世草子研究リポジトリ」において閲覧できる。http://kasamashoin.jp/saikaku.html（二〇一四年四月二十八日確認）。

こうした状況から今日の活況と呼べるまでの研究の隆盛に至る、大きな潮流を作った転換点に、岩波「新日本古典文学大系」の『武道伝来記』（一九八九年）の存在、そしてそれを手がけた谷脇理史《たにわきまさちか》氏の功績があったことは、誰しもが認めるところである。さらに、二〇〇〇年には小学館「新編日本古典文学全集」の一冊として、旧版には全くなかった武家物三作品を所収した『井原西鶴集』四が出るに及び、まさにテキストの選び直しが行われた。また、これらの動きと前後して、意欲的な新しい読みが積み重ねられてもきた。その意味で、『武道伝来記』『武家義理物語』をとりあげる本章は、本書の中ではやや異なる位置づけにあると言わねばならない。それは、作品を選び直した先にある、さらなる魅力の洗い出しとなろう。

さて、先に筆者は、これまでとこれからの西鶴研究についての私見を述べ、▼注(2) それについて議論をする機会もいただいたが、▼注(3) ここではそうしたところから私なりに一歩進めて、実際に『武道伝来記』『武家義理物語』▼注(4) からいくつかの作品を読み直してみたい。この二作は、各話に程度の差はあれ、その題にうたわれるように武道、敵討《かたきうち》、義理といった要素で統一化しようと目指されたものである。そして自ずと研究も、いわば武士の基本理念や行動規範をめぐるものが多く、それらは本章でも参照していくことになる。ただ、筆者の狙いは、武道や義理の表象を話の主旋律とすれば、いわば通奏低音にあたるものが、各話いかに鳴り響いているのかを見極めることにある。言い換えれば、そうした個別、具体として描かれる人物や筋の複雑な絡み合いを俯瞰《ふかん》的に見た場合、一つ一つの話はどのような構図として捉えることができるのか、ということであり、そのこころみとして、言葉・コミュニケーションという点を重視して読み進めていくことにする。

2■歩く火燵《こたつ》の怪

最初にとりあげるのは、『武道伝来記』巻五の四「火燵もあり（歩）く四足《よつあし》の庭」である。この話は、大雪で「市中《しちう》の山居《さんきょ》」のようになったある国で、侍たちが集う場面から始まる。

【原文】

いひかはしたる朋友四五人、語るには、夜のながきを重宝に、おとし咄《ばなし》も、耳馴たるははやいひ尽して、「何と、化《ばけ》物の出る、百物語とやらをはじめては」といへば、「是《これ》、一興たるべし」と、行燈《あんどう》かすかに、帷子《かたびら》を打懸《うちかけ》、火燵も取て退《のけ》、各々座をしめ、「むかし、虚《あき》屋敷に」と、云《いふ》程の事おそろしく、目に見ぬ鬼も俤《をもかげ》に立、はなしの六七十もすむ比《ころ》より、透間漏《すきまもる》風も、それかとおどろき、片隅にゐたる男も、次第に躪《にじり》出、天井に鼠の噪《さは》ぐも、雷《いかづち》のおちかゝるかと疑はる。屋ねを物めがありくやうに聞へ、もはや九十七八にかたりつめたる時、皆々、面《をもて》の色を違《ちが》へて、五人一所に鼻を突合せ、今は、咄一つに極《きはま》りたるにぞ、目を見合せ、手に汗を握り、身柱《ちりけ》もとより何ものやら抓《つかみ》たてると、

【現代語訳】

かねてから懇意の朋友の四五人で語り合うには、夜が長いのがちょうど好都合だが、落し咄をしようにも、耳慣れたものは既に言い尽くしてしまって、「どうだ、化け物の出る百物語とかいうのをはじめてはいかが」と言うと、「これはおもしろそうだ」と、各々座につき、「昔、空き屋敷に……」と、言うだけでも恐ろしく、行灯の火をわずかに細くし、帷子をかけ、こたつも取りのけて、目に見えないはずの鬼も彿として現れ、話の六、七十も済む頃になると、隙間を漏れ入る風にも「化け物か」と驚き、隅の方にいた男も次第ににじり出てきて、天井に鼠が騒ぐのにも、雷が落ちたかと疑ってしまう。屋根を何ものかが歩くように聞こえ、もはや九十七、八話まで語り詰めてきた折、一同皆顔色を変えて、五人一緒に鼻をつき合わせ、今はもう話一つを残すのみとなり、目を見合わせ、手に汗を握り、首筋を何ものかにつかまれるような心地であったところ、

西鶴の武家物に登場する侍は話好きが多い。同じ当番の折に語り合ったり、退屈をしのいだりと様々であるが、この晩の「百物語」は好趣向であったようで、固唾を飲んで聞き入っていた。

【原文】

榑椽《くれえん》より、爪の長き物這《はい》出る音、頻《しき》りなるに、心魂《こゝろだま》も消々《きへ〲》となりながら、さすがすくみも果《はて》ず、刀取まはして、一度に声をかけて、はらりと立、障子を明る迄《まで》は叶はず、唾《つばき》にて穴を明て眈《のぞけ》ば、

【現代語訳】

縁側から、爪の長いものが這い出るような音がしきりにするので、心魂も消え入るばかりになったものの、さすがに畏縮しても

注（2）拙稿「西鶴に束になってかかるには」（『日本文学』第61巻第10号、二〇一二年一〇月）。

注（3）篠原進氏「あらすじの外側にある物語　『新可笑記』の表現構造」（『青山語文』第43号、二〇一三年三月）の一部に、拙稿に対する反論がなされる他、詳しくは、笠間書院のホームページ内に開設されている「西鶴と浮世草子研究リポジトリ」ならびに飯倉洋一氏「西鶴読解の壁―「ワークショップ西鶴をどう読むか」報告を兼ねて」『リポート笠間』55号（二〇一三年一一月）などを参照のこと。

注（4）以下、引用は『武道伝来記』は新日本古典文学大系（岩波書店所収のもの、『武家義理物語』は「西鶴選集」の翻刻（おうふう、一九九四年）により、適宜ルビを省略ないし補足し、読みやすさに配慮して、一部旧字体を新字体に改め、「」を付すなどした。

いられず、刀のそりを返して、一斉に声をかけ、さっと立ったが、障子を開け放つまではできず、唾を指につけて穴を空けて覗くと、

何やら不穏な音が。武士の名にかけてそれを見極めるのかと思いきや、障子に穴とは何とも拍子抜けで、ここは完全に喜劇調で描かれている。

【原文】

最前、自《みづから》をける火燵の櫓《やぐら》、椽《えん》より下におりて、霜枯《しもがれ》の菊畠

『武道伝来記』巻五の四「火燵もありく四足の庭」挿絵

にはしり出たるに、「いざ、しとめ給はぬか」といへば、「先《まづ》こなたに」「いや、御時宜《ごじぎ》に及びませせぬ」と、いはれぬ所で礼義を述て、埒《らち》あかざるを、中にも亭主、武辺《ぶへん》人にすぐれ、そのまゝ、廊下にはしり行と、手鑓提《やりひつさげ》てかけ出、ぼつ詰《つめ》て突とめ、「しとめたり」と、呼《よば》る声に力をえて、各かけつけ、「まづは御手柄、是を殿の御耳に達せん」と、はやとり〲なるに、亭主噪がず、「これ、人のうたがふ事なれば、いづれも証拠状を書て給はれ」といへば、「心得たり」と、

【現代語訳】

先ほど、自分たちで置いたこたつの櫓が、縁側からその下に降りて、霜枯れの菊畑に走り出るのを、「さあ、おしとめなされませ」と言うと、「まずはあなたから」「いや、ご遠慮には及びません」と、この際には無用な礼儀を述べ、どうにも埒が明かないでいるところに、その中に家の主は、武芸は人より優れていたので、そのまま廊下に走り行くと、手やりを引っ提げ外に駆け出で、追い詰めて突きとめ、「しとめたぞ」との大声に一同力を得て、各々駆けつけ、「まずはお手柄です、このことを殿のお耳に入れよう」と、早くもめいめい騒ぎ出すのを、亭主は騒がずに、「このことは、人が疑うような事なので、全員で証拠状を書いてくだされ」というと、「承知した」と、

その証拠状を原文のまま引用すると、〈天正三年十一月廿

八日の夜、畠山の末孫、友枝為右衛門重之、化生《けしやう》の者をしとむる所、実正明白なり。其為 如件《くだんのごとし》。花崎波右衛門、笠井和平、常磐滝右衛門、戸島与四左衛門〉という内容で、他四人の連判まで押して認めたのであった。何もそこまで、と思われるかもしれないが、こうした怪事に対し、しとめた当人しか目撃していなかったことから人に疑われる話は、巻二の四「命とらるゝ人魚の海」に描かれており、ここでは念には念を入れて証拠状を書いてもらったわけである。しかし、蓋を開けてみると――。

【原文】

「いざ、正体見せ給へ」と、蒲団《ふとん》をまくれば、日比手飼《ひごろてがひ》の犬也。宵《よひ》のあたゝかなるに塒《ねぐら》とせしが、夜更《よふけ》、寒ずるをいとひて、かけ出たるにぞありける。是に興覚て、大笑ひして帰りぬ。

【現代語訳】

「さあ、正体を顕しなされ」と蒲団をまくると、日頃飼っている犬であった。宵のうちは温かくてねぐらとしていたが、夜更けに寒くなったのを嫌がって、(こたつのまま) 駆け出したのであった。これに興覚めし、一同大笑いして帰っていった。

犬にて火燵の怪は落着したのであった。

3■犬と臆病と武辺

さて、ここまでの展開について、谷脇理史氏は前掲新大系本の「解説」において、次のように説いている。

この部分は、天正三年(一五七五)十一月二十八日の夜のこととして書かれている。しかし、「おとし咄」や「百物語」の流行が寛文以後の状況を反映し、臆病武士の描写が、戦国末の天正の武士などではなく、「御代静謐に治り、血臭き事なき」太平の時代である当世(天和・貞享期)を背景にしていることはいうまでもない。すなわち、この章の西鶴は、天正三年のことと時代を設定しつつ、当世流行のものや当世の武士のありようを面白おかしく描いて、当世の武士を諷するという書き方をしているのである。何故そうしたのか。

その理由の一つは、これが犬を突き殺す話だからであろう。周知のように、生類憐みの令と一括される法令が出始めるのは貞享二年ごろからであり、犬に重点を置いて発令が行なわれるのは貞享三、四年からである。とりわけ貞享四年正月・二月にはそれまでのものを整備・強化した生類憐みの令が出され、その前後から取締りや処罰が行なわれているわけだから、いま貞享四年四月に『伝来記』を出刊する西鶴にそれが意識されていないはずはないのである。武士が犬を突き殺す話を当世のこととして書くのは、いかにもまずい、少なくとも百年以上前の、徳川政権確立以前のはるか昔の話にしておく必要がある、そうしておけば何かあった時の言い逃れも出来るだろう――西鶴が本章を天正三年とした理由の一つは、右のように推測できるであろう。

時代設定に関しては、氏の指摘するような配慮があったことは首肯できる。とはいえ、見方によっては、時代設定を変えさえすれば、貞享四年でも犬を殺す話が出版できたわけで、筆者には、「犬」をめぐる点に関してこれ以上の意図が読みとれるとは思えない。

一方、氏はもう一つの理由として、「臆病武士を滑稽に描きあげて諷し、「犬を切には生くら物よし」などという穏やかならざる世間の風評を平然と記したりする場合、あらわに当世のこととして書くことをはばかる必要があったのではないか」との推定を示している（この世間の風評は後の場面に出てくる）。

たしかに彼らの臆病な姿や行いは滑稽ではあるし、西鶴の筆が冴える箇所である。しかし、先に見た場面は他愛ないと言ってしまえばそれまでであり、例えば巻六の三「毒酒を請《うけ》太刀《だち》の身」における臆病武士三人になると、相当にたちの悪い姿が余すところなく描かれている。この三人は、同家中の五助が書き出した武芸の多さを疑うような悪口をし、逆に五助は身をもって自分の正当さを証し加増される。さらに五助は果し状を突きつけるものの、内心、彼ら「腰ぬけ」を「相手にして面白からず」として、三人に対し穏当な態度で矛を収めたにも関わらず、三人は疑心暗鬼や面子《めんつ》から密かに五助を毒殺する。ここまででもかなりの臆病さ、卑劣さが描き出されているのだが、挙げ句の果てに仲間割れをする、そのいきさつは戯画というには度が過ぎた筆致で描かれているのである。

ある日、三人がうち一人の家来（関内《せきない》）に月代《さかやき》を剃ってもらっていたのだが、急な夕立に雷が轟く（以下、関内以外の人名が臆病武士三名）。

【原文】

はや落か、るかと覚《をぼへ》し時、滝之進、日《ひ》来《ごろ》雷公《かみなり》をこはがる事、人にすぐれたれば、此《この》ひゞきに動顛《どうてん》して、「関内、まづ待てくれよ」と、半分頭剃《そり》かけしを、周章《あはて》て立さはぎ、「天井の板の厚き所はないか」と逃廻り、脱《ぬぎ》捨し単羽織の有程《あるほど》引かぶり、「桑原《くはばら》〳〵」と身を縮め、かた隅に倒臥《たをれふし》たるおかしさ、白《しら》右衛門・用助《ようすけ》、大笑ひして、「扨《さて》も結構なる御侍、それく、又ひかりたるは」と、おどしかけて興がりけるに、程なく空はれて後、滝之進這《はい》出しを、「其頭《そのあたま》つきは、どこの去《さり》荷物《にもつ》を持《もた》れしぞ。扨《さて》も億病千万なり」と、おどけたるを、滝之進、虫にさはり、「最前も笑物《わらひもの》にするのみならず、比興《ひけう》なる侍などいはれ、それさへ心にかゝる。人には物のいひやうあり。雷《かみなり》は武辺の外《ほか》、好《すき》といふ者なし。もし比興のせんさくならば、其方達こそ、侍畜生《さぶらひぢくしやう》なり」と、顔色をかへていへば、座興に思ひし両人も、此一言《ごん》に堪忍ならず、

【現代語訳】

すぐに（雷が）落ちてくるかと思われた時、滝之進は不断から雷を恐がることが人一倍であったので、この響きに気も動転、「関内、ちょっと待っておくれ」と、半分だけ頭を剃りかけていたところ、慌てて立ち騒ぎ、「天井の板の厚い所はないか」と逃げ回り、脱ぎ捨ててある単羽織のあるだけ全部を引っかぶって、「くわばらくわばら」と身を縮め、片隅に倒れ臥しているおかしさに、白右衛門と用助は大笑いして、「これはこれは結構なお侍だ、それそれ、また光ったぞ」と脅かして面白がっていたが、程なく空が晴れた後に、滝之進が這い出してきたのを、「その頭の格好は、どこの去り荷物をお持ちなさったものか。それにしても臆病千万だ」とおどけたのを、滝之進は癪にさわり、「先ほども物笑いにしただけでなく、卑怯な侍などと言われ、それにさえ気に障る。人には物の言いようがあるものだ。雷は武の道の埒外であって、好きという者もいない。もし卑怯さをあれこれ詮索するなら、その方たちこそ、侍畜生だ」と顔色を変えて言うと、座興程度に思っていた両人も、この一言に我慢できず、

「どこの去荷物を持れし」というのは、「荷物を運ぶ人足は、片鬢《かたびん》を剃る習わしがあり、ここは髪がひどく乱れたのを、前記に見立ててからかう」（新全集・富士昭雄氏の註）のであり、「半分頭剃かけ」たままあたふたする姿は読み手の笑いを誘うのだが、これを境に、五助殺しの際の互いの態度を蒸し返し、泥仕合の末斬り合いに発展する。右の場面は、この前後の展開を含めれば悪い冗談を通り越し、救いようのない愚かさすら感じさせるのである。

また『武道伝来記』には他の西鶴作品同様、複数の「大笑ひ」の場面が描かれるが、彼らの場合、ひたすら他への嘲笑なのであり（他の箇所にある、五助に対するものも同様）、「火燵もありく…」に描かれる「大笑ひ」が、自らの行為を笑う自己相対化がなされている分、ある種のさわやかさをともなっている点に照らしても、同列に置くわけにはいかない。

さらに少し注意をしておけば、先の臆病侍たちのやりとり全てがでまかせやでたらめというわけではなく、「雷は武辺の外」という点に限っては、それなりに立ち止まって考える必要がある。というのも、武辺以外における臆病さは、それ

自体が一つの主題となり得るデリケートな問題だからであり、『武家義理物語』に例をとれば、巻三の五「家中に隠れなき蛇嫌ひ」の「小林氏の何がし」が「武家かたぎにうまれつきたる人にて、心のたけき事、世にすぐれたれども、常に蛇をおそれて、其咄《はな》しを聞《きく》さへ身をちゞめける」とされ、その蛇嫌いをダシにいたずらをされるのだが、あくまでこのことは生理に属するもの（「生《しやう》による」）であり、武士としてことさら咎められるべき点として描かれてはいない。にもかかわらず、己の問題として蛇嫌いに向き合う小林氏の克己心《こっきしん》が当該話の焦点となっており、姿勢や向き合い方によって捉え方が異なってくる類のものなのである。

もちろん、『伝来記』巻三の二「按摩《あんま》とらする化物屋敷」における奥右衛門のように、いかなることに対しても動じない勇猛さが武士の理想として求められることは言うまでもなく、同巻三の三「大蛇も世に有《ある》人が見た様《ためし》」で描かれるように、「大蛇（竜）」の出現を前に大いに動揺した者たちは、いつしか悪口の対象となってしまう。

「火燵もありく…」に話を戻せば、百物語での臆病さは、情けないとはいえとるに足りないものであるが、火燵の怪は真っ向から対峙することが求められる「武辺」に属することであり、主以外の四人の態度は腰抜けとされても仕方ない。とはいえ、一応、「武辺人にすぐれ」た「主（友枝為右衛門重之）」（畠山の末孫とされる）が配されていることを考え合わせると、少なくともこの場合は、彼らの臆病さを事挙げする目的で描かれているとは筆者には思えない。ただし、その武勇も水の泡となったわけで、当人たちにとってはこの落ちがつくことで、この晩のことは笑ってそれなりけりになったはずであった。ところが、結果として擬似的な武辺となってしまった中途半端さが、思いがけず格好の話の種として広まってしまう、この一連の過程にこそ、本話の皮肉さが読みとれると思う。

【原文】

其後、是ざた一《いち》ばいに成て、「扨《さて》も今は、御代静謐《せいひつ》に治り、血臭《ちくさ》き事なきによつて、此比《このごろ》、去方《さるかた》にて、諸歴々衆、犬を突きとめたりとて、証拠状を取、是をいひ立《たて》に、外《ほか》に知行望むよし、向後《きやうこう》、人の首捕《くびとる》刀を止《やめ》て、犬を切《きる》には生《なま》くら物よし」と、名をさゝぬ計《ばかり》に評判しけるを、

【現代語訳】

その後、この評判がぱっと広まり、「さても今は、御代が静かに治まり、血生臭いことがないので、このごろ、あるところで、立派な侍衆が犬を突きとめたといって証拠状を取って、これを手柄としてさらなる知行を望むとか。これからは、人の首をとる刀をやめて、犬を切るには鈍刀がいい」と、名指しせんばかりに噂したのを、

この一連の展開に、何を読み取るべきだろうか。この点を考えるには、『武道伝来記』刊行までに広く読まれていた軍書、とりわけ『甲陽軍鑑《こうようぐんかん》』を踏まえつつ、『伝来記』の内容と位置づけを捉え直した井上泰至氏「井原西鶴『武道伝来記』論の前提を疑う」▼注(5)における、次の指摘が参考になる。

> ともかくも『武道伝来記』は、刊行軍書を通して一般化した、古き良き勇武の「武道」を称揚しつつ、それが当代では困難であることを説く立場にあると考えられ、それがそういう中世的武士のあり方が完全に変化を余儀なくされるこの時期の問題を、皮肉な視線で描くことで読み物となった作品であると見られる。

先の場面も、まさしく右に説かれる形式の一つとして描かれており、作者の同時代における武辺の困難さ・不可能性への「皮肉な視線」が認められることは間違いない。とはいえ筆者は、話によっては当然、そうした視線の先に描かれた個別の人物像や行動が非難されていることは認めるものの（先の三人の臆病侍など）、だからといってそれが即、その人物の属性——たとえば主君、はたまた現実の武家そのもの——にまで敷衍して、西鶴が固有の対象を風（諷）刺しているという見方はとらない立場である。そう感じられてしまうとすれば、人物の描き方の類型的な部分や、作中の悪口のあまりのキレの良さなどに引きずられている可能性も考えられるが、実際の作品につけば、主君には暗愚《あんぐ》もいれば、ほまれ高い名君もいるだろう。そして昔の武家が良く今は悪いというような単純な二分法で割り切って済まされるものでもなく、多様な武士の姿が描かれていることは言うまでもない。主観的な言い方になるが、そこには常に対象との間にある一定の距離が保たれているように感じられ、そこが読んでいて気持ちいい。少なくとも筆者には、西鶴の皮肉は、ものごとを相対的に見ようとする冷めたまなざしによるものであって（その結果として表出されたものは、極めて可笑しい場合が多いのだが）、何かを糾弾したり白黒つけたりするような、強いメッセージ性を有するものではないように思われる。

4■虚（戯）につけ込むハナシ

さて、犬一件をめぐる評判に、当人たちがしきりに当惑しているところへ、間の悪い男がやって来る。

注（5） 国文学研究資料館編『国際日本文学研究集会会議録』37、二〇一四年三月。

【原文】

篠村三九郎といへる男、不図《ふと》きたり、何心もなく、「いづれもは、此比《このごろ》のさたを聞給はずや」といひしに、「それは何事ならん」といふに、「犬を突とめたる感状の事」と、きをひかゝりて咄《はなす》を、

【現代語訳】

篠村三九郎という男がふと来て、何気なく、「みなさんは、この頃の評判をお聞きなされていませんか」と言ったので、「それは何事でしょう」と言うと、「犬を突き刺した証拠状の事」と勢い込んで話すのを、

折しも、当事者たちは噂の出所が分からない以上、ともかくこの話を口にする者を敵としようと相談していたところであり、気の毒ながら三九郎をその対象とせざるを得ないと告げる。そして改めて時と場所を変え、「両方三十二人」ものの斬り合いとなり、結果、三九郎は討たれるが、「百物語」の侍衆五名のうち二名は死去、主以下三名がその場から立ち去ったのであった。

ところで、本話前半における筋の運びは、巻七の三「新田《しんた》原藤太《はらとうだ》」に極めて類似する。こちらは鹿児島が舞台、ある夜、二人の侍が宿番を勤めていた折、天井から黒い物が落ちてくるのを、うち一人（沖浪大助）が脇指《わきざし》で「抜打《ぬきうち》」にする。手応えがあったので灯の光に何かと見ると、「其長《たけ》一尺四五寸ばかりの百足《むかで》」であった。これに対し、もう一人の侍が感じ、

【原文】

「扨《さて》も早業《はやわざ》、古《いにしへ》の田原藤太が勢田《せた》の橋は磯なり。沖浪殿の今宵の御手柄、眼前に、是は〳〵」とほめければ、大助も興に乗《ぜう》じ、「天晴《あつぱれ》此男、古今居合《ゐあひ》の名人なり。はやい所を御目にかけた」と、ざつと笑《わらふ》てすましける。

【現代語訳】

「さても早技、かの田原藤太の勢田の橋（の百足退治）は（言ってみれば「富士は磯」の）磯ぐらいのもの。（磯より深いお名前をもつ）沖浪殿の今宵のお手柄は目の当たりにできて、これはこれは（すばらしい）」とほめると、大助も戯れに乗じて、「天晴れわたくし、古今無類の居合いの名人です。早技をお目にかけた」と、さっと笑って済ました。

この場合、反射的な刀さばきを褒められ、照れと自画自賛半々で応じたという、ことの順序こそ、火燵の犬とは細部が異なる。しかし、ともにスケールの小ささを自覚しつつ、その場限りの戯れ言として済まそうとしたことがらが、後日他人から、虚（戯）につけ込む体で当てこすられる点において全く一致する。

【原文】

其後、大助、内用ありて町筋に出しに、南江主膳《なんがうしゅぜん》と云、出《で》来出頭《きしゅっとう》に出合けるに、大助を見かけ、「是、藤太殿、何《いづ》かたへの御越《おこし》なるぞ」と申されし。「某《それがし》は大助と申なり。藤太と官位は致さぬ」と申。主膳重《かさね》て、「此程の百足の首尾、家中にかくれもなき是ざた。田原藤太殿」と、云捨て通られける。

【現代語訳】

その後、大助は内々の用事があって町方に出かけ、南江主膳という近頃羽振りのいい重役の侍に出会ったところ、大助を見かけて、「これは藤太殿、どこへお越しですか」と言われた。「私は大助と申す、藤太とは名乗っておりません」と言う。主膳は重ねて、「この頃の百足退治一件、家中に隠れもない大評判ですぞ、田原藤太殿」と言い捨ててすれ違っていかれた。

大助が後に「前夜の義は、当座の一興にして、武士の高《かう》名《みやう》になるべき事にはあらず」と口にする通り、武士にとっては、武辺にこと寄せて冷やかされたり、勘違いされたりすることは▼注(6)、最も恥ずべきことの一つであり、大助は同座の侍が口を滑らせたと疑い問い詰めるが、本人は断固として否定。可能性として他の同番の二人が浮上するが、結局は右の悪口に問題は絞られ、大助らは主膳と斬り合い、討ち果たすのであった。

これら二つの話はともにこれ以降、討たれた側それぞれの子が敵討に出るのだが、まずは「新田原藤太」の方から筋を追ってみる。

十年の時が経過、成長した主膳の子・善太郎は四、五年敵を探しあぐねるのだが、ある晩、血まみれの百足が現れ、大助らの居場所を告げる。善太郎がその通りに行くと、折しも四十余の女が出産中、事情を聞くと大助の妻であること、大助は七ヶ月前に死去したことを知る。そして、いま生まれた遺児が女児であるのを見届けた上で「殺生のみに日を暮し、罰当《ばちあたり》」と母にも言われる不孝者の大七（新生児の兄にあたる）を討つ。ここにおいては、敵そのものは既にこの世におらず、生まれたのは女子、百足のお告げや息子の「殺生」（彼は、「親の秘蔵の百足丸といふ大脇指をさして、川狩」に出ている）などが、やや因果めいて描かれることにより、善太郎の敵討がかろうじて成立しているものの、俯瞰的に見れば、この敵討は果たして正当なものなのかどうか、その根底を揺るがしかねない要素を有している点で、変化に富んだ一編と評することができる。

注（6） 逆の例になるか、本来の武勇を悪意ある冗談の種にされる巻三の一「人指ゆびが三百石」や、狩場での傷を「逃げ傷」と誤解される『武家義理』巻三の一「発明は瓢箪より出づる」など、武士には堪忍できない一言として描かれる話は数多い。

これに比すれば、「火燵も…」の方は、谷脇氏が注釈部において「前半部に比べ敵討を扱う後半部はやや簡略にすぎる」とするように、敵討以下の部分が短く、筋もそれほど複雑ではなく、起伏に乏しい。しかし、類似した発端を持ちながら、わざわざ別個にそれぞれを一話として仕立てている以上、こちらの敵討のみがおざなりに配されたものとは考えがたく、それなりの趣向が用意されていると見なすべきではなかろうか。

そこであえて、敵討につながる主筋から次元をずらして虚心に読み直してみると、実は、この話の前半の「百物語」は当夜、完結しないままであることに気付かされるのである。読み手はどうしても、火燵の怪と謎に目を奪われてしまうが、よく読めばこれは残る「咄一つ」の前に突如として去来した出来事であり、百話目によって発生した怪ではないのである。いわば、百物語が、「おとし咄」に脱線したかのような体で宙づりになっている。では、果たして百話目は語られるのか――。この点に注目して読み進めると、本話の新しい一面が開かれそうである。

5■死に至るハナシ

おそらく、作中の誰もが意識せずにしまっているが、間の悪い男・三九郎の「犬を突とめたる感状の事」こそが、遅れてきた百話目に相当すると思われる。すなわち、これを口にした瞬間、物語の底部で怪事の発動を招来し、ついには死者十五名を出す惨事に至るという運びになっているわけである。

これは単なるこじつけではない。むしろこの点を踏まえてはじめて、後半の敵討に描かれていることの仕掛けを解く鍵が見出せると思われる。

三九郎の子らは為右衛門らを狙い歩くが、なかなか巡り会えない。ところが、京都清水にて、まずは為右衛門以外の二人を捜し出したのであるが、そのきっかけとは――。

【原文】

こゝに三ヶ月足をとゞめ、旅より旅のかりね、物うき夜半《よは》毎《ごと》に、空也《くうや》上人の流《ながれ》を汲《くむ》、鉢敲《はちたゝき》の物哀なる声して、「生死無《しやうじむ》常《じやう》の理《ことはり》を、聞《きけ》どおどろく人もなし」とくどくにも、先立給ふ父の事を思ひ出し、夢も結ばず聞居しに、此者共は皆、其筋ありて、山城の国に限りたるに、「今宵の二人づれは、なまり声なるはふしぎなり」と、

【現代語訳】

ここに三ヶ月間足をとどめて、旅から旅の仮枕、つらい夜半ごとに、空也上人の流れを汲む鉢たたきのもの悲しい声がして、「生

死は無常であることの理を、聞いてもおどろく人もいない」と口説くのを聞くにつけ、先立たれた父のことを思い出して、夢も見ずに聞き入っていたところ、この者たちは皆、出自が決まって山城国（いまの京都）に限られているはずなのに、「今宵の二人連れは、お国なまりの声であるのは不審だ」と、

後見の者がただすと、果たして二人の男であり、彼らを見逃すものの、敵・為右衛門の居場所を聞き出す。この時得た情報が、夜な夜な「太平記」の「素読」（辻講釈）をするというもので▼注(7)、これを手掛かりに、一条戻橋で敵討を果たすのであった。

すなわち、後半で敵の所在を示すものが、鉢蔵の中の「なまり声」▼注(8)、さらには太平記の「素読」と、ともに「声」なのであり、言葉を発することによって追い詰められていることが分かる。

この部分に関して、谷脇氏は先の引用文に続けて「「なまり声」から敵に気付く趣向は、言葉に関心を持つ俳諧師西鶴らしく興味深い」という卓見を示しているが、ここではこの指摘を一歩進め、前半の百物語、末尾の太平記の素読みも含め、これらを一話全体に伏在するもう一つの主題に関わるものとして捉え直してみたい。すなわち、本話は、表向きには敵討の筋を素直に描きながら、同時進行的に、百物語の枠を話そのものに埋め込むことで、徹底して、言葉を発することが本来的に備える怖さを、複数の口承の発話形態に仮託して暗示的に描いた一編として読めるのではないだろうか。そして、百物語を扱いながらも、真の怖ろしさを超越的なものとしてではなく、全てが人為に基づく連鎖を通して描いている点にこそ、本話の魅力がある。

ここまで触れてきたいくつかの話（前出「命とらるゝ人魚の海」でも、「（金内の）病死は、百右衛門が言葉より」とされる）や、副題に「舌の剣に命をとる事」とある巻四の四「踊の中の似世姿」など、言葉が人の命を左右することは『武道伝来記』中に内包された要素の一つであるが、翌年刊の『武家義理物語』では、序文に「時の喧嘩・口論、自分の事に一命を捨るは、まことある武の道にはあらず」と、主題の一つとしてはっきりと前景化し、さらに冒頭の一話が「口の虎身を喰《はみ》、舌の剣命を断《たつ》は、人の本情に非《あらず》」から始まることに鑑みれば、西鶴の

注（7） 浪人が太平記講釈を行ったことは、『永代蔵』巻五の四「朝の塩籠夕べの油桶」にも、「書物好きの権六は、神田の筋違橋にて太平記の勧進読み」などと描かれている。詳しくは、中村幸彦氏「太平記の講釈師たち」（『中村幸彦著述集』10、中央公論社、一九八三年）参照のこと。

注（8） 『伝来記』が副題に「諸国敵討」とうたわれることと対応するかのように、言葉のなまりから相手の素性の手がかりを得る趣向は、巻二の一「思ひ入吹女尺八」、巻四の三「無分別は見越の木登」など複数描かれている。

興味のあり所を端的に示していよう。

考えてみれば、武士は町人に比すればはるかに、使用する言葉ないしそれを介した伝達において、自分の事（私《わたくし》）の領域が限られている分、常にその発言は緊張感をともなうものであったことは想像に難くない。また、ある言葉が、特定の場や状況下に置かれることによって、本来の意図とは異なる風にとられ、またそのことに対する言い訳も許されないことが多い。その意味で当人にとっては不自由きわまりない側面がつきまとうが、端から見れば、いわば、言葉同士の激しい化学反応が起こりやすいわけで、西鶴の目にはそのこと自体が極めて興味深い話材の一つとして映ったのではないだろうか。

ところで、西鶴は、単に〈口は災いのもと〉的な、悪口による意趣といった表層的なレベルのみの話を繰り返しているわけではない。『武家義理物語』は『伝来記』に比し各話が短い分、エッセンスの凝縮された話が多いが、その中には逆に〈口をつぐむ〉ことが悲劇をもたらすことを描いたものも認められるようである。最後にこの点を、四の三「恨みの数読む永楽通宝」の読み直しを通して確かめてみたい。

6■土中の死体

「恨みの数読む永楽通宝」は印象的な書き出しから始まる。

【原文】

とらの年には、かならず洪水と語り伝へり。むかし駿河《するが》の国、安倍川のわたり絶て、十日の雨やどりして、旅人の難義せし事有。其比《ころ》は諸国の大名屋形たちつゞきて、商売人は抓《つかみ》取《とり》ありて、其時代、小判とぼしからず渡世をなしける。

【現代語訳】

寅の年には、必ず洪水が起こると語り伝えられている。昔、駿河の国で、洪水で安倍川の渡りが絶え、十日間の雨宿りに、旅人が困り果てたことがあった。その頃は、諸国の大名屋敷が立ち並び、商売人はぼろ儲けできて、その時代は小判が活発に行き交い、豊かな暮らしをしていた。

駿河の府中のはずれに、ある「北国の城主の中屋敷」があった。ここには一年交替で勤番する者が長屋住まいをしていたが、そのうち千塚太郎右衛門という者のところへ、降り続く五月雨《さみだれ》に無聊を慰めようと雲馬茂介が訪れ、世間話にふけっていた。やがて夕刻になり久しぶりの太陽が顔を出し、わずかな日のもと、雨後の処理をはじめたところ、怪事に遭遇するのである。

【原文】

此水竹椽《たけゑん》の下にほそく流れ込《こみ》、千丈《せんぢやう》の堤《つゝみ》、蟻穴《ありあな》より崩《くづる》がごとく、見しうちにめいりて、柱もゆがみ壁もこぼれ、是はふしぎの事ぞと、此土中《どちう》こゝろもとなく、鋤鍬《すきくは》はやめ上土《うはつち》のければ、死人《しにん》形もくづれず見へける。

【現代語訳】

この水が竹縁の下に細く流れ込んで、「千丈の堤も、蟻の穴から崩れる」と言われるように、みるみるうちにめり込んで、柱もゆがみ壁も崩れ、これは不思議な事だと、この土の中を気がかりに、鋤や鍬を早めて上の土を除くと、死人が形も崩れないで現れた。

太郎右衛門はさあ一大事と死体を見るにつけ、「是は年ふりたる死骨にあらず。をよそ四、五年の埋《うづみ》ものなり。いかさま子細有べし」と判断、とにかく上に報告するにしくはなしと、茂介を「証人」とし、二人はそのまま連れだって上《かみ》屋敷へ行こうとするのだが、中屋敷の門番の役人が錠を閉めてしまう。二人は「老中に申し上げることがある」というのだが、役人は「何事にせよ、今晩中はこの門を開けるわけにはいかない」と、頑として譲らない。それもそのはず、役人の態度には然るべき理由があったのだった。

【原文】

「各ははじめて此屋敷入、ことに此程《このほど》御国より御越なれば、かやうにきびしく仕る子細《しさい》を御存知《ぞんじ》あるまじ。去々年の十二月廿三日に銭売、御門は入しが、其後出ざれば、色〳〵御詮《せん》義《ぎ》あそばしけるに、其有所《ありしよ》しれがたし。」

【現代語訳】

「各々がたは初めてこの屋敷に入り、特に最近お国の方からお越しになったので、これほどに厳しくする事情をご存じあるまい。一昨年の十二月二十三日に、銭売商人が門に入ったのですが、その後出てこなかったので、色々お調べなさったのだが、その居所が分からないのです。」

すなわち、二年前からこの屋敷内で行方不明となっている者がいたという。そして、銭売りの親類がこのことを役所に嘆願するに及び、世間の評判も悪くなってしまった。「ふびんや立嶋《たつしま》の布子着て、毎日其男をみしに、金商人《かねあきひと》ゆへころされけるや。其以後かく改め申」というわけで、夜間の出入禁止が厳しく敷かれていたわけだ。どうやらこの屋敷出入りの商人だったようであるが、まさに件の死体は「立嶋の着物」を身に付けていたのである。

この事情を知ってしまった二人は、それ以上詳しくは話さずに戻り、当時この長屋に住んでいた者を調べたところ、該当したのは知己である朋輩・谷淵長六《たにぶちちょうろく》であり、とりわけその「縁類」者である太郎右衛門は当惑する。その心境は詳しく描かれないものの、よもや長六が下手人ではないだろうが、関係者・責任者として彼が追及されることは免れまい、といったものであったろう。その様子を見た茂介は、「此段は御自分と拙者が心にて済事《すむこと》」として、両者納得ずくの「隠密《をんみつ》」として蓋をしたのであった。

7■秘すれば漏れる

しかしながら、この話でも「火燵もありく…」「新田原藤太」同様、話が漏れてしまう。

【原文】

其夜も明て五つ時分に、御上屋敷より横目衆《よこめしゅ》まいられ、「此前しれざりし銭売の御せんさく有べき御事」と、ひそかに沙汰有し

【現代語訳】

その夜も明けて五つ時（午前八時頃）に、上屋敷から横目衆が見えて、「以前から行方不明の銭売りについての御調査がなされる事となりました」と、ひそかに通達があった。

しかも、このたび漏れたのは戯れ事などではなく、下々の者も含め一同に箝口令《かんこうれい》を敷いた重大な秘密であり、恥という問題ではなく、武士同士の絶対的な信頼感が揺らぐことがらなのであった。

上からの指示を知り怒り心頭に達した太郎右衛門は、「其まゝ茂介宅にかけ入」、次のように責める。

【原文】

「夜前申合せし甲斐もなく、さりとはひけう成《なる》心底。かく有べき事にはあらず。まったくそこを立せじ」といふ。茂介さはがず、「此段にいひわけにはあらず、神以《しんもって》それがし他言《たごん》申せしにはあらず。されども外《ほか》より申べき人なし。是程分別にあたはざる事なし。是非もなき仕合《しあはせ》、いざ時刻うつさじ」

【現代語訳】

昨晩申し合わせた甲斐もなく、何とも卑怯な心底だ。このようであっていいはずはない。絶対にあなたを逃しはしない」と言う。茂介は騒がずに、「これについて言い訳をするというのではないが、神かけて私が他言したのではない。しかしながら他に言う人も皆無。これほどまでにわけがわからないことはない。仕方のない成り行きだ、さあ今すぐに」

こういって「たがひに声かけて、相うちにして、首尾残《のこる》所《ところ》なく、浮世のかぎりをみせける」、すなわち太郎右衛門、茂介それぞれ享年二十三、二十七で散ったのであった。

それにしても、なぜ死体一件が上に達したのか。もちろん、「茂介申せしにはあらず」で、ここに意外な顛末が明かされる。

【原文】

御上屋敷の小《こ》玄関へ、男一人あらはれ、「わたくし事、去々年しめごろしにあへる銭屋成《なり》しが、今宵からだを堀《ほり》出されて嬉しや。十三両の小判を御取帰して」といふかと聞しが、たちまち見へず成《なり》にき。是よりの御せんぎなり。さては其銭売がぼうれいなるべしと、此沙汰になりぬ。

【現代語訳】

上屋敷の内玄関へ、一人の男が現れ、「私は一昨年絞め殺しにあった銭屋ですが、今宵体を掘り出されて嬉しいです。十三両の小判をお取り返してください」と言うかと聞いたが、たちまちに見えなくなった。このことからの御取り調べであった。さてはその銭売りの亡霊だろうと、このことは噂になった。

茂介が理不尽さ（「分別にあたはざる事」）を感じたのも当然で、幽霊が伝達者だったのである。その上で、本話はもう一つの死が描かれることで幕を閉じる。

【原文】

此事国元に聞へ、谷淵《たにふち》長六が下〱の仕業には極《きはま》れども、太郎右衛門、茂介両人が心底を聞て、其身ものがれず、今年廿五才の、夏の夜の夢物語とは成ける。

【現代語訳】

このことが国元へ伝えられ、谷淵長六の下人たちの仕業と判明したが、長六は太郎右衛門、茂介二人の心底を聞いて、自身もいたたまれず、今年二十五才の、夏の夜の夢物語となった。

『武家義理物語』巻四の三「恨みの数読む永楽通宝」挿絵

長六は責を問われて自害したわけではない。二人が自らを庇おうとした上で争わねばならなくなった事情を十分に慮ったわけであった。

さて、本話が『武家義理物語』中で異色の扱いを受け、決して高い評価を与えられてこなかったことは井口洋氏が詳述しているが、氏はそうした見方に対し、亡霊の出現が前二者の死を「犬死」としてしまいながらも、長六の死に注目し、次のように述べた上で、『武家義理物語』の達成の、一つの指標である」としている。

> 長六はすべての事実を認識し反省できる立場にあった。そのうえでなお、自分を庇おうとした「両人が心底を聞きて」というのは、つまり「魂」が「呼応」したのである。そして、「其の身ものがれず」とはもちろん、単なる事実ではなく、二人の死を「犬死」から救い出すために、そのとき長六が自覚的にそう判断したこと、すなわち捨身の行の決断をしたことを意味する。よって、その自害は、亡霊による「武家義理」の否定をさらに否定し、その二重否定によって矛盾を統一して高次の肯定に転ずる、勝義の行為にほかならない。▼注(9)

本話に描かれる「義理」の問題についてこれ以上付け加えることはない。ただ、やはりここにも「武家」の「義理」という主題、ならびにそれに照らした各登場人物の行動規範の問題などと同時平行に描かれる、ある仕掛けがあるように思われてならない。それを端的に言えば、伝達における絶望的な断絶とズレとなろうか。ここまで見てきた数話とは別種の、伝達をめぐる皮肉なありようを、順を追って見ていくことにしよう。

8■絶望的なまでに伝わらないハナシ

最初の断絶は、死体の報告をしようとした二人を閉ざした門である。これによって、ひとまず家老との回路は一端閉ざされてしまった。ここで情報を得たことにより、二人は方針を百八十度転換、秘匿《ひとく》を選ぶのであり、門番役人の事情説明は歪んだ形で二人に作用してしまった。そして、茂介が約束に反して伝達したと、太郎右衛門が誤解することによってともに命を落とす。近い距離、立場にあった二人の間に、最も大きな断絶が生じてしまった。さらに、朋輩を守ろうとした太郎右衛門と茂介がこうした最後を遂げたことが「国元」に伝達された結果、長六はその解釈として必然的に自害を選んだのだが、この死は、長六を咎から守り、生かそうと図った先の二人の意図からすれば最も乖離したものになってしまったわけである。

また、この一連の事態を上屋敷の面々から見れば、未解決の行方不明事件（被害者は町人であり、武家社会内にとどまる話題ではない）により悪い評判が立ち困惑、それに配慮して行ったはずの夜間の出入禁止が事件の真相解明を遠ざけかねないこととなる寸前、幽霊のおかげで解決へ一歩進んだかのように見えた矢先に、中屋敷で二人の殺傷沙汰が発生、真犯人は突きとめたものの、長六が自害してしまう。屋敷内での不祥事に対し、できるだけ穏便にことを収めようと運んだつもりが、この家中では被害者の幽霊の出現に加え、さらに三人の家臣が死ぬという、家名に大きな傷が付く最悪の「沙汰」になってしまったのである。

いわば、伝達の過程における断絶やひずみにより、お互いにあずかり知らぬ形で、関係する人々の企図とは最もかけ離れた方向に事態が推移するという、静かに、それでいながら一歩一歩崩壊していく、悪夢のような悲劇が進行していくのである。

こうして見たとき、逆に本話において、直接の発話を通して、自分自身のメッセージを伝える回路の可能性が開かれていたのは誰かといえば、ただ一人幽霊のみである。まるで、「死人に口なし」（この言葉自体は、西鶴の頃の用例は今のところ管見に入っていない）を嘲笑うかのような滑稽さが感じられるが、しかし、さらに重要なのは、彼のメッセージすらも全く伝わっていないことだ。「恨みの数読む」という題に引きずられるが、幽霊の「恨み」は〈自分を殺した者への然るべき復讐・処罰〉へ向けられるのではなく、あくまで「十三両の小判を御取帰して」と、金を返せと言っているのである。だから「数読む永楽通宝」なのであり、幽霊には気の毒ながら、文脈上彼の訴えには吹き出してしまうおかしさがある。当然ながら、これを聞き届けた侍が金銭問題の処理を第一義として奔走するわけはなく、「長六が下〱」に十三両を返させたか否かに、語り手は全く関心を寄せていない（と、一応真面目に書いてみたのは、実際に金を取り立てた幽霊が、二年前に刊行された『永代蔵』巻四の四「茶の十徳も一度に皆」における小橋利助だからであり、右の銭売にはややこの俤《おもかげ》がある）。とはいえ、幽霊にとっては笑い事では済まされないハナシである。

西鶴の描くすれちがいはここまで徹底しているのであり、滑稽さが漂いながらも絶望を感じさせる、一話全体を覆う不条理さがもたらす複雑な味わいも、本話の魅力の一つとしてあげておきたい。

注（9）「恨みの数読む永楽通宝」（『西鶴試論』和泉書院、一九九一年・初出一九七九年）

9■読む戦略を選び直す

以上とりあげた二話はともに、ことさらに恐怖感を煽るような筆致では全くないし、火燵の犬や幽霊の登場といった怪そのものは極めて滑稽である。にも関わらず、それぞれの話において淡々と進行する、言葉の呪術性と負の連鎖、コミュニケーションのすれ違い・から回りの様相は、二十一世紀に生きる我々にとっても日々切実なものとしてあり、時には大きな悲劇につながる怖ろしさを秘めている。

西鶴の武家物は、武家の生きる姿そのものを多面的に描き、そこがまず面白いのだが、同時に武家を通してこそ端的に描くことのできる何かが潜んでいるように思われる（これは武家に限らず、遊女、役者、町人、生活破綻者を通す作品でも同様だろう）。今回はその一つをあぶり出すことを試みたが、その「何か」は固定的なものではなく、各作品集・話ごとに、焦点を合わせる対象や着眼点、さらには接近方法を変えなければ見えてこない類のものと思われる。その意味で、いま西鶴武家物に対し選び直しが求められているとすれば、それは読む戦略ということになるだろう。

▶選び直す人　佐藤至子

山東京伝《さんとうきょうでん》

『安積沼《あさかのぬま》』

二人の男の「復讐」と「奇談」

▼山東京伝《さんとうきょうでん》
一七六一〜一八一六。江戸の町人。画号北尾政演《きたおまさのぶ》。一七八二年、大田南畝《おおたなんぽ》に黄表《きびょう》紙《し》『御存商売物《ごぞんじのしょうばいもの》』を絶賛される。黄表紙・洒落本《しゃれぼん》の作者として活躍するが、寛政の改革時に筆禍《ひっか》を被り、洒落本の執筆を止める。一七九三年、煙草入れ店を開店。後半生は読本《よみほん》・合巻《ごうかん》の執筆に力を注ぎ、近世初期文化の考証に没頭。滑稽見立て絵本にも佳作がある。

『安積沼《あさかのぬま》』は他の京伝読本に比べて翻刻される機会が少なく、作品としての評価も高くはなかった。物語は二つの筋立てからなり、両者にほとんど接点のないことが構成上の欠点とされてきた。だが、それは本当に欠点なのか。角書の「復讐奇談」に着目して読み直す。また、文体における和文的要素について、『奥の細道』との関わりという観点から再評価する。

1■『安積沼《あさかのぬま》』の概要

山東京伝の読本『安積沼』（半紙本五巻五冊）は享和三年（一八〇三）に鶴屋喜右衛門から出版された。角書に「復讐奇談」、見返しに「一名　小幡小平次死霊物語」とある。あらすじは次のようなものである。

大和の郷士穂積丹下《ほづみたんげ》の娘 鬘児《かつらこ》は菱川師宣《ひしかわもろのぶ》画の美少年に懸想し、病に伏す。丹下は安房に赴き、師宣に会う。師宣の話では、美少年は那古村の浪人安西喜内《あんざいきない》の息子喜次郎《きじろう》。師宣に絵を学んでいたが、一家の困窮を救うため江戸禰宜町の男娼《やろう》家《や》に身売りした。身売りを仲介した轟雲平《とどろきうんぺい》は喜内とその母を殺して名刀を奪い、喜内の妻も事件の衝撃で狂死した（第一条・第二条）。丹下は喜次郎を捜しに禰宜町に赴く。喜次郎は歌舞伎役者玉川千之丞《たまがわせんのじょう》の弟子となり、玉川歌仙《かせん》と改名していた。丹下は浪人の喧嘩を仲裁する美少年を見かけ、それを歌仙と知り、玉川千之丞宅を訪れる。歌仙は丹下の申し出に感謝し、敵の轟雲平を討った後に婚儀を整えることを約す（第三条）。

歌仙は丹下に身請けされ、山井波門と改名。江戸の丹後殿前に独居し、一夜切を教えて生計を立てる。ある日、了然尼《りょうねんに》から「得レ布而擒　得レ布而脱」（ぬのをえてとらわれ、ぬのをえてまぬがる）という予言を受ける。同じ頃、江戸木挽町の歌舞伎役者鰻鱺《うなぎ》太郎《たろう》兵衛《ひょうえ》の弟子に小鰘《こはだ》小平次《こへいじ》という者がいた。大歌舞伎には出られず、田舎芝居に雇われて生計を立てていた。芸は下手だったが幽霊の芝居だけは得意だった。後妻おつかは轟雲平の弟で鼓打ちの安達左九郎《あだちさくろう》と姦通していたが、小平次はそのことに気づいていない（第四条）。

波門は雲平を探して陸奥に下り、狭布里に逗留。土地の娘お秋《あき》に惚れられ、密通する。ある晩、お秋が悪僧現西《げんざい》に殺される（第五条）。村人の藤六《とうろく》は波門とお秋の密通を暴露し、波門を犯人と言い立てる。代官は波門を聴取し、現西を疑い、たまたま芝居に雇われて来ていた小平次にお秋の幽霊を演じさせて、現西に自白させる。波門は釈放され、青森に向かう。途中で藤六らに襲われるが、逆に切り殺す（第六条）。

小平次は安積郡笹川宿の芝居に雇われる。左九郎は江戸から笹川宿に向かう途中、兄の雲平と偶然再会する。雨天続きで芝居ができず、小平次は誘われて安積沼に釣りに出かける。左九郎は雲平らと共謀、事故に見せかけて小平次を船から突き落とし、水死させる（第七条）。左九郎は江戸に帰り、小平次殺害をおつかに話すが、おつかは前夜に小平次が帰ってきたと告げる。怪異が起きるが、おつかは動ぜず、左九郎を後夫とする。翌年も怪異が続き、おつかは狂乱する。左九郎は神符を窓に貼るが、おつかは小平次の死霊に取り殺される。左九郎は家財を売り陸奥に下ろうとするが、金を賊僧に奪われて死ぬ（第八条）。

羽州男鹿山の医者蒔田翻冲《まきたほんちゅう》は秘薬を持つ名医として尊敬されていた。翻冲は波門を招いて絵を描かせる。波門は屋敷近くに人々が監禁され、薬の材料としてむごく扱われているのを見つける。またその中に鬘児を発見して救出する（第九条）。雲平が現れ、波門は敵討ちを果たす。小平次の怨魂は安積沼にとどまり人々を悩ませていたが、了然尼の教解により成仏する。小平次の息子小太郎《こたろう》は道化役者となるが仏教を深く信仰し、坊主小兵衛とあだ名された。晩年は了然尼の弟子になり出家し、小兵衛坊主と呼ばれた。波門は鬘児と婚儀を結び、穂積家は栄えた（第十条）。

以上があらすじである。波門をめぐる筋立てと小平次をめぐる筋立てが別々に進行し、両者が接点を持つのは第六条、小平次がお秋の幽霊に扮する箇所のみである。これをどうとらえるかが問題となるが、その検討に入る前に、近代以降の本作の享受について、翻刻と作品評価という二つの観点から整理しておきたい。

2■京伝読本の翻刻状況

山東京伝には十一作の読本がある。『通俗大聖伝』寛政二年刊、『忠臣水滸伝《ちゅうしんすいこでん》』前編寛政十一年・後編寛政十三年刊、『安積沼』享和三年刊、『優曇華物語《うどんげものがたり》』文化元年刊、『曙草紙《あけぼのぞうし》』文化二年刊、『善知安方忠義伝《うとうやすかたちゅうぎでん》』・『昔話稲妻表紙』文化三年刊、『梅花氷裂《ばいかひょうれつ》』文化四年刊、『浮牡丹全伝《うきぼたんぜんでん》』・『本朝酔菩提《ほんちょうすいぼだい》全伝《ぜんでん》』文化六年刊、『双蝶記《そうちょうき》』文化十年刊である。第一作の『通俗大聖伝』は孔子伝であり、いわゆる読本らしい読本ではない。だが半紙本五巻五冊の体裁を備え、曲亭馬琴《きょくていばきん》『近世物之本江戸作者部類』▼注(1)に「是京伝が半紙形なるよみ本を綴りし初筆也」とあることから、読本に分類するのが妥当である。

これらは現在『山東京伝全集』第十五〜十七巻（ぺりかん社、一九九四年〜二〇〇三年）にすべて翻刻されているが、以前は翻刻の機会に恵まれる作品とそうでない作品との差が大きかった。国立国会図書館・国文学研究資料館の蔵書検索および高木元《たかぎげん》「江戸読本享受史の一断面」▼注(2)の助けも借りつつ、翻刻書と収載作の内訳を一覧にすると、次頁の表のようになる（同一叢書の複数巻にわたる場合は一項目にまとめる。収載作の書名は一部略称とする。京伝読本以外の収載作は省略する）。

なお遺漏もあろうが、大まかな傾向は見えてこよう。翻刻回数の多いのは『昔話稲妻表紙』（十一回）・『双蝶記』（十回）、逆に少ないのは『安積沼』・『善知安方忠義伝』・『梅花氷裂』（各一回）である。『通俗大聖伝』は翻刻されたことがない。

小説の死が〈読まれなくなること〉だとすれば、古典については時代に合った翻刻書が作られ、多くの人々の目にふれることが延命の要件となる。『善知安方忠義伝』と『梅花氷裂』は「すぐれた文学的効果をあげながらも埋もれようとしている作家、作品を現在の視点で精選し、江戸期本来の価値観に基づいて新しく読者に提供する画期的翻刻叢書」▼注(3)をうたう叢書江戸文庫に収載され、昭和の終わりに息を吹き返した。『安積沼』は『絵入文庫』第二十一巻に収載された後、翻刻が途絶えていたが、平成に入って『山東京伝全集』第十五巻に収載され、その後は補注付きの現代語訳『現代語訳江戸の伝奇小説1　復讐奇談安積沼　桜姫全伝曙草紙』（国書刊行会、二〇〇二年）も作られた。近年になってようやく読まれやすい状況になってきたと言える。

3■戦前までの評価

『安積沼』の作品じたいはどのように評価されてきたのだろうか。まず、同時代評である曲亭馬琴『近世物之本江戸作者部類』を確認しておく。

注（1）木村三四吾編『近世物之本江戸作者部類』（八木書店、一九八八年）。以下、引用は本書による。

注（2）高木元『江戸読本の研究』（ぺりかん社、一九九五年）。

注（3）国書刊行会ウェブサイトにおける叢書江戸文庫のキャッチコピー。https://www.kokusho.co.jp/np/result.html?ser_id=111（二〇一四年三月十三日閲覧）

▼山東京伝・翻刻書と収載作の内訳一覧

書名	出版社	刊行年	収載作
『護寶奴記』	鶴声社	一八八二～一八八三年	稲妻表紙
『桜姫曙草紙』	共隆社	一八八五年	曙草紙
『今古実録　本朝酔菩提』	栄泉社	一八八五年	本朝酔菩提
『昔語稲妻表紙』	自由閣	一八八六年	稲妻表紙
『本朝酔菩提』	正札屋	一八八六年	本朝酔菩提
『双蝶記』	文福堂	一八八六年	双蝶記
『古今小説名著文庫　第一輯』	礫川出版	一八九一年	双蝶記
『双蝶記』	礫川出版	一八九一年	双蝶記
『昔語稲妻表紙』	礫川出版	一八九一年	稲妻表紙
『古今小説名著集』第三・十一・十六・十九・二十巻	礫川出版	一八九一年	双蝶記・稲妻表紙・浮牡丹全伝・曙草紙・忠臣水滸伝
『小説浮牡丹』	礫川出版	一八九二年	浮牡丹全伝
『帝国文庫第十五編　京伝傑作集』	博文館	一八九三年	稲妻表紙・本朝酔菩提・双蝶記・忠臣水滸伝・優曇華物語
『双蝶記』	村田浅太郎	一八九四年	双蝶記
『国民文庫第三十四巻　昔話稲妻表紙　本朝酔菩提 浅間嶽面影草紙　逢州執着譚　仮名文章娘節用』	国民文庫刊行会	一九一〇年	稲妻表紙・本朝酔菩提
『有朋堂文庫　昔話稲妻表紙　本朝酔菩提』	有朋堂書店	一九一三年	稲妻表紙・本朝酔菩提
『絵入文庫』第五・十七・二十一巻	絵入文庫刊行会	一九一六～一九一七年	忠臣水滸伝・浮牡丹全伝・曙草紙・優曇華物語・安積沼
『袖珍絵入文庫第二巻　双蝶記』	絵入文庫刊行会	一九一七年	双蝶記
『絵本稗史小説第五集　総猨僭語　優曇華物語』	博文館	一九一八年	優曇華物語
『近代日本文学大系第十四巻　山東京伝集』	国民図書	一九二六年	忠臣水滸伝・曙草紙・稲妻表紙・本朝酔菩提・浮牡丹全伝・双蝶記
『日本名著全集第十三巻　読本集』	日本名著全集刊行会	一九二七年	曙草紙・稲妻表紙・本朝酔菩提
『帝国文庫第四編　京伝傑作集』	博文館	一九二八年	稲妻表紙・本朝酔菩提・双蝶記・忠臣水滸伝・優曇華物語
『絵入葵文庫　双蝶記』	藤谷崇文館	一九三六年	双蝶記
『叢書江戸文庫第十八巻　山東京伝集』	国書刊行会	一九八七年	善知安方忠義伝・梅花氷裂
『新日本古典文学大系第八十五巻 米饅頭始　仕懸文庫　昔話稲妻表紙』	岩波書店	一九九〇年	稲妻表紙

又安積沼五巻を綴る　画は重政也　こは俳優小幡小平次が寃鬼の怪談を旨として作れり　いよ〳〵時好にかなひしかば売ること数百部に及びしと云ふ

出版当時、本作は「時好にかな」ったという。文政十二年の刊記を持つ求版再摺本《きゅうはんさいずりぼん》も存在し▼注(4)、ある程度の人気を保っていたことは確かであるように思われる。

しかし近代以降の評価は必ずしもかんばしくない。以下、昭和初期（戦前）までの近世文学史の概説書での扱われ方を概観する（以下、京伝読本の書名は一部略称で示す）。

水谷不倒《みずたにふとう》・坪内逍遥《つぼうちしょうよう》『列伝体小説史』（春陽堂、一八九七年）下巻第二章「山東京伝」（水谷不倒担当）では『忠臣水滸伝』以降の十作品について個々に解説がなされ、『安積沼』については次のように記されている。

京伝が読本の初筆は『忠臣水滸伝』なれども、彼れは飜案なり、創作にては敵討ものをはじめとするか、即ち『復仇《ママ》奇談安積沼』（五冊北尾重政画）は（今発刊の年号を詳にせざれど）恐らく創作読本の初筆なるべし。

『忠臣水滸伝』は浄瑠璃『仮名手本忠臣蔵』などで知られた忠臣蔵の世界と中国白話《はくわ》小説『忠義水滸伝』とを取り合わせたものである。『安積沼』はそのような有名作品の「飜案」ではなく、「創作」である点が評価されている。この後に『近世物之本江戸作者部類』の評文が引用されているが、内容について踏み込んだ記述はない。

坂本健一『近世俗文学史』（早稲田大学出版部、一九〇五年。奥付に「（明治三十八年度）第一学年　文学教育科講義　第七号」とある）第三・第二章の二「実録、読本」では、「京伝が読本中の主要なるもの」として『安積沼』を含む九作の書名が挙げられているが、個別の解説がなされているのは『稲妻表紙』のみである。

W・G・アストン『日本文学史』（芝野六助訳補、大日本図書、一九〇八年）第八章では『稲妻表紙』『本朝酔菩提』『優曇華物語』『安積沼』『忠臣水滸伝』の書名が挙げられている。『稲妻表紙』を「傑作」とし、『本朝酔菩提』の発端部を引用しているが、『安積沼』の内容への言及はない。

高須芳次郎《たかすよしじろう》『日本近世文学十二講』（新潮社、一九二三年）第八講（二）では『曙草紙』『稲妻表紙』『忠臣水滸伝』『本朝酔菩提』『双蝶記』『優曇華物語』への言及があるが、『安積沼』は書名すら挙げられていない。本書は一九二四年に十三版を数え、一九三六年には新潮文庫版も出ている。新潮文庫版の

注(4) 向井信夫「読本金鈴橘双史」『江戸文芸叢話』（八木書店、一九九五年）。

序文には「専門の学者を対象にしたのではなく、初学の人々に分るやうに書いた」とあり、一般向けの概説書として広く普及したとみられる。

同じ高須芳次郎「京伝研究」（『日本文学講座　第十巻　江戸時代　下編』新潮社、一九三一年）では『忠臣水滸伝』『曙草紙』『優曇華物語』『稲妻表紙』『本朝酔菩提』『双蝶記』『安積沼』の書名が挙げられているが、『安積沼』の内容についての言及はない。

藤井《ふじい》乙男《おとお》『江戸文学概説』（日本文学社、一九三五年）第五章二「京伝の読本」では『孔子一代記』（『通俗大聖伝』）から『双蝶記』まですべての京伝読本の書名と刊年が挙げられているが、『安積沼』について個別の解説はない。

調査を尽くしたわけではないので一概には言えないが、少なくともこれらを見る限りでは、『安積沼』は特に言及すべき特色のない作品として扱われてきたと言える。翻刻の少なさに加え、概説書におけるこうした扱われ方が、次第に本作を一般読者から遠いものにしてしまった可能性は否定できないだろう（なお『稲妻表紙』の場合はこれと逆で、翻刻も多く、概説書でも比較的よく言及されている）。

さらに、本作に対して厳しいまなざしを向ける研究者も現れた。『日本名著全集　第十巻　怪談名作集』（日本名著全集刊行会、一九二七年）の解説で本作を批判した、山口剛《やまぐちたけし》である。山口は上田秋成『雨月物語』巻三「吉備津《きびつ》の釜《かま》」の幕切れ、磯良《いそら》の亡霊が夫の正太郎を取り殺す場面を高く評価した後、「その人（佐藤注―秋成）と京伝とを比べるのは、気の毒に堪へないけれど、さうせねばならないのは、彼に読本「復讐奇談安積沼」の作があるからである」とし、『安積沼』第八条、小平次の妻おつかが小平次の亡霊に取り殺される場面の文章を引用して、「まがふ方なき「雨月物語」の剽窃であった。引いた一節だけでなく、こゝのくだりは皆さうである。しかし、男の髻とたけ長きと断る女の髪の毛とは、凄さにどれだけの相異がある。京伝の加筆が折角の璧に疵をつけるあさましさを咎めねばならない」と断じた。

山口の意図は、『安積沼』における『雨月物語』や『牡丹《ぼたん》灯記《とうき》』の影響を指摘し、後期読本における怪談の影響力について述べることにあったと思われる。だが原文を示しつつ「剽窃」と指弾し、「京伝の加筆」を「あさまし」いものと断じたこと、それが日本名著全集という一大翻刻叢書の解説中で書かれたことは、重く見るべきだろう。それまで特に評価されたことのなかった『安積沼』が、この件でいっそう「たいした作品ではない」と思われてしまったということも考えられる。

4■作品研究の深まり

一方で、専門的な研究書や論文では、本作についてたんねんに考察したものが存在する。主要三点を紹介したい。

小池藤五郎《こいけとうごろう》『山東京伝の研究』（岩波書店、一九三五年）は本作の内容を詳述した研究書としておそらく最初のものである。梗概・登場人物の造形・典拠に言及し、「吉備津の釜」との関係については既に長谷川元寛『かくやいかにの記』（明治九年稿）に「『雨月物語』吉備津宮釜の段を仮用なるべし」とあることを紹介している。その上で、京伝が『雨月物語』の「文章を真似、時には剽窃までもなし、只管趣向を加へ、新らしい読本の内容と文体を作り上げようとした」と考察し、「神秘作者の秋成の如き底知れぬ凄愴味は、一時に真似ることはでき」なかったとする。作品に関しては「小平次の説話と蔓児・波門の話との間に少しく罅隙が感じられる点が、内容方面からの欠点であらう」と評している。

後藤丹治《ごとうたんじ》「京伝の読本安積沼と雨月物語との関係」（『国文学論叢』第三輯、一九五一年五月）は、山口・小池の指摘をふまえながら、本作における『雨月物語』の影響についてさらに詳しく論じたものである。論の主眼は京伝がいかに『雨月物語』から学んだかを示すことにあるが、論文冒頭で本作の概要にふれ、「全然関係のない二個の説話を結び附けた所に無理がある」と評している。

以上、小池・後藤ともに、波門の物語と小平次の物語にほとんど接点がないことを欠点と見ている。だが本作が出版当時「時好にかな」ったとすれば、欠点だけでなく、人気の理由も見出されてしかるべきだろう。これについて正面から言及したのは横山邦治《よこやまくにはる》『読本の研究』（風間書房、一九七四年）であった。横山もまた、波門の物語と小平次の物語は「一筋の繋り」があるだけで「因果関係で両者の筋が交錯していくという立体的結合とはいえ」ず、「必然性より偶然性が目立つ」とし、そこに「京伝の趣向を凝らすに巧みでも構想力の貧困さを云々される資質の一端が暴露されている」と批判的にとらえてはいる。しかし一方で、『近世物之本江戸作者部類』の評文に即して「当代人の好みである仇討ちと小幡小平次の怪談とを結びつけた、その趣向の在り様を世人が歓迎したというのであろう」とし、「比較的単純な仇討ち話が根幹で、それに当代人の嗜好である怪奇趣味が多様な手法で採り入れられているだけなので、あまり構成そのものに破綻を生じているとはいえず、それはそれなりに仇討ものとして成功している」と評価している。人気の理由は敵討ち物と怪談という素材の組み合わせにあったとの解釈である。

5■「復讐奇談」としての『安積沼』

さて、ここからようやく本題の『安積沼』の読み直しに入る。従来の研究では、波門の物語と小平次の物語が結びついていないことが欠点とされ、そこに京伝の構想力のなさが見出されてもきたが、それは本当に欠点なのだろうか。

二つの物語がほぼ無関係に進行しているのは事実である。波門の敵の雲平と小平次の妻敵の左九郎は兄弟で、左九郎の小平次殺しに雲平も加担するのだから、例えば小平次の死霊が雲平にも祟り、波門の敵討ちを助けるといった展開もあり得たと思われるが、そのようにはなっていない。因果によって出来事が結びついていくという、馬琴読本などに見られる構成法は採用されていない。

ところで、本作は角書に「復讐奇談」をうたっている。序文にも「這幾回小説、復讐奇談」とあり、「復讐奇談」は本作の性格を端的に示す語と思われる。とすれば、本作は「因果」ではなく「奇談」の視点から読まれるべきではないか。

具体的に見ていこう。本作における「因果」の用例はおそらくわずか一例、左九郎の狂死（第八条）のくだりに「都是小平次が寃魂の所為にて、因果のこまやかに報来しなりけり」とあるのみである。一方、「奇談」に関連する語はいくつか出てくる（以下、傍線は筆者による）。

> お秋常は楼上《にかい》に住《すみ》て、細布をおることを手すさびとして過けるが、この楼《にかい》と波門が家とむかひ合たるは、此一件《ひとふし》の珍事を惹出《ひきいだ》すべき端なりけり（第五条）
>
> 波門は幸《さいわひ》にして災《わざわい》を脱《まぬがれ》けれども、かゝる珍事を惹出したれば、此里にも住うく思ひ（第六条）
>
> はからずも夫婦一所にありて仇を報《むくい》、古郷に帰ることを得たるは蘇武にもまさる高運なり（第十条）
>
> 原《もと》菱川が絶画赤縄《ぜつぐわせきじやう》を惹《ひく》によりて此良縁あり。真是一場《まことにこれいちじやう》の奇遇ならずや（第十条）

これらの語はいずれも、波門の物語のなかに出てくる。本《ほん》多朱里《だあかり》は波門の物語に「敵討ちのための主人公の苦労」が具体的に語られていない点を指摘し、「敵討物というには異質な感じがある。波門には、話の中心で活躍する主人公というよりも、事件を眺める、どこか傍観者的な態度が見られるのである」と述べている。▼注(5) 確かに波門をめぐる出来事は、お秋との恋愛・鬘児の発見・雲平との再会・敵討ちの成就はもとより、前半での玉川千之丞・穂積丹下との出会いも含めて、波門の主体的な行動の結果というよりは、偶然そのような運や縁に恵まれたという形で書かれている。「珍事」「高運」「奇遇」の語はまさにそれを表している。つまり波門の物語の基軸には、主人公が思いがけない出来事に次々と出くわし、翻弄されるというプロットがある。こうした物語のありようはまさに「奇談」であろう。

　波門と小平次の物語が交錯する第六条の場面も、小平次が偶然その地にいたからそうなったという形で書かれている。だが波門にとって小平次は冤罪から助けてくれた恩人の一人と言えるし、しかも波門の敵と小平次の妻敵とは兄弟である。そのような関係の糸で結ばれながら、波門と小平次は最後までそれに気づかない。つまり二人の数奇な縁は読者のみに感知され、それは二人の物語が有機的に関連しないからこそ、いっそう強く印象づけられる。二人の物語にほとんど接点がないのは構成上の欠点ではなく、むしろ「奇談」らしさの演出として評価すべきなのではないか。

　「復讐奇談」の「復讐」にも着目したい。本作は「小平次の怪談を波門の仇討ち話へ挿入する」ものとされてきたが、[注6] 近年、小平次の物語も妻敵討ちの「復讐」譚であることが指摘された。[注7] しかし波門の物語との関係を考える時、波門の物語のなかに小平次の物語が含みこまれているという把握だけでは不十分であるように思われる。波門と小平次があまりにも対照的に造形されていることに注意したい。波門は男娼家に買われ、歌舞伎役者に見込まれ、お秋に熱烈に求愛されるほどの美貌の持ち主である。一方の小平次は歌舞伎役者であるが大芝居には出られず、得意なのは幽霊役で、妻の心もつなぎとめられない男である。小平次の容貌について具体的な描写はないが、この二人が美貌でもてる男／そうでない男という対比のもとに造形されていることは明らかである。敵討ちが成就する時、波門は生きているが小平次は死んでいるという点も対照的である。

　対照的な二人の男による、二つの「復讐」譚。偶然の出来事に翻弄される波門の物語と幽霊役者が本物の幽霊になる小平次の物語は共に「奇談」であり、二人の男の関係にも「奇談」的要素がある。『安積沼』は、そういう作品として読めるのではないか。

6■『安積沼』の文体と『奥の細道』

　さて、近年の『安積沼』研究における重要な切り口として、文体の問題がある。大高洋司《おおたかようじ》は、本作では前作『忠臣水滸伝』に比べて白話語彙の使用が控えられ、「和文化の操作」が行

注(5) 本多朱里「『近世怪談霜夜星』における京伝の影響」『柳亭種彦読本の魅力』（臨川書店、二〇〇六年）。
注(6) 横山邦治『読本の研究』（風間書房、一九七四年）。
注(7) 本多朱里「『近世怪談霜夜星』における京伝の影響」（注5前掲）。

われ、結果的に〈稗史《はいし》もの〉読本の「雅俗文体」成立につながったと指摘する。例えば『根無草後編《ねなしぐさこうへん》』二之巻を典拠とする箇所では、典拠の七五調の文体が改変され、「七五調に区切って読めば読める文章でありながら、句読点（原本ではすべて「。」）を少なくして浄瑠璃調を和らげるような書き方がなされている」。また『通俗孝粛伝《つうぞくこうしゅくでん》』巻二「阿弥陀仏講和」を典拠とする箇所では、典拠の文章の「漢語の語彙をそのまま残すことをせず、こなれた和語に変更すること」が少なくないという。▼注(8)

『安積沼』の文体における和文的要素について、もう少し踏み込んでみたい。次に引用するのは小平次が左九郎に誘われて安積沼に出かけ、船から落ちる場面である。

【原文】

抑《そも〱》安積の沼といふは、みちのくの安積の沼の花かつみ、かつ見る人に恋や渡らん、あやめ草ひく手もたゆく長き根のいかであさかの沼に生けん、など古歌にもよみて、みちのくに名高き名所なり。此時まではひろき大沼なりしが、漸々にうづもれて今はかたばかり残れり。かくて五人の者は船中より四方《よも》をかへり見るに、名におへる安積山を一眼《ひとめ》に見あげ、時しも木〱は紅葉《もみぢ》して、雨後の景色はさらにいろまさりて朱をそゝぎたるがごとく、花かつみ、菖蒲草《あやめくさ》、燕子花《かきつばた》のたぐひ、ここかしこに枯葉ながら面影を残して、夏の頃は蛍もさぞと思ひやらる。鴫鳰《しぎにほどり》さま〲の水鳥の遊べるさま、心なき身にもさすがに目をよろこばしめて、えもいはれざる好景なれば、大に興をおこし、沼のたゞなかに船をとゞめて、破子《わりこ》小竹筒《え》取出し、酒くみかはしつゝ、鈎《はり》をくだしけるに、左九郎がいふにたがはず、しばらくのまにあまたの魚《うを》を得たれば、後には酒のむ事も打忘れ、只釣《たゞつり》にのみ心をとめて、余念なき折から、小平次大きなる鯉を釣あげ、魚《うを》船中にをどるを、「そよ〱はやくおさへよ。逃すことなかれ」といひて、立さわぎける時、小平次あやまりて船べりをふみはづし、うつぶせになりて水中に、撞《どう》とおちいりければ、皆〱驚きそれたすけよといひてさわぐ。

（『安積沼』第七条）

【現代語訳】

そもそも安積沼は「みちのくの安積の沼の花かつみかつ見る人に恋や渡らん」「あやめ草ひく手もたゆく長き根のいかであさかの沼に生けん」などの古歌にも読まれ、陸奥では名高い名所である。この当時までは広い大沼だったが、次第に埋もれて、現在では跡形だけが残っている。五人の者は船の中から四方を振り返り、名高い安積山を一目に見上げた。木々は紅葉し、雨の後でさらに色が勝って朱を注いだようであり、花かつみ、あやめ、かきつばたの類いがここかしこに、枯れた状態ではあるがその姿をとどめ、

小平次が左九郎に誘われて安積沼に出かけ、船から落ちる場面・挿絵

夏の頃は蛍もさぞ飛び交うであろうと思われた。鴨、鳰、さまざまな水鳥が遊ぶ様子は、風情を知らない者にもさすがに面白く見え、何とも言いようのない良い風景なので、大いに盛り上がり、沼の真ん中に船を止めて飲食の道具を取り出し、酒を酌み交わしながら釣針を垂れると、左九郎が言うとおり少しの間にたくさんの魚が釣れたので、後は酒を飲むのも忘れて釣りに没頭した。そのうち小平次が大きな鯉を釣り上げ、それが船のなかで飛び跳ねた。「それそれ、早く押さえろ。逃がしてはならぬ」と立ち騒いでいる時、小平次が過って船べりを踏み外し、うつぶせで水中に落ちたので、皆驚いて「それ助けろ」と騒ぐ。

【解説】

冒頭、安積沼にちなむ古歌が二首引用されている。前者は『古今和歌集』恋歌四・よみ人しらずの歌であり、後者は『金葉《きんよう》和歌集』夏部・藤原孝善の歌である。これらから想起される安積沼のイメージは、水辺の植物が花を咲かせ、根を伸ばしている初夏のそれであろう。しかし小平次たちが出かけたのは秋の安積沼であった。植物は盛りを過ぎ、もはや枯れている。一方で安積山は燃えるような紅葉である。錦繍の

注（8） 大高洋司「〈稗史もの〉読本の成立と『安積沼』」『京伝と馬琴』（翰林書房、二〇一〇年）。

安積山を背景としたにぎやかな行楽の描写が直前にあるからこそ、冷たい沼への小平次の転落は、その悲劇性がいっそう際立つものとなっている。

ところで安積沼は陸奥の歌枕である。冒頭で引用される古歌は、そのことを読者に思い出させる。また、安積山も歌枕である。掲出した場面に先立つ第五条には、安積山を詠んだ古歌が引用されている場面もある。

【原文】

一日《あるひ》お秋楼上《にかい》より、偶《ふと》波門を臨《のぞみ》見るに、村落人《いなかうど》の目にはことさらに、目馴《めなれ》ざる美男なれば、忽《たちまち》心迷ひ世にはかゝる人もありけるよと、魂そらにかへりて、さながら酔人《ゑへるひと》のごとく、しばしば前後をおぼへざりしが、此日《この》より恋の重担《おもに》をおひそめて、おもひは胸にみちのくの、いはで忍ぶをえぞ知らぬ、壺碑かき尽しても心のほどをちりばかり伝へまほしく、艶書をおくること度《たび》〱なれども、波門は大望を挑《にな》ひ、時の間も仇《かたき》のことを忘れざれば、かゝる放逸《あだめく》ことにはいさゝかも心をとめず、千束《ちづか》の通はせ文も、阿武隈川の埋木《うもれぎ》となして、一言の返答《いらへ》もせず、つひに此年もくれぬ。お秋は只波門が心づよきを、深く恨みおもへども、磐提山《いはてのやま》に年をへて朽《くち》や果《はて》なんと、涙は袖に乱れ落《おち》て、白玉《しらたま》の緒絶橋《をだへのはし》の名もつらく、人の心の奥の海の、あらき磯辺によるむ船もがなと、いたづらにおもひをなやますのみなり。一夜《あるよ》波門窓の下《もと》に書几《つくゑ》をすゑ灯火《ともしび》かゝげつ、書《しょ》を読《よみ》て居たる折しも、何やらん机の前にはたとおちぬ。怪しと思ひつゝ、取《とり》あげて見るに、釵児《かんざし》にくゝりつけたる物あり。頓《とみ》にひらき見れば、信夫摺《しのぶずり》の絹のきれに、血をとりて書《かき》たるは、まがふべうもあらぬお秋が筆にて其文《そのぶん》に、妾鄙人《わらはいなかうど》のふつゞかなる身をもて、あて人《びと》を恋《こひ》奉ることにし侍ればうけひき玉はざるもうべにはあれど、女子《をなご》の身にてはづかしきことの数〱を告《つげ》きこへたれば、何の顔《かんばせ》ありてかいきながらふべき。かくて恋《こひ》死なんもおなじ命なれば、今宵縊《くびれ》て死《しな》んと心をさだめぬ。妾泉下《わらはめいど》の人となるならば、露ばかりもあはれとおぼし玉はれかしと、くるしきものは信夫山下《しのぶやました》はふ葛《くづ》のうらみをこめ、切《せつ》なる心をこまやかにのべて、さておくの方に一首の歌をかきつけつ

安積山影さへ見ゆる山の井の浅き心は我おもはなくに

（『安積沼』第五条）

【現代語訳】

ある日、お秋は二階からふと波門を覗き見た。田舎では見なれない美男なので、たちまち心が迷い、世間にはこんな人もいるのだと魂が空に飛ぶようで、酔ったように前後不覚の状態となった。この日から片思いの苦しみを抱え、思いは胸に満ち、（みちの

くのいわで山ではないが）言わずに耐えることなどできようか、壺の碑に書き尽くしても心のたけを伝えようと、波門にたびたび恋文を送ったが、波門には大望があり、敵のことが頭を離れないので、こうした浮わついたことには少しも心をとめず、何通もの恋文も阿武隈川の埋もれ木のように顧みることなく、一言の返事もせず、とうとう年が暮れた。お秋は波門がつれないのを深く恨んだが、このまま思いを言わずに年月を過ごして朽ち果ててしまうかと思うと、涙が袖にこぼれ、（思いが伝わらずに終わるかと思うと）緒絶の橋という名を聞くのもつらく、波門の心の奥に何とか近づきたいと、むなしく思い悩むばかりであった。ある夜、波門が窓の近くに机をすえて灯をかかげ、読書していると、何かが机の前に落ちた。不審に思いながら取り上げてみると、かんざしに何かくくりつけてある。開いてみると、信夫摺の絹のきれに血で書きつけてあるのは、紛いもなくお秋の筆跡で、その文章は次のようなものだった。私は田舎者のふつつかな身であるのに、高貴な身の上のあなた様をお慕いし、受け入れてもらえないのはもっともですが、女の側からみっともないことを数々申し上げた上は、もはやどんな顔をして生きながらえることができましょう。いずれこのまま焦がれ死ぬのですから、今夜、首をつって死のうと決心しました。私が死んだら少しはかわいそうだと思ってくださいませ。と、苦しさを忍び、恨みをこめて切実な心情をこまごまと述べ、最後に一首の歌を書き付けてあった。

安積山影さへ見ゆる山の井の浅き心は我おもはなくに

【解説】

お秋は波門に恋慕し、思いつめた文を送る。最後に書かれた「安積山」の歌は『万葉集』所載の古歌であり、『古今和歌集』仮名序でも言及される歌である。古歌をふまえた表現は、この場面の前半、お秋の心情を描写した箇所にも見ることができる。「おもひは胸にみちのくの、いはで忍ぶをえぞ知らぬ、壺碑かき尽しても」は「みちのくのいはで忍ぶはえぞしらぬかきつくしてよつぼのいしぶみ」（『新古今和歌集』雑歌下・源頼朝）をふまえたものであり、「深く恨みおもへども、磐提山に年をへて朽や果なんと、涙は袖に乱れ落て、白玉の緒絶橋の名もつらく」は「思へどもいはでの山に年をへてくちやはてなん谷の埋木」（『千載和歌集』恋歌一・藤原顕輔）と「しらたまのをだえの橋の名もつらしくだけておつるそでのなみだに」（『続後撰和歌集』恋歌四、藤原定家）をふまえたものである。壺碑・阿武隈川・磐提山・緒絶橋は、いずれも陸奥の歌枕である。

作中には陸奥の各地がこのような形で次々と立ち現れる。京伝が陸奥を舞台とする物語として『安積沼』を構想した背景について、山本和明「京伝『復讐奇談安積沼』ノート」▼注(9)は、『安積沼』刊行（享和三年）が『奥の細道』刊行（元禄十五年）から百年目にあたることを指摘している。確かに本作では、波門も小平次も、芭蕉と同じように江戸からの旅人として陸奥を訪れている。また作中には、出来事を直接『奥の細道』にこじつけた箇所もある（第六条末尾。お秋の父須賀屋《すがや》三七が娘の死後に出家、安積郡須賀川に隠棲したとし、『奥の細道』にある須賀川宿の隠遁僧はこの三七道心のこととする）。

　雲英末雄《きらすえお》編『元禄版　おくのほそ道』（勉誠社、一九八〇年）で元禄版『奥の細道』の本文を確認すると、『安積沼』の前掲場面に登場する歌枕（安積山・安積沼・壺碑・阿武隈川・磐提山・緒絶橋）はすべて言及されている。また、お秋が恋文に使った布の「信夫摺」についても、芭蕉が「しのぶもぢ摺の石を尋て忍ぶのさとに行」き、「早苗とる手もとや昔しのぶ摺」の句を詠むくだりがある。この「しのぶもぢずり」も古歌の歌材であった。

　つまり前掲の場面については、陸奥の歌枕やそれにちなむ古歌が参照される過程において、『奥の細道』が経由されていると考えることができるのではないか。男女の恋愛の場面で和歌がやりとりされることは古代文学以来の伝統であり、お秋の口説きの場面はその伝統にのっとってもいる。しかし単純に擬古文が工夫されたというよりは、歌枕をたどる旅でもあった『奥の細道』を作中でたどりなおすという意識のもとに、歌枕や古歌が参照され、自然な形で和文的な要素を取り入れることができたと解釈することも可能だろう。

7■読本をどう書くか

ところで『安積沼』が京伝にとって本格的な読本の二作目であり、それ以前のかれが洒落本と黄表紙の作者であったことを考えれば、〈読本をどう書くか〉という課題が本作執筆時にも依然としてあったと思われる。

　例えば黄表紙では一画面に挿絵と文章が同居し、それらは相互に補完しあう関係にあるが、読本では挿絵の数は限られ、作者は往々にして文章だけで表現しなければならない。つまり、それだけで鑑賞に堪えるような、読み応えのある文章を書く必要がある。『忠臣水滸伝』における白話語彙の多用や『安積沼』における和文的要素の採用は、この課題に対する京伝なりの解だったと考えられる▼注⑩。

　内容面でも、物語世界をどう構築するかという課題がある。『忠臣水滸伝』は忠臣蔵の世界と『忠義水滸伝』との取り合わせが趣向だったが、それは無関係なもの同士をこじつけて滑稽性を生み出す黄表紙の方法に似通う。『安積沼』では、こうしたやり方に代わる方法として、考証を支えに〈往時の江戸〉を作中に描き出す方法が採用されている。

　本作が「京伝の「元禄」憧憬の考証学熱中」の「副産物」

であることを指摘したのは高田衛《たかだまもる》であった。▼注(11) 高田が考察対象としたのは小平次の物語の部分であったが、波門の物語においても考証は物語の支えとして機能している。例えば菱川師宣《ひしかわもろのぶ》について、京伝は系図や事跡を調べて考証随筆『捜奇録《そうきろく》』（享和三年頃成）にまとめており、その内容は本作にも反映されている。禰宜町の喧嘩の場面に登場する二見十左衛門は、実在の男伊達深見重左衛門《ふかみじゅうざえもん》をモデルとするが、京伝はこの人物の伝を『近世奇跡考』（文化元年刊）に記している。波門の将来を予言する了然尼の伝が『紫の一本』等に載ることは、作中で京伝自身が言及するところである。

このように考証を物語の支えとすることは、▼注(12) 当時、馬琴もまだ十分に試みてはいなかった。従来あまり顧みられることのなかった『安積沼』だが、創作方法におけるさまざまな工夫は再評価に値すると思われる。その試みが後の読本のあり方にどうつながっていったのか、▼注(13) 読本史における本作の位置について改めて考えてみる必要があろう。

付記　『安積沼』の引用は『山東京伝全集』第十五巻（ぺりかん社、一九九四年）による。

注(9) 山本和明「京伝『復讐奇談安積沼』ノート」（『相愛国文』第八号一九九五年三月）。この論文では、本作に『奥の細道』だけでなく、万葉学に影響された古代憧憬の要素も見出している。

注(10) 後の『浮牡丹全伝』における七五調の採用も、同じように考えることが可能だろう。野口隆「『浮牡丹全伝』の七五調」（『読本研究新集』第五集、二〇〇四年十月）は、『浮牡丹全伝』に七五調が多用されたことに関して「修辞の豊富な七五調文体は、かえって一定分量の本を早く完成させるのには都合がよかった」という制作便宜上の理由に加え、「七五調の詞が一種の美文で、物語の内容を伝達しなくても表現の存在自体に価値がある」点を指摘している。

注(11) 高田衛「伝奇主題としての〈女〉と〈蛇〉」『女と蛇　表徴の江戸文学誌』（筑摩書房、一九九九年）。初出は『日本文学』一九七七年十月号。

注(12) 読本と考証の関わりについては山本和明「〈改名〉という作為—『昔話稲妻表紙』断想—」（『相愛国文』第六号、一九九三年三月）・「貫流する〈考証〉—例えば京伝—」（『日本文学』一九九六年十月）、高木元「江戸読本研究序説」（『江戸読本の研究』注2前掲）参照。

注(13) 柳亭種彦の読本への影響については本多朱里「『近世怪談霜夜星』における京伝の影響」（注5前掲）参照。

▶選び直す人 日置貴之

河竹黙阿弥《かわたけもくあみ》

『吾孺下五十三駅《あずまくだりごじゅうさんつぎ》』『三人吉三廓初買《さんにんきちさくるわのはつがい》』

「選び直され」続ける歌舞伎

▼河竹黙阿弥《かわたけもくあみ》
一八一六～一八九三。江戸生まれ。五代目鶴屋南北《つるやなんぼく》に入門し、天保十四年（一八四三）二代目河竹新七《しんしち》を襲名《しゅうめい》。安政年間より四代目市川小団次《こだんじ》と提携して『三人吉三廓初買《さんにんきちさくるわのはつがい》』等を上演。小団次没後は九代目市川団十郎《だんじゅうろう》・五代目尾上菊五郎・初代市川左団次《さだんじ》らのために、明治の新風俗を取り入れた「散切物《ざんぎりもの》」や考証重視の史劇「活歴《かつれき》」を含む多くの作品を執筆するなど、江戸・明治を通じて活躍。明治十四年（一八八〇）引退を宣言し、黙阿弥を名乗った後も劇作を続けた。

河竹黙阿弥《かわたけもくあみ》の代表作としてよく知られ、今日もたびたび上演される『三人吉《さんにんきち》三《さ》廓《くるわの》初買《はつがい》』に対して、初期作品である『吾孺下《あずまくだり》五十三駅《ごじゅうさんつぎ》』は近年再注目されるまで長らく「忘れられた」存在であった。しかしながら、初演時の評判や再演の状況を見ていくと、むしろ当初の評価としては後者の方が人気を博していたことが窺える。両作品の上演史や評価の変遷を辿ることで、歌舞伎の作品が時代によって「選び直される」過程を示す。

1■黙阿弥と小団次

坪内逍遙《しょうよう》に「江戸演劇の大問屋」▼注(1)と評された河竹黙阿弥《もくあみ》の作品は、今日の歌舞伎のレパートリー中でも最大の位置を占めている。貸本屋の番頭を経て五代目鶴屋南北(四代目の孫、「孫太郎南北」)に入門した彼は、天保十四年(一八四三)十一月、二十八歳で二代目河竹新七《しんしち》を名乗り河原崎《かわらさき》座《ざ》の立作者となっ▼注(2)た。折しも天保の改革によって江戸三座の猿若町《さるわかまち》への移転が命じられており、河原崎座の猿若町での開場と黙阿弥の立作《たてさく》者《しゃ》としてのスタートは重なることとなった。ただし、当時の同座にはスケ(助作者)として年長の三代目桜田治助《さくらだじすけ》がおり、黙阿弥が実質的な立作者としての役割を担うようになるのは弘化二年(一八四五)からである。しかも、これ以降も黙阿弥が自ら全体の構想を立てた新狂言を上演する機会はなかなか訪れなかった。その背景には、慎重な経営方針を採った座元の六代目河原崎権之助《かわらさきごんのすけ》が新作を好まなかったことがあると

注(1) 河竹繁俊『河竹黙阿弥』(演劇珍書刊行会、一九一四年)序文。

注(2) 立作者は各劇場の作者部屋の最高責任者であり、上演作品の全体の筋を構成し、自ら重要な場面の執筆を行うとともに、合作者へ指示・指導を与える。また、稽古に先立つ「本読み」や稽古の進行の管理、番付や絵看板の下絵の執筆も行うなど、その職務は幅広いものであった。狂言作者の職務については河竹繁俊『歌舞伎作者の研究』(東京堂、一九四〇年)が詳しい。

いわれる。こうして在来の作品の焼き直しを中心に、ほとんど新しい芝居を書かずに約十年の月日を過ごした黙阿弥にとって、大きな転機となったのが、四代目市川小団次《こだんじ》との提携であった。▼注(3)

小団次は市村座《いちむらざ》の火縄《ひなわ》売りの子として生まれたが、大坂で修業し、弘化四年（一八四七）に江戸へ戻ってからは七変化の所作事や、早変り、宙乗りといったケレン味の強い芸を披露して人気を集めていた。嘉永七年（一八五四）三月興行に小団次が出演するに当たって座元の権之助が選んだ演目は、二代目勝俵蔵《かつひょうぞう》作『桜　清水清玄《さくらさくらきよみずせいげん》』であった。文政十三年（一八三〇）三月中村座で上演されたこの作品は、吉田家の御家騒動を扱った隅田川の世界と、高僧の堕落を描く清玄桜《せいげんさくら》姫《ひめ》の世界を綯《な》い交ぜにした内容である。▼注(4)狂言が決まり、本読みも済んだのだが、主演の小団次はどうにも気が進まない様子。権之助の命を受けて訪問した黙阿弥に、小団次は自分の役がつまらないと不満をこぼし、「書下しの歌右衛門さんは名人だから、それでもお客がきましたらうが、御存じの通り柄はなし、男前も口跡《こうせき》も悪い私には其《その》真似が出来ません」という。初演で主役を演じた四代目中村歌右衛門（当時、芝翫《しかん》）は容姿に恵まれていたが、これに対して小団次は小柄で声にも恵まれていなかった。まったく自分と異なるタイプの役者にあてて書かれた役を「此小団次の体に箝《はさ》まるやうにして下さるか。左もなくば御辞退申さうと思ひます」と言い出した小団次。伝え聞いた権之助も戸惑うが、どうにか事を納めるよう黙阿弥に頼む。これに応じた黙阿弥は一晩で台本に手を入れ、翌日小団次宅へ持参したところ、「昨日の不興に引かへ、にこにことして聞き終わり、よく直りました。是なら私にも出来ませう、ドウも昨日は我儘を云つて」と小団次の機嫌は直った。『都鳥廓白浪《みやこどりながれのしらなみ》』と題された黙阿弥による改作は観客の受けもよく、これによって小団次は黙阿弥に信頼を置くようになったという。▼注(5)

安政三年に市村座へ移った黙阿弥は、小団次のために続々と狂言を書き下ろしていく。主要なものをいくつか挙げれば、『蔦紅葉宇津谷峠《つたもみじうつのやとうげ》』（「文弥殺し」、同年九月）、『鼠小紋東君新形《ねずみこもんはるのしんがた》』（「鼠小僧」、安政四年正月）、『小袖曽我薊色縫《こそでそがあざみのいろぬい》』（「十六夜清心」、安政六年二月）、『三人吉三廓初買《さんにんきちさくるわのはつがい》』（万延元年正月）、『加賀見山再岩藤《かがみやまごにちのいわふじ》』（「骨寄せの岩藤」、同年三月）などで、この多くは今日でも上演されている。『夜霜菴逢夢世記』という書物の草稿に、▼注(6)

また、河竹と計つて当時の人情をうがち、艱苦を忍ぶ辛抱狂言ニは見物是を新狂言と唱えて山をなし、また、子役を相手の愁傷には腕にくりから、背に樊噲を絵がきし兄ィさんを涙を玉と流させ〔……〕

とあるように、二人の提携作品は当時の観客の心を掴んだ。右に「辛抱狂言」とあるが、小団次は辛い境遇を堪え忍ぶ男性の役を得意とし、黙阿弥もそうした彼の持ち味を生かす芝居を書き与えた。『都鳥廓白浪』が上演された嘉永七年の正月にはペリーの二度目の来航があり、十一月には東海地震、南海地震が相次いで起こった。翌年十月には江戸でも地震が発生して大きな被害が生じている。こうした時代に人々は「艱苦を忍ぶ」男の姿に熱いまなざしを注いだのである。

2■『三人吉三《さんにんきちさ》廓初買《くるわのはつがい》』

こうした小団次の持ち味が発揮され、黙阿弥もその出来映えに自信を持っていたのが、『三人吉三廓初買』(以下、『三人吉三』)である。この作品は今日頻繁に上演され、また極めてすぐれた注釈付きのテキストが二種類▼注(7)入手可能でもあり、黙阿弥の代表作として知られている。

物語は同じ「吉三」という名を持つ三人の盗賊たちを描いた筋と、通人《つうじん》文里と吉原の遊女一重の悲恋の筋(梅暮里谷峨の洒落本『傾城買二筋道』による)から成る八幕の長編である。もっとも有名なのは、三人の吉三が初めて出会う場面であろう。娘姿の盗賊・お嬢吉三は、夜鷹のおとせから百両の金を奪い、争うはずみに稲瀬川へ彼女を突き落とす。少し気の毒に思うお嬢だが、大金を手に入れ満足げである(なお、○は役の心情を反映した仕草を見せる箇所を示す記号である)。現代語訳は、「芝居見たまま」を模した形式とした。▼注(8)

注(3) 小団次との提携以前にも『升鯉滝白旗(のぼりごいたきのしらはた)』(「閻魔小兵衛」、嘉永四年十一月河原崎座)、「自雷也豪傑譚話」(同五年七月同座)、『しらぬひ譚』(同六年二月同座)等が上演されているが、最初のものは在来の義太夫狂言と組み合わせての上演、後の二作は合巻からの脚色である。

注(4) 国立劇場調査養成部編『未翻刻戯曲集18 桜清水清玄・都鳥廓白浪』(日本芸術文化振興会、二〇一二年)に全幕の翻刻が収録されている。

注(5) 注1前掲書。引用は『黙阿弥全集』首巻(春陽堂、一九二五年)により、若干表記を改めた部分がある。なお、黙阿弥による『桜清水清玄』の改作の詳細については、注4前掲書所収の解題(埋忠美沙)に詳しい。

注(6) 香川大学神原文庫蔵。江戸下り以降に小団次が出演した狂言の名題と役名を記し、序跋を付したもの。跋文に「慶応二とせ寅五月」とあることから、慶応二年五月八日の小団次歿後間もない時期に贔屓によってまとめられたと考えられるが、出版には至らなかったと考えられる。

注(7) 今尾哲也校注『三人吉三廓初買 新潮日本古典集成65』(新潮社、一九八四年)、延広真治編著『三人吉三廓初買 歌舞伎オン・ステージ14』(白水社、二〇〇八年)。

注(8) 「芝居見たまま」は舞台面や役者の演技、衣裳などを観客の視点から文字によって描写したもので、戦前の演劇雑誌には頻繁に掲載されている。詳しくは、神山彰「「芝居見たまま」の魅力――舞台の記憶装置」(『歌舞伎資料選書12 「芝居見たまま」明治篇 一』、独立行政法人日本芸術文化振興会、二〇一三年)、矢内賢二「芝居見たままの成立と展開」『明治の歌舞伎と出版メディア』、ぺりかん社、二〇一一年)を参照されたい。

【原文】

お嬢　〔……〕ムム、道の用心、ちやうど幸ひ　◯
　ト、庚申丸を差し、思入あつて、空の朧月を見て、
月も朧に白魚の、篝もかすむ春の空。冷たい風もほろ
酔ひに、心持ちよくうか〳〵と、浮かれ烏のただ一羽。
塒《ねぐら》へ帰る川端で、棹の滴《しずく》か濡れ手で泡。思ひ掛けなく
手に入る百両。
　ト、懐の財布を出し、につこりと思入。この時、
上手にて、
厄払　御厄払ひませう、厄落とし〳〵。
お嬢　ほんに今夜は節分《としこし》か。西の海より川の中。落ちた夜鷹
は厄落とし。豆沢山に一文の、銭と違つた金包み。こ
いつァ春から、縁起がいいわへ。
　ト、思入。この折、下手にある四つ手駕籠の垂れ
を、はらりと上げる。内に、お坊吉三、吉の字菱
の紋付きの着付、五十日、大小の拵にて、お嬢吉
三をうかがふ。お嬢吉三もお坊吉三を見て、ぎつ
くり思入。時の鐘、すこし凄みの誂への合方になり、
お嬢吉三、金を内懐へ入れ、庚申丸を袖にて隠し、
上手へゆかうとする。お坊吉三、思入あつて、
お坊　モシ、姉さん。ちよつと待つておくんなせへ。
お嬢　はい。なんぞ御用でござりますか。
お坊　アァ、用があるから呼んだのさ。
お嬢　なんの御用か存じませぬが、私も急な、
　ト、ゆき掛けるを、
お坊　用もあらうが手間は取らせぬ。待てと言つたら、待つ
てくんなせへ。
　ト、これにてお嬢吉三、ムムと思入。お坊吉三、
駕籠より雪駄を出し、刀を持ち、出て、お嬢吉三
を見ながら刀を差す。お嬢吉三、思入あつて、お
坊吉三の傍へ来り、両人、顔見合はせ、気味合ひ
の思入にて、中腰になり、
お嬢　待てとあるゆゑ待ちましたが、して、私への御用とは。
お坊　サァ、用といふのは外でもねへ。浪人ながら二腰たば
さむ、武士が手を下げ此方《こなた》へ無心。どうぞ貸してもら
ひたい。
お嬢　女子をとらへてお侍が、貸せとおつしやるその品は。
お坊　濡れ手で泡の百両を。
お嬢　エ、
　ト、お嬢吉三思入。
お坊　見掛けて頼む、貸して下せへ。
お嬢　そんなら今の様子をば。
お坊　駕籠に揺られてとろ〳〵と、一杯《いっぺい》機嫌の初夢に、金と

聞いては見逃せねへ。心は同じ盗賊《どろぼう》根性。去年の暮から間が悪く、五十とまとまる仕事もなく、遊びの金にも困つてゐたが、なるほど世界は難かしい。友禅入りの振り袖で、人柄作りのお嬢さんが、盗賊《どろぼう》とは気が付かねへ。これから見ると己なんざァ、五分月代に着流しで、小長い刀を落とし差し。ちよつと見るから往来の、人も用心する拵。金にならねへも尤もだ。

〔……〕

ト誂の鳴物になり、両人肌脱ぎ。一腰を抜き、立回り。良きほどに、向ふより、和尚吉三、紺の腹掛け、股引、どてら、前掛け、頬被りにて、出て来り、花道にて、この体を見て、思入あつて、つか〳〵と舞台へ来り、

和尚　二人とも、待つた〳〵 ○

ト、この中へわつて入り、双方を止める立回り。とど、おとせが持つて来りし莫蓙《ござ》を取つて、両人、切り結ぶ白刃へ掛け、この上へ乗り、双方を止め、三人、きつと見得。

どういふ訳か知らねへが、止めに入つた。待つて下せへ。

ト、手拭ひを取る。両人、見て、

お坊　ヤァ、見知らぬ其方が、要らぬ止め立て。

お嬢　怪我せぬ内に、

両人　のいた〳〵。

ト、和尚吉三、思入あつて、

和尚　いィやのかれぬ二人の衆。初雷も早すぎる、氷も解けぬ川端に水にきらつく刀の稲妻。ぶきびな中へ飛び込むも、まだ近付きにやァならねへが、顔は覚えの名うての吉三、いかに血の気が多いとて、大神楽《だいかぐら》ぢやァあるめへし、初春早々剣の舞、どつちに怪我があつてもならねへ。いま一対の二人《ふたアリ》は、名に負ふ富士の大和屋に、劣らぬ筑波の山崎屋。高い同士に高島屋が、見兼ねて止めに入つたは、どうなる事かとさつきから、お女中さまがお案じゆゑ、丸く治めに綽名さへ、坊主あがりの和尚吉三。福茶の豆や梅干しの、遺恨の種を残さずに、小粒な山椒のこの己に、厄払ひめくせりふだが、さらりと預けてくんなせへ。

【現代語訳（見たまま）】

岩井粂三郎《いわいくめさぶろう》（八代目半四郎）演じるお嬢吉三は島田髷《しまだまげ》に、丸に封じ文の紋を付けた友禅《ゆうぜん》の振袖姿。おとせから百両を奪い、川に突き落とした。さらに邪魔をする金貸し太郎右衛門を刀を抜いて追い払ったお嬢がふと空を見上げると、朧月《おぼろづき》が出ている。「白魚を捕る舟の篝火《かがりび》もかすむ春の空。風が冷たいがほろ酔いで帰る身

には気持ちがよく、のんびりと一人帰ってきた川端で、思いがけなく手に入れたこの百両」と、舞台袖《そで》から節分の厄払いの声「厄を払いましょう、厄落とし、厄落とし」。これを聞いたお嬢。「ああ、今夜は節分だったか。厄を落とす西の海ではなく川の中に落とした夜鷹は、俺にとっちゃあ厄落としだ。厄払いにやる銭と違って、この大金の金包み。こいつは新春早々縁起の良いことよ」とニッタリ。

と、この時舞台下手《しもて》に止まっていた四《よ》つ手駕籠《でかご》の垂れをバサリと上げて姿を見せたのは河原崎権十郎《かわらさきごんじゅうろう》（九代目市川団十郎）のお坊吉三。吉の字菱の紋付きに両刀を持ち、髪はだらしなく伸びた五十日鬘《ごじゅうにちかずら》。見るからに良からぬ風体である。その視線に気付いたお嬢がギクリとした途端、遠くの寺で鐘が鳴った。金を懐中し、何食わぬ顔で上手へ行こうとするお嬢にお坊が声を掛ける。「モシ、姉さんちょっと待って下さい」「はい、何か御用ですか」

「用があるから呼んだのだ」「なんだかわかりませんが、私も急ぐので……」とお嬢は早く立ち去りたいといった様子である。「用事もおありだろうが、時間は取らない。待てと言うんだから待って下さい」。お嬢を待たせたお坊は駕籠に掛けてあった雪駄《せった》を履き、出てくる。お嬢を見つめながら刀を差した。二人はお互いに腹の中を探り合う様子。「待てと仰るので待ちましたが、私への御用というのは」「さあ、それは言うまでもない。浪人とはいえ侍が頭を下げて頼みます。どうか貸してもらいたい」「私のような若い女に、お侍様が貸せと仰るのは」「濡れ手で泡の百両だ」と言われて動揺するお嬢。それなら今の様子を見ていたのか、と問うお嬢に向いお坊は、「駕籠に揺られてうとうとと一杯機嫌で見た初夢の中でも金という言葉を聞いては見逃せねえ。こちとらも同じく泥棒で、去年の暮れからツキがなく、五十両程度の仕事もないので、遊ぶ金にも困っていたが、なるほど世の中難しいもんだ。友禅の振袖姿のお上品なお嬢さんが泥棒とは、誰も思うまい。そこへ行くと俺なんかはちょっと見ても通りかかりの人が警戒する姿だ。これじゃあ儲からないのももっともだ」。

金をめぐって二人は刀を抜いて斬り合う。刀が朧月にきらめくところへやってきたのはこの一座の座頭四代目市川小団次演じる和尚吉三。坊主頭頬被《ほおかむ》り、紺色の腹掛け、股引にどてらを羽織っている。花道の七三《しちさん》に立ち止まった和尚は二人の争いを目にして、慌てて割って入る。「二人とも、待て、待て」。それでも止まらぬ二人。和尚はおとせが落としていた茣蓙《ござ》に目を付け、二人が切り結ぶ刀の上に掛け、上に乗って抑えると、三人はキッパリと見得をした。「なんだか知らないが、止めに入った。まあ待ってくれ」。二人は「見ず知らずのあんたが余計なことを。怪我をしないうちにどけ、どけ」と取り合わない。和尚は少し考えるそぶりを見せてから、「いいや、どくわけにゃあいかない、お二人さん。初雷《はつらい》にはまだ早く、氷も解けない川端で、水面にきらめく刀の稲妻。危なっかしい争いの中に飛び込んだのは、まだお近づきにはなっていないが、顔だけは見知っている名高い二人の吉三。いくら血気盛んだとはいえ、曲芸でもあるまいし、新春早々剣の舞なんてやらかして、どっちに怪我があってもいけねえ。大和屋に山崎屋、富士山と筑波山のように名の高いお二人、この高島屋が見かねて仲裁に入ったのは、さっきからお客の若い女性たちがハラハラして見ているからだ。この和尚吉三の丸い頭に免じて、というんじゃないが、丸く治めてくれまいか」と、三人の屋号にかけて説得する。「ちょうど今夜は節分だから、争いの元になる鬼は外、福は内輪のこの三人の吉三。福茶の豆や梅干しの種のように争いの種を残さずに、山椒のように小さい体でもピリリと辛いこの俺に、まるで厄払いのせりふみたいだが、さらりと預けてくれねえか」と節分を聞かせた気の利いた言葉に二人も驚くのであった。

こうして同じ名を持つ三人の盗賊は血盃を交わして義兄弟となる。そして、この場にも登場する「庚申丸」という刀と百両の金は、彼らとその周辺の人たちの運命を大きく動かしていくことになる。なお、右に掲げた原文は、今尾哲也校注『三人吉三廓初買　新潮日本古典集成65』(新潮社、昭和五十九年)から引用した。▼注(9) この注釈書の底本である「読売新聞」本については、同書の凡例を参照して頂きたいが、『三人吉三』の現存する諸本の中では、もっとも初演時の形に近い内容とされている。現行台本では右の場面は鎌倉の稲瀬川から大川(隅田川)に変わっており、「大川端の場」として知られる。▼注(10) 初演が稲瀬川としたのは、言うまでもなく江戸を舞台にすることを憚《はばか》ってのことである。後述するように昭和期以降の上演では、この場だけが単独で上演されることが多いのだが、その場合にもっとも観客に強い印象を与えるのは、やはり女装の盗賊というインパクトある設定の登場人物であるお嬢吉三であろう。しかしながら、初演の三人の実年齢は、小団次(和尚)が四十九歳、粂三郎が三十二歳、権十郎が二十三歳(いずれも数え年)。若く、芸も未熟であったと言われる権十郎のお坊と、すでに当時屈指の女形▼注(11)とはいえ、控え目な性格であったという粂三郎のお嬢が争うところへ花道から現れる四十九歳の座頭・小団次演じる和尚の姿は、私たちが考える以上に印象的なものだったのではないだろうか。

小団次の芝居は「辛抱狂言」であったと述べたが、本作でも和尚吉三が極めて苦しい状況に追い込まれながらも、運命

注(9) 振り仮名は適宜省き、また現代かな遣いに改めた。

注(10) なお、「大川端の場」の現行台本と演出は、児玉竜一「誌上舞台鑑賞　三人吉三（大川端の場）──語釈　現行台本　演出・見所」『国文学　解釈と教材の研究』第五十二巻第一号（二〇〇七年一月）に紹介されている。

注(11) 安政七年正月刊の役者評判記『役者商売往来』で粂三郎の位付けは上上吉で、若女形之部の最初に掲げられる。粂三郎より上位の女形としては「若女形巻頭」、大上上吉の四代目尾上菊五郎（五十三歳）がいた。

に耐えることで物語を動かしていく。義兄弟となった三人だが、実は和尚の父が庚申丸を盗んだことによりお坊の家は没落しており、お嬢が川に突き落としたおとせは和尚の妹、おとせと恋仲の十三郎はお嬢の生き別れの親八百屋久兵衛の養子であるという、複雑な因果で結ばれていた。さらに、おとせと十三郎とは兄妹であることが判明する。これらすべてを知った和尚が、お尋ね者となったお嬢とお坊の身替わりにおとせ十三郎を殺害するという選択をするのが第二番目三幕目の「御輿が嶽吉祥院《きちじょういん》の場」（現行では「巣鴨吉祥院の場」）である。血縁の妹と弟を殺し、義理の兄弟を生かすという和尚の決断は非情に見えるが、自分の一家の呪われた血を断つとともに、血の盃によって新たに結ばれた兄弟の窮地を救うというだけでなく、おとせと十三郎には近親相姦の事実を告げないまま殺すことで、彼らにもせめてもの救いを与えている。和尚は、極限の状況の中で取り得る最善の道を探りながら、「辛抱」するのである。

3■『吾孺下《あづまくだり》五十三駅《ごじゅうさんつぎ》』

黙阿弥が『三人吉三』の出来に強い自信を持っていたことは、しばしば指摘されている。▼注(12) 今日の評価を見ても、延広真治《のぶひろしんじ》編著『三人吉三廓初買　歌舞伎オン・ステージ14』（白水社、平成二十年）の表紙カバーに、「黙阿弥会心の最高傑作」と記されるなど、黙阿弥の作品中でも極めて優れたものと考えられている。『三人吉三』が「最高傑作」であるなら、黙阿弥が自ら「一日の筋立てをせし初めなり」▼注(13)と記すように、実質的な「処女作」と言ってもよいのが『吾孺下五十三駅《あづまくだりごじゅうさんつぎ》』（以下、『吾孺下』）である。本作は嘉永七年八月八日から河原崎座で上演された。黙阿弥にとっては『都鳥廓白浪』に続く小団次との仕事であった。

こちらも全十幕二十六場▼注(14)という長大なもので、修験者観音院の弟子の法策が源頼朝の落胤《らくいん》と身分を偽り、「天日坊」として名乗り出るも、大江広元の計略によって野望を阻まれるという物語の中心となる筋は、徳川吉宗の落胤と称する山伏天一坊の正体を名奉行大岡忠相が暴く実録・講談の『天一坊実記』▼注(15)に、天日坊が実は木曾義仲の遺児清水冠者義高で、地雷太郎実は竹川伊賀之介正忠、人丸お六実は今井四郎兼平妹かけはしらとともに頼朝への謀反を企てるという設定は、曲亭馬琴の読本『頼豪阿闍梨怪鼠伝《らいごうあじゃりかいそでん》』（文化五年〔一八〇八〕刊）に依っており、全体は歌舞伎で従来から演じられている「五十三駅《つぎ》物」の枠組みの中に収められている。▼注(16) ここでは、法策（小団次）が地雷太郎（三代目嵐璃寛）、人丸お六（坂東しうか）ら盗賊一味の根城にたどり着き、法策の素性を知った人々が頼朝への謀反で一致団結する「常学院古寺の場」の一部を見ていきたい（引用は『黙阿弥全集』第二十七巻〈春陽堂、大正十五年〉による）。

【原文】

太郎　はて言はずとも知れたこと、素性たゞしき将軍の落胤ならば味方もせうが、氏も知れざる捨児の小坊主、高の知れた悪事の話に脅しを喰つて乗るやうな地雷太郎と思つてか。

お六　世に人わるとも人丸とも異名をとつたこのお六、同じ盗人《ぬすびと》生業《しょうばい》でもぴんから切まで高下があるよ。

　ト太郎お六煙草を喫みて思入、法策両人をぢつと見て、

法策　むう、すりや氏も知れざる捨児のおれ故、味方に附かぬと言やるのか。

両人　知れたことだ。

法策　む、味方に附かぬといふからは、大事を知つた二人の奴等。

大八　殊に我々両人を、

左九　蔑《さみ》なす言葉は奇怪至極、

法策　生けてはおかれぬ、

三人　覚悟なせ。

両人　こしやくな事を。

法策　それたゝんでしまへ。

両人　合点だ。

　ト大八は太郎へ左九郎はお六へ切つてかゝる。太郎お六は煙管にてあしらひ、立廻りちよつとあつて大八、左九郎を一時に当てる、両人はうんと倒れる。法策短刀を抜きかけるを両人留めて立廻る

注（12） 坪内逍遙「黙阿弥作『網模様灯籠菊桐』」（『文芸と教育』、春陽堂、一九〇二年）など。

注（13）「著作大概」（河竹登志夫『河竹登志夫歌舞伎論集』、演劇出版社、一九九九年所収の翻刻による）。

注（14） 初日・後日に分けての上演で、興行途中で幕の差し替えもあった。諸本による場面の異同や上演方法の詳細は、埋忠美沙「河竹黙阿弥作『吾孺下五十三駅』論」（『演劇博物館グローバルCOE紀要　演劇映像学2008』第三集、二〇〇九年三月）を参照されたい。

注（15） この実録・講談は享保十四年（一七二九）に起きた実際の事件を元にしている。実説がどのようにして実録へと展開していったかは、小二田誠二「実録体小説の生成——天一坊一見を題材として——」（『近世文芸』第四十八号、一九八八年七月）、「実録体小説の人物像——『天一坊実記』を中心に——」（『日本文学』第三十七巻第八号、一九八八年八月）に詳しい。

注（16）『頼豪阿闍梨怪鼠伝』には、義仲の遺児美妙水冠者義高と今井四郎兼平の妹唐糸の頼朝に対する敵討の企てと、猫間中納言光隆の弟光実と竹川因幡介正忠らの義仲・義高に対するそれの二つが描かれるが、『吾孺下五十三駅』では義高（天日坊）、伊賀之介（地雷太郎）、兼平妹かけはし（人丸お六）らの頼朝に対する敵討のみに絞られている。注14前掲論文で埋忠美沙は「結末に至るまでの筋と、登場人物の基本的性格は『怪鼠伝』との共通性はなく、あくまでも世界を借りているだけといえる。それは北条と猫間の筋が、五十三駅の趣向を取り入れているからである」と指摘している。

内太郎厨子入りの尊像を落す、法策それを拾ひ上げ開き見て、

法策　や、、こりや我所持の観世音、

太郎　これぞ此程拾ひし品、

お六　然《しか》も所は鈴鹿山、

法策　や、、何と、

ト法策真中に、太郎は上手、お六は下手に別れてきつと見得。

太郎　曇り勝なる山中も、その夜は晴れて照る月に、闇よりすごき木々の影、

お六　明るき路も忍ぶ身に暗き社の帳の内、肱を枕に旅宿り、

法策　寝よとの鐘も冴えわたる、峰の嵐に雁《かりがね》のむら立女夫《みょうと》が羨しく、

太郎　味に絡みし松ヶ枝に色づく蔦の据膳を、喰はぬも男の恥もみぢ、

法策　木の間おとしか追落し、盗んだ金を盗まんと脅しにかけし鬼の面、

お六　狐格子の破れより怖い姿も女だけ、ぞつと素顔は覚える、

太郎　枯野に残る毬栗《いがぐり》に、草の錦の能装束、

法策　その模様なる雲形に、月は隠れてしばしの闇、

お六　いどみ争ふその折に、

太郎　思はず拾ふ観世音、

法策　扨はその夜の盗賊なるか、

お六　鬼の出立は此方《こなた》であつたか、

法策　思ひがけなきこの出会、

お六　これも尽きせぬ遠州路、

太郎　浜松在の古寺で、

法策　古い趣向の、

お六　だんまりほどき。

太郎　折よくこゝで、

三人　逢つたよなあ。（ト三人思入。太郎尊像を取上て、）

太郎　この観音の尊像は、御身が所持か但し又、余所より譲り受けたる品か。

法策　それぞ親の形見にて、肌身離さぬ大事の尊像、

太郎　この尊像を所持なすからは、両人共に、

お六　味方に附かう。

法策　むゝ、すりや氏素性もなき捨児のおれに、

太郎　いゝや正しき御身故、

三人　なんと。

太郎　朝日将軍木曾義仲公の御公達、清水の冠者義高君。

法策　むゝ素性知れざる捨児のおれを、清水の冠者義高とは、何を証拠に。

太郎　証拠といふは、この尊像。

【現代語訳（見たまま）】

赤星大八と富士ヶ根左九郎という二人の盗賊を手なずけ、頼朝の落胤《らくいん》を偽る計略に加わらせた法策だが、地雷太郎と人丸お六は一筋縄ではいかない様子である。太郎は「言うまでもない。素性正しい本物の御落胤なら味方になるが、お前のようなどこの馬の骨ともつかない捨て子のけちな悪事に加わるこの地雷太郎と思うのか」「人丸お六と世に知られたこの私、同じ盗人でもそいつらとは位が違うのさ」と煙草を吸って相手にしない。法策は「ならば氏素性のない捨て子の俺には味方しないというのか、それなら秘密を知ったお前ら、生かしてはおけぬ」。お六に小馬鹿にされた大八と左九郎も憤り、二人に切って掛かる。二人は煙管《きせる》で刀を受け止め、ちょっと立ち回りを演じるが、簡単に二人を気絶させてしまう。見かねた法策は短刀を抜き、二人と争う。と、太郎の懐から厨子《ずし》に入った観世音像が落ちる。

「やや、これは俺が持っていた観世音」と驚く法策。鈴鹿山でこれを拾ったという二人の言葉に反応する法策。三人はキッパリと見得をする。太郎「曇り勝ちな山の中だが、其の夜は月が照っており、暗闇よりものすごい木々の影が目に映った」。法策「明るい道だが、人目を忍ぶこちとら。暗いお社の中で野宿をしていた」。お六「深夜の鐘の音が冴え渡り、峰に吹く風に飛び立つ雁の夫婦が羨ましくて」。太郎「松に絡んだ蔦じゃあないが、据え膳を食わぬのも男の恥と」。法策「追い剥ぎかは知らないが、盗んだ金をまた盗もうと、脅しでかぶった鬼の面」。お六「格子の破れから見えた姿は、女だけに怖くって、今も覚えているその素顔は」。太郎「毬栗頭で錦の能装束を身につけていた」。法策「その装束の模様の雲形のような雲が月を隠してしばしの暗闇」。お六「争い合ったそのはずみ」。太郎「思わず拾った観音像」。法策「さては、あの版の盗賊だったか」。お六「鬼の面はお前だったのか」。法策「思いがけないこの再会」。お六「これも果てしない遠州路の」。太郎「浜松の古寺で」。法策「お定まりの趣向だが」。お六「だんまりほどき」。太郎「うまくこの場で」。三人「出会ったものだ」と三人は偶然に驚く。太郎は尊像《そんぞう》を眺めて不思議そうな顔。

「この尊像はあなたの物か、それともどこかで譲り受けたのか」「それこそ親の形見で、肌身離さず大事にしていたもの」との答えに二人は、それなら両人ともに味方に付こうと言う。「え、氏素性もない捨て子のこの俺に味方するのか」と訝しむ法策。「いいや、れっきとした身分のあなただからお味方するのです」という言葉に法策はびっくり。太郎「あなたこそは朝日将軍木曾義仲公のご子息、清水の冠者義高様です」「ええ、素性も知れない捨て子の俺を清水の冠者義高だとは、証拠は一体」。太郎は「証拠というのは、この尊像」と手に持った観世音像を示す。

右の場面は、お六のせりふにもあるように、これより前の鈴鹿山の場面の「だんまり」に対する「だんまりほどき」になっている。だんまりはせりふを用いず、仕草だけで暗闇の中での探り合いを見せる歌舞伎独特の演技であり、その中で重要な小道具がある人物から別の人物の手に渡る場合が多い。だんまりの後で、この小道具を鍵にして物語が展開していく場面がだんまりほどきであり、『東海道四谷怪談《とうかいどうよつやかいだん》』の隠亡堀《おんぼうぼり》のだんまりに対する「三角屋敷の場」、黙阿弥作品では『盲長《めくらなが》屋梅加賀鳶《やうめがかがとび》』の「御茶の水土手際の場」のだんまりに対する「竹町質店の場」などを例として挙げることができる。この鈴鹿山のだんまりは、天日坊、地雷太郎、人丸お六の役名から「天地人のだんまり」とも呼ばれた。この場面をはじめ多くの趣向に満ちた本作は、黙阿弥の前名を継いだ高弟の三代目河竹新七が狂言作者を志すきっかけとなる▼注(17)など、初演時には大きな評判を呼んだようだが、筋・趣向の多くが先行する作品からの借用であることから、後年の評価はそれほど高くない。埋忠美沙は、結末に至るまで「独立した二つの筋が互い違いに運ばれてゆく」▼注(18)という、今岡謙太郎の指摘した『三人吉三』を含む安政期の黙阿弥作品の特徴が本作にもすでに見えることは「注目すべき」とするものの、「天一坊以外は創作性に乏しく、多種多彩でもすべてに借り物が多い」▼注(19)という渥美清太郎の評価を「覆すことはできない」としている。▼注(20)

4 上演史と作品の評価

しかし、『吾儒下』は若き日の三代目新七だけでなく、多くの人々の心を捉えたらしい。小団次は翌々年の安政三年（一八五六）の正月に名古屋清寿院芝居で、三月には伊勢の古市芝居で本作を再演しており、慶応元年（一八六五）四月中村座でも『義高島千摂網手《よしたかしまちびきのあみのて》』として再演を行った。さらに小団次歿後の慶応三年（一八六七）十月の市村座では市村家橘（五代目尾上菊五郎）が天日坊を演じている（『大江政談雪墨附《おおえせいだんゆきとすみつき》』）。小団次自身が複数回演じ、次世代の役者にも演じ継がれた『吾儒下』であったが、明治期以降は忘れ去られることとなる。その背景には明治八年（一八七五）に黙阿弥自身が同一の題材による『扇音全大岡政談《おうぎびょうしおおおかせいだん》』を執筆したことがあると考えられる。この作品の初演で天一坊を演じたのは、以前に天日坊を演じていた五代目菊五郎であり、以後はこちらの作品が再演を重ねるようになる。

『吾儒下』と対照的に『三人吉三』は、小団次によって再び取り上げられることがなく、再演までに十八年もの期間を要したが、その後人気演目となって今日に至っている。本作が初めて再演されたのは明治十一年（一八七八）四月で、しかも場所は大阪の角の芝居においてであった。大阪で本作が取り上げられたのは、和尚吉三を演じた初代市川右団治（斎入）が小団次の子であったためであろう。また、黙阿弥の高弟である河竹能進《のうしん》（当時は二代目勝諺蔵《げんぞう》）が大阪で活躍していたことも影響があったと考えられる。能進が大阪へ行った明治五年頃から当地では次々と黙阿弥作品が上演されており、▼注(21)本作の上演もそうした流れを承けてのものであろう。以後、大阪や京都では頻繁に上演が見られるようになるのに対して、東京では依然として上演は稀であり、明治二十年代までには一度しか上演されなかった。こうした状況を変えたのが明治三十二年（一八九九）一月明治座での上演である。この時、和尚吉三を演じたのはやはり小団次の養子の初代市川左団次であったが、それよりも本作の上演史の上で重要なのは、「田圃の太夫」と称された四代目澤村源之助のお嬢吉三であろう。初代左団次は再び本作を上演することはなかったが、源之助は生涯に九度、お嬢吉三役を勤めた。源之助同様に『三人吉三』の復活に大きな役割を果たしたのが十五代目市村羽左衛門である。家橘時代の明治三十四年（一九〇一）に初めてお嬢吉三を演じた羽左衛門は、二枚目の立役を本領としていたが、通算八回お嬢吉三を演じた。初代左団次の子である二代目左団次は、大正十四年（一九二五）に「今日のようにこの狂言を生かしたのは、なんといっても父の時の源之助《たんぼ》と羽《い》左衛《ちむら》門に与って力ありといって差支えはないと思います」▼注(22)と語っている。また、左団次は「黙阿弥の研究熱が盛んになって来た」▼注(23)ことも『三人吉三』の上演に大きな影響を与えたと言う。埋忠は大正期に永井荷風や小山内薫、久保田万太郎らの古劇研究会が行った黙阿弥再評価の中で、『三人吉三』は「因果応報の悲劇と、舞台面や台詞の美しさに対する評価を柱に」▼注(24)、黙阿弥の代表作と目されるようになったとしている。

とにかく、源之助と羽左衛門という二人の魅力的なお嬢吉三を得た『三人吉三』は、明治三十年代以降は毎年のように上演される人気演目となって現在に至るわけだが、その過程で初演時に小団次が演じた和尚吉三以上にお嬢吉三に人々の関心が集まるとともに、お嬢吉三の娘から盗賊への「変貌」が描かれ、様式性の強い「大川端の場」が他の場面以上に注目され、この場面単独での上演も多くなった。


注(17) 河竹繁俊校訂『黙阿弥全集』第二十七巻（春陽堂、一九二六年）解題。

注(18) 今岡謙太郎「『三人吉三廓初買』考」（『歌舞伎　研究と批評』第三十三号、二〇〇四年八月）。

注(19) 渥美清太郎「系統別歌舞伎戯曲解題（八十一）」（『芸能』第十八巻第一号、一九七六年一月）。引用は国立劇場調査養成部調査記録課編『系統別歌舞伎戯曲解題』中（日本芸術文化振興会、二〇一〇年）による。

注(20) 注14前掲論文。

注(21) 拙稿「明治初期大阪劇壇における「東京風」」（『日本文学』第六十二巻第十号、二〇一三年十月）。

注(22) 『演芸画報』一九二五年七月号。

注(23) 同前。

注(24) 埋忠美沙「『三人吉三廓初買』和尚吉三の造形」（『演劇博物館グローバルCOE紀要　演劇映像学　2009』第四集、二〇一〇年三月）。

しかし、近年では再び和尚吉三の存在に注目が集まりつつある。その象徴とも言えるのが、十八代目中村勘三郎が串田和美を演出に迎えて古典歌舞伎の現代的演出を試みたコクーン歌舞伎での『三人吉三』上演である。ここで和尚吉三を演じた勘三郎(当時は勘九郎)は、平成十三年六月シアターコクーンでの初演以前には一度だけお嬢吉三を演じていたが、和尚の経験はなく、父十七代目勘三郎も「大川端」のみのお嬢を一度、お坊を一度演じたが、和尚は演じていない。和尚吉三は勘三郎家にとって全く縁がなかった役であった。一座を率いる勘三郎が和尚を演じたこの舞台によって、「ともするとお嬢吉三の花を求心力とする舞台が、はっきりと和尚吉三を中心に展開する原作の構造を取り戻した」▼注(25)と児玉竜一は評している。

コクーン歌舞伎によって『三人吉三』以上に衝撃的な作品評価の変化がもたらされたのが、『吾孺下』である。平成二十四年(二〇一二)のコクーン歌舞伎『天日坊』によって同作は実に百四十五年ぶりに日の目を見た。この上演では、宮藤官九郎が脚本を担当した。彼は上演前には「「今回は原作付き。面白ければそこは僕が変えた部分と言える」と苦笑」▼注(26)していたと報じられたが、その脚色は冗長な脇筋を切り捨て、随所に現代的な要素を盛り込んだ(勘三郎の長男五代目勘九郎が演じた天日坊は「マジかよ」といったせりふを発する)とはいえ、おおむね原作に忠実なものであった。宮藤の脚色と串田の演出が狙ったのは、この作品を「法策=天日坊のアイデンティティーをめぐる物語」へと読み替えることである。これについては宮藤自身が「いろいろ削ぎ落とした結果『天日坊』はアイデンティティーの物語になりました」▼注(27)と語っており、串田が担当したポスターや公演プログラム表紙も、黒い影と「俺は誰だあっ!」という言葉を描いてその内容を示唆していた。

修験者の弟子から、頼朝の落胤を自称して世に出ようとするも、その過程で実は自分が木曾義仲の遺児であることを知り、最後は広元によって計略を阻まれた天日坊は、「俺は誰だあっ!」と叫ぶ。この読み替えはおおむね好評をもって受け入れられた。▼注(28)特に児玉は、

歌舞伎によくある「実は誰々」の設定を逆手に取った黙阿弥の趣向を、アイデンティティーの問題に移し替えてゆくのが宮藤の趣向。それが自閉的な自分探しではなく、新たな土地と、そこに縁のある仲間との出会い、その関係性の中での居場所探しになるのが、宮藤作品らしい今日的な普遍性。居場所はいくらもあったはずなのに、すべて取り逃がしてしまった若者は、捨て猫のようにいずくともなく消えてゆく。善人実は悪党、ではなく、心底善良な青年が悪の道に踏み迷う過程を、勘九郎が哀感深く描き、トランペットの音色が、その闇と光を彩る。▼注(29)

と高く評価している。

さらに付け加えれば、今尾哲也は『三人吉三』で黙阿弥が「八百屋お七」の世界を用いつつ、その世界を「解体」したことを指摘した。▼注(30)『青砥稿《あおとぞうし》花紅彩画《はなのにしきえ》』（「白浪五人男」、文久二年三月市村座）においても信田小太郎が単に盗賊弁天小僧の偽りの身分になっていたり、題名にも冠された「青砥稿《あおとぞうし》」の世界が形骸化されたものとなっていたりするように、「世界の解体」は黙阿弥の作劇の一つの特徴といえる。宮藤がその点を意識したかはともかく、主人公が自らの立ち返るべき「世界」を受け入れられず、疑問を投げかけるという脚色は、極めて「黙阿弥的」であるということができるのではないだろうか。

コクーン歌舞伎の観客には、古典歌舞伎を見ることのない（ましてや『黙阿弥全集』を繙くことなどまずない）人々も少なからず含まれると思われるが、彼らは『三人吉三』と『天日坊』（『吾孺下』）の作品としての価値が大きく異なるとは考えないであろう。従来の両作品の評価、上演頻度の差を思えば、この上演がいかに大きな意味を持つものであったかがわかる。

5■文学史の中の歌舞伎

このように、歌舞伎の作品の評価は単に内容の優劣のみで定まるものではなく、極めて多くの要素によって常に変動するものである。歌舞伎においてある作品のある役を初演で演じたのが誰か、という点が重要であることはある程度広く知られているように思うが、右の例のように、優れた再演を行い得る役者の存在（お嬢吉三にとっての源之助、羽左衛門、和尚吉三にとっての勘三郎）、すぐれたアレンジャーの存在（『桜清水清玄』にとっての黙阿弥、『吾孺下』にとっての宮藤）の存在もまた作品の評価を左右し、作品の見え方を大きく変えるのである。また、黙阿弥再評価を行った古劇研究会の面々のような劇界外部の人々の存在も無視してはいけない（『天日坊』も同が）。

注(25) 児玉竜一「『三人吉三』別解」（『演劇界』第五十九巻第九号、二〇〇一年七月）。

注(26) 「Wカンクロー、「145年ぶり」に挑む　コクーン歌舞伎「天日坊」」（『朝日新聞』二〇一二年六月十四日夕刊）。

注(27) 同公演プログラム。

注(28) 上村以和於は「身分正体を偽るうちに自分自身の正体を見失った主人公が「俺は誰だぁ！」と叫ぶところに今日的テーマを打ち出した」（『日本経済新聞』二〇一二年六月二十五日夕刊）と評価した。ただし、舞台自体は評価しつつも、「現代にも通じるアイデンティティーの喪失をテーマのひとつにしようとしているが、さほど効果的な趣向とは思えない」とする評（田中聡「新世代の躍動感」『演劇界』第七十巻第九号、二〇一二年九月）もある（なぜ効果的とは思えないかの理由は明確に示されていない）。

注(29) 児玉竜一「シアターコクーン「天日坊」　悪の道に迷う過程、哀感深く」（『朝日新聞』二〇一二年六月二十八日夕刊）。

注(30) 今尾哲也「解説　黙阿弥のドラマトゥルギー」（注7前掲書所収）。

公演プログラムの対談によれば、上演の背景には中村哲郎が勘三郎に「二十四、五年前」に『吾嬬下』の上演を薦めたことがあるという）。現在、我々が見ている歌舞伎は、こうした人々によって絶えず「選び直されて」きたものである。

文学史においても受容の側面が注目されるようになって久しい▼注(31)が、それでも作品と作者が文学史においてもっとも中心的な存在であることに変わりはない。受容史を強く意識した本書にしても、「ある作者のある作品を選ぶ」という点から各論考は出発している。歌舞伎の歴史においても初演の作者・役者に関する言及に比べて、その作品が以降どういった役者によって演じられ、なぜ特定の時代の観客に持て囃された／冷遇されたのかといった上演史の問題にはまだまだ発展の余地が大きい。歌舞伎の上演演目の範囲が狭まっていることは指摘されてすでに久しく、また、ますます古典歌舞伎の内容が観客に理解されにくくなっている現状にあって、上演史の見直しによる作品の掘り起こしや、現行台本の見直しはいよいよ急務である。

注（31） 例えば、受容史の重要性を説いたH・R・ヤウス『挑発としての文学史』が日本に紹介されたのは昭和五十一年（一九七六）である。

跋

◉かくして江戸文学の「古典」は選び直された

▼田中康二

奇妙なジンクスがある。ある文学ジャンルの全集や叢書が出版されると、潮が引くようにその研究が下火になる、というものだ。たとえば、『洒落本《しゃれぼん》大成』完結後の洒落本研究、『八文字屋本《はちもんじやぼん》全集』『西沢一風《にしざわいっぷう》全集』完結後の後期浮世草子研究、『近世歌学集成』完結後の堂上《とうしょう》和歌研究などである。それぞれの全集や叢書の完成度が低いわけではない。むしろ、十分な年月をかけたぶん、それらは極めて高いクオリティーを持つシリーズであるといってよい。常識的に考えれば、テキストの完備は当該ジャンルの研究を促進し、新たな研究を誘発し、多くの研究者を生み出すきっかけになるものである。それなのに、テキストが整うと、なぜか研究が下降ぎみになる。若い研究者が現れないのである。

むろん、この現象について一定の説明をつけることはできる。それぞれのジャンルに全集ができるのは、そのジャンルが最も輝いていた時であって、脂の乗りきった研究者が自分自身の論文を差しおいて、テキストの整備に当たったわけであるから、そのジャンルの最盛期である。ピークを過ぎると何事も下降線をたどるものだ、と説明できる。また、ジャンルとしての燃え尽き症候群というのもある。すなわち、最前線の研究者たちが全身全霊を傾けて最善の叢書を完成させたのだから、ジャンルとしての達成感とともに、目標を喪失してしまった虚脱感にとらわれたのだとも説明できるだろう。この二つの説明はそれなりに説得力もあるが、近世文学に関する限り、ことの本質を外しているように思われる。

この七不思議とも都市伝説とも言ってよいジンクスは、近世文学研究の特質に深く関わっている。つまり、未知の資料の発掘と紹介をすることが近世文学研究者の本務であるという考え方である。全国の図書館や文庫、あるいは収集家のところに通い、古書市には必ず顔を出し、目を皿のようにして新出資料を博捜する。そして、適切な場、最適のタイミングで適正に資料を紹介することが研究者の使命であるというわけである。もちろん、このことは絶対的に正しい。手垢の付いた作品や使い古された資料だけを見ていたのでは、真相は見えてこないし、新たな発見も望めない。しかしながら、新出資料の発掘と紹介だけが研究者の仕事ではあるまい。テキストの完備が研究者の到達目標であるなどというのは、あまりにも寂しすぎるではないか。それは目的地ではなく、新たな出発点であるはずだ。既知の作品や周知の資料を読み込み、その受容史を丹念にたどることによって、新たな作品像の構築や作家の思想の提示、あるいは文学史の書き換えを行うことができるのではないか。本書の目指したことの一つはここにある。

本書が「選び直し」を標榜する以上、ここに集められた論考の著者は、既存の全集や叢書に少なからず飽き足りないものを感じているはずである。扱う内容によって配置した、本書の構成とは異なる観点から整理すると、諸論考は次の三つのカテゴリーに分類することが許されるだろう。

（一）戦後七十年の価値観を問うもの（川平論文・一戸論文・田中論文）
（二）近代百数十年の価値観を問うもの（井上論文・勢田論文・木越論文・佐藤論文）
（三）既存の文学史を問うもの（高山論文・池澤論文・日置論文）

（一）川平論文は、『駿台雑話《すんだいざつわ》』を題材にして、近世から戦前まで共有されていた「忠義」という価値観が戦後に転換する事実を指摘し、当該作品の魅力の発掘を試みる。一戸論文は、『創学校啓《そうがっこうけい》』を俎上に載せ、国学の聖典とされた著作が漢文で記されたことの内実を検討し、偽造説という醜聞にまみれながらも、読み継がれてきたことの意味を追究する。田中論文は、『琴後集《ことじりしゅう》』を対象にして、戦前まで教科書の定番であった「擬古文《ぎこぶん》」の衰退に言及し、その原因を探る。以上の三本は儒学者や国学者の著作を思想史的文脈ではなく、受容史的文脈で読み替えた論考と言えよう。戦前と戦後とで価値観が大きく転換したことの影響を最も強く受けた作品群である。

（二）井上論文は、『武将感状記《ぶしょうかんじょうき》』を素材にして、それが江戸の同時代においてベストセラーであった理由を掘り下げ、平時における軍書の意味を問い直す。勢田論文は、『大日本史』に遅れて付された「賛藪《さんそう》」が、大義名分論によって新田義貞を忠臣と認定したことを述べ、近代以降にはそのイメージが「国体」尊崇の理念の前で変質し、さらに戦後には君臣の倫理自体が忘却された経緯を描く。木越論文は、『武道伝来記《ぶどうでんらいき》』『武家義理物語《ぶけぎりものがたり》』を丁寧に読むことによって、近年ようやく見直されかけてきた西鶴《さいかく》武家物浮世草子の今日的意義を論じる。佐藤論文は、『安積沼《あさかのぬま》』を題材にして、近代における山東京伝《さんとうきょうでん》読本の受容史を踏まえた上で、低い評価に甘んじてきた当該作品にさまざまな角度から光を当て、読みの可能性を探る。以上の四本は、江戸時代の物の見方と近代以降の価値観との齟齬が生み出す軋轢の中で、作品の評価が上下することを実証した論考である。

（三）高山論文は、李攀龍《りはんりょう》の漢詩を注釈した荻生徂徠《おぎゅうそらい》『絶句解《ぜっくかい》』を丹念に読み解くことによって、漢詩注釈が漢詩と同等以上の価値を有することを実証し、注釈そのものが文学作品たりうることを唱えた意欲作である。池澤論文は、江戸に生まれ、明治を生き、大正に没した漢詩人の薄井龍之《うすいたつゆき》の作品を素材に、近代初期に滅んだとされる漢詩文を近代以降の日本文学史に位置づける大胆な試みである。日置論文は、明治維新をまたいで活躍した

跋

かくして
江戸文学の
「古典」は
選び直された
▼田中康二

河竹黙阿弥《かわたけもくあみ》の二つの歌舞伎を対象にして、その二つの作品が対照的な評価を受け続けたことを実証し、江戸生まれで現代まで続く歌舞伎というジャンルの特徴を浮き彫りにする。以上の三本は文学作品の範囲や文学史という制度の再考を促す論考で、文学全集には取り上げられることのなかったものをリストアップしている。

以上のように、ひとくちに「選び直す」と言っても、さまざまな観点や論点が交錯しているのである。だが、そのような複数の見方を許容して、なおかつ新たな姿を見せてくれるのが「古典」というものなのだ。古典とは、むろん大昔に書かれた物全般をいうのではない。同時代に受け入れられただけのものをいうのでもない。時代を越えて読み継がれ、それぞれの時代の価値観の中で読み替えられ、常に新たな外套をまとって我々の前に姿を現すものを「古典」というのである。古典には、時代や読者が変わっても、変わらず共感を与え続ける普遍性がある。そういった意味で、本書が目指した二つ目は、新たな江戸文学の「古典」の選び直しである。

既存の古典文学全集の江戸（近世）篇と見比べて、その違いを味わっていただきたい。選書基準もさることながら、作品に向かう各自の姿勢が挑戦的、あるいは挑発的でありつつも、遠くに文学史を見据えて射程距離の長い議論であることを読み取っていただきたい。そして、この意志が江戸文学の「古典」を編纂する実践編へと持続するものであることを記憶していていただきたい。

二〇一四年四月三〇日

田中康二識

■執筆者プロフィール［掲載順］

井上泰至（いのうえ・やすし）※編者

一九六一年生、防衛大学校教授。博士（文学）。

著書に、『雨月物語の世界』『江戸の発禁本』（角川選書）、『恋愛小説の誕生』『秀吉の対外戦争』（共著）（笠間書院）、『サムライの書斎』（ぺりかん社）、『子規の内なる江戸』（角川学芸出版）などがある。

川平敏文（かわひら・としふみ）

一九六九年生、九州大学准教授。博士（文学）。

著書に、東洋文庫『近世兼好伝集成』（平凡社）、『兼好法師の虚像　偽伝の近世史』（平凡社）、共著に、『東アジアの短詩形文学　俳句・時調・漢詩』（アジア遊学一五二、勉誠出版）などがある。

一戸　渉（いちのへ・わたる）

一九七九年生、慶応義塾大学斯道文庫准教授。博士（文学）。

著書に、『上田秋成の時代　上方和学研究』（ぺりかん社）、三弥井古典文庫『春雨物語』（三弥井書店、共編）などがある。

田中康二（たなか・こうじ）※編者

一九六五年生、神戸大学教授。博士（文学）。

著書に、『村田春海の研究』『江戸派の研究』（汲古書院）、『琴後集』（明治書院）、『本居宣長の思考法』『本居宣長の大東亜戦争』（ぺりかん社）、『国学史再考』（新典社選書）などがある。

高山大毅（たかやま・だいき）

一九八一年生、東京大学大学院人文社会系研究科研究員。

論文に、「高揚と不遇—徂徠学の核心—」（『大航海』、新書館、第六七号）、「説得は有効か—近世日本思想の一潮流」（政治思想学会『政治思想研究』第一〇号）、「水足博泉の統治構想—徂徠以後の「礼楽」論」（東京大学中国哲学研究会『中国哲学研究』第二七号）などがある。

勢田道生（せた・みちお）

一九八〇年生、日本学術振興会特別研究員、皇學館大学非常勤講師。

論文に「『南方紀伝』・『桜雲記』の成立環境―『桜雲記』浅羽成儀作者説をめぐって―」（『国語国文』第七八巻第一一号）、「津久井尚重『南朝編年記略』における『大日本史』受容」（『近世文藝』第九八号）などがある。

池澤一郎（いけざわ・いちろう）

一九六四年生、早稲田大学教授。博士（文学）。

著書に、江戸漢詩選二『儒者』（岩波書店、共著）、日本漢詩人選集五『新井白石』（研文出版）、『江戸文人論』（汲古書院）、新日本古典文学大系 明治編『漢文小説集』（岩波書店、共著）、『雅俗往還』（若草書房）などがある。

木越俊介（きごし・しゅんすけ）

一九七三年生、山口県立大学准教授。博士（学術）。

著書に、『江戸大坂の出版流通と読本・人情本』（清文堂書店）、三弥井古典文庫『雨月物語』（三弥井書店、共編）などがある。

佐藤至子（さとう・ゆきこ）

一九七二年生、日本大学教授。博士（文学）。

著書に、『江戸の絵入小説』（ぺりかん社）、『山東京伝』（ミネルヴァ書房）、『妖術使いの物語』（国書刊行会）などがある。

日置貴之（ひおき・たかゆき）

一九八七年生、白百合女子大学専任講師。博士（文学）。

論文に、「三遊亭円朝「英国孝子之伝」の歌舞伎化」（『近世文藝』第九五号）、「「会津産明治組重」考―其水の日清戦争劇にみる黙阿弥の影響―」（『国語国文』第八二巻第二号）、「黙阿弥「東京日新聞」考―鳥越甚内と景清―」（『国語と国文学』第九〇巻第九号）などがある。

江戸文学を選び直す
現代語訳付き名文案内

2014（平成 26）年 6 月 12 日　初版第一刷発行

編　者

井上泰至・田中康二

執　筆　者
［掲載順］

井上泰至
川平敏文
一戸　渉
田中康二
高山大毅
勢田道生
池澤一郎
木越俊介
佐藤至子
日置貴之

発行者

池田圭子

装　丁

笠間書院装丁室

発行所

笠間書院

〒 101-0064　東京都千代田区猿楽町 2-2-3
電話　03-3295-1331　Fax 03-3294-0996
振替　00110-1-56002

ISBN978-4-305-70735-2 C0095

モリモト印刷・製本
乱丁・落丁本はお取り替えいたします。

http://kasamashoin.jp/